Kapitel 1

Ich war noch nie ein Fan von Offline-Partys. Seit ich einen Controller halten konnte, verbrachte ich meine Zeit lieber online und lernte dort Leute kennen. Gleichgesinnte Leute, von denen hier jede Spur fehlt.

Denn die steifen Partys meiner Eltern sind alles – aber kein Spaß. Selbst das Wort »langweilig« wird den Gesprächen über Hedgefonds und Gesellschaftsübernahmen um mich herum nicht gerecht.

Mittlerweile spiele ich bereits mit dem Gedanken, einen Ohnmachtsanfall oder so was vorzutäuschen, nur damit ich hier verschwinden kann.

Dennoch stelle ich das festgepappte falsche Lächeln zur Schau, wann immer einer der Anwesenden mir zunickt, während ich mich an meinem Glas Punsch festklammere.

Auch ohne dass ich mich umdrehe, spüre ich den stechenden Blick meiner Mutter im Nacken. Die Art, wie sie mich mustert und sich dann mit einem leichten Kopfschütteln bei den anderen Gästen entschuldigt, schürt die altbekannte Wut in mir, die jedes Mal hervorbricht, wenn ich mich länger in ihrer Gegenwart aufhalten muss.

Dabei gibt es rein gar nichts an mir, weswegen sie sich entschuldigen müsste! In ihren Augen werde ich nie gut genug sein und ich habe schon vor Jahren aufgegeben, es zu versuchen.

Anders als sie und ihre elitären Freunde aus angesehenen Anwaltskanzleien und Banken trage ich keine Designerfetzen, in denen ich mich kaum bewegen könnte. Mir ist nicht entgangen, wie Mom mit Argusaugen meine Klamotten nach einem bekannten Label wie *Esprit* oder *Gucci* gescannt hat, als ich vorhin angekommen bin und sie mich in eine halbherzige Umarmung gezogen hat.

Und dabei sehe ich nicht schäbig aus. Ja, okay, ich hätte vielleicht ein anderes T-Shirt wählen sollen – auf dem jetzigen steht groß »Save the Unicorns« und darunter ist ein Einhorn abgebildet. Bluejeans und Sneaker runden mein Outfit ab. Ich habe mich sogar dazu durchgerungen, einen schwarzen Blazer über mein Shirt zu ziehen, um auf dieser Gala, auf der Spenden für ein Land gesammelt werden, das ich nicht mal auf dem Globus finden würde, nicht ganz aus der Reihe zu tanzen.

Aber auch das weiß meine Mutter nicht zu würdigen. Mir sollte das nichts mehr ausmachen, schließlich lehne ich mich bereits mein ganzes Leben lang gegen ihre einengenden Vorschriften auf. Doch es verletzt mich jedes Mal aufs Neue, wenn ich in ihren Augen nicht die Liebe sehe, die eine Mutter ihrem Kind entgegenbringen sollte.

Ich schüttele den Kopf, um diese Gedanken zu vertreiben, ziehe mich in eine Saalecke zurück und beobachte das Treiben um mich herum.

Ich werde mich nie an diese Partys gewöhnen, bei denen diese Snobs sich selbst und ihr vieles Geld feiern, das sie auf irgendwelchen Schweizer Bankkonten oder auf den Cayman Inseln horten. Doch als einziges Kind der berühmten Familie Porter bin ich dazu gezwungen, teilzunehmen oder mich wenigstens einmal kurz blicken zu lassen, so wie auch an diesem Abend. Allerdings ist »*kurz*« bei mir ein sehr eng gefasster Begriff, denn länger als maximal eine Stunde halte ich es hier sowieso nicht aus, ohne eine taktlose Bemerkung von mir zu geben.

»Vielleicht triffst du ja hier deinen Traummann«, hat Mutter mir oft vorgeschwärmt. Es würden sich ja nur ganz ausgewählte Leute in ihren Kreisen bewegen – die Crème de la Crème sozusagen.

Ja, klar, wenn ich einen Kerl mit einem Stock im Arsch möchte, finde ich hier sicherlich einen Kerl. Seine größten Sorgen wären doch, ob seine Krawatte zu fest sitzt oder ob er die einfarbigen oder gestreiften Strümpfe zu seinem maßgeschneiderten Armani-Anzug anziehen soll.

Allein bei dem Gedanken erschaudere ich. Mein bester Freund hier ist der Tisch mit den Vorspeisehäppchen – die sind echt klasse!

Ich weiß, dass sich meine Eltern langsam Sorgen um mich machen. Von meinem letzten richtigen Freund habe ich mich vor gut vier Jahren getrennt. Seitdem gab es nur eher flüchtige Bekanntschaften. Um es nett auszudrücken.

Und den Vibrator in meiner Nachttischschublade, den ich Ben getauft habe.

Um mich von dem langweiligen Treiben und den gekünstelten Lachern um mich herum abzulenken, gehe ich in Gedanken das verlorene Match von vorhin durch. Ohne mein bewusstes Zutun beginnen meine Finger zu zucken, als würde ich Befehle in meine Tastatur oder einen Controller hämmern, und ich verschwinde in meine eigene Welt. Sobald ich ans Zocken denke, entwickeln meine Finger und Gedanken ein Eigenleben, indem sie wichtige Tastenkombinationen wieder und wieder abspielen, bis ich in einem richtigen Match nicht mehr darüber nachdenken muss. Dann funktioniere ich einfach nur.

Und ich bin verdammt gut in dem, was ich tue.

Eigentlich müsste ich jetzt zu Hause sein und trainieren, um noch die letzten beiden Gamer zu schlagen, die auf der Weltrangliste vor mir stehen, und ich muss dafür sorgen, dass die, die nach mir kommen, niemals eine Chance gegen mich haben werden. Schließlich habe ich einen Ruf zu verlieren.

Meine Finger fühlen sich jetzt schon unterfordert und führen die gewohnten Kombinationen am kühlen Glas aus, während ich im

Kopf einige strategische Züge durchgehe, die ich mir für meinen nächsten Wettkampf ausgedacht habe.

Nemesis, so nennen sie mich in Gamer-Kreisen. Wie die griechische Rachegöttin, die auf ihrem Weg alles auslöscht. Dieser Name passt wie die Faust aufs Auge. Ich bin fürs Zocken geboren. Egal ob Egoshooter, Echtzeitstrategie oder Sport, ich fege alle Gegner aus dem Spiel und habe mir seit drei Jahren in Folge einen Platz auf dem Treppchen der weltweit besten Gamer gesichert. Ich mag meinen Alias, mein Pseudonym, denn es beschreibt mich ganz gut. Anders als so viele andere, deren Nicknames mich denken lassen, sie wären einfach mit dem Kopf quer über die Tastatur gerollt ...

Ich bin nicht der Typ, der sich ruhig irgendwo verschanzt und darauf wartet, dass die Gegner mich nicht entdecken. Ich falle wie eine Seuche über sie her, bevor sie überhaupt ihre Basis gesichert haben.

Mittlerweile verdiene ich meinen Lebensunterhalt mit dem professionellen Spielen von Videospielen und – was soll ich sagen? – ich bin fast so reich wie meine Eltern, die die größte Anwaltskanzlei Londons leiten.

Meine Eltern sind von meiner Berufswahl natürlich nicht angetan, und das ist noch untertrieben. Ich kann gar nicht mehr zählen, wie oft ich den Satz »Und wann willst du endlich anfangen zu arbeiten?« schon gehört habe. Sie verstehen einfach nicht, dass das, was ich mache, auch Arbeit ist. Ich trainiere mehrere Stunden am Tag und habe es als einzige Frau geschafft, unter die fünfzig besten Gamer der Welt zu kommen. Nur zwei männliche Spieler stehen noch zwischen mir und der Weltherrsch ... ähm, dem Siegesruhm, und es juckt mir praktisch in den Fingern, auch sie endlich zu besiegen. Das wird zwar kein Zuckerschlecken, denn die beiden sind *richtig* gut, aber ich werde nicht aufgeben!

Gerade zu Beginn hatte ich das Gefühl, es als Frau besonders schwer zu haben. Ich wurde belächelt und mein E-Mail-Postfach quoll vor Anfragen, ob ich nicht Oben ohne zocken könnte, beinahe über. Es gab Zeiten, in denen ich am liebsten alles hingeschmissen hätte, weil ich dachte, dass ich nie ernst genommen, sondern nur auf mein Äußeres reduziert werden würde. Doch ich biss mich durch, besiegte einen Kontrahenten nach dem anderen und kämpfte mich Stück für Stück in der Weltrangliste nach oben. Auch an dieser Stelle musste ich viel Spott ertragen. Ich wäre nur so gut wegen meines Equipments – und das hätte ich nur bekommen, weil ich für die Hersteller die Beine breitmachen würde.

Jeden, der solchen oder ähnlichen Mist öffentlich über mich verbreitete, forderte ich heraus. Das Match wurde online übertragen und ich stellte sicher, dass ich denjenigen in Grund und Boden stampfte und seine Überreste anschließend mit dem Mob aufgewischt werden mussten.

Dieses Vorgehen brachte mir den Nemesis-Ruf ein. Es dauerte nicht lange, bis der Spott und die falschen Anschuldigungen verstummten. Ab da schlug mir nur noch Neid entgegen, aber damit kann ich leben. Neid ist schließlich die höchste Form der Anerkennung und man muss ihn sich hart verdienen.

Das tue ich jeden Tag. Mein Ziel ist es, nicht nur die beste weibliche Gamerin zu sein, sondern der beste Gamer – unabhängig meines Geschlechts. Ich muss besser werden und ich weiß genau, dass ich das schaffen kann.

Besonders dank meiner neuesten Errungenschaft.

Vorsichtig fahre ich mit der Fingerspitze über die kleine Erhebung im Nacken, die gut durch meine langen roten Haare überdeckt wird. Ich kann gar nicht erwarten, es endlich auszuprobieren! Unruhig trete ich von einem Bein aufs andere und starre alle zehn Sekunden zur Wanduhr. Nimmt das denn hier nicht bald mal ein Ende? Aber ich habe meiner Mom versprochen, dass ich wenigstens eine halbe Stunde bleibe ... Auch wenn wir nicht immer einer Meinung sind, liebe ich meine Eltern und kann vor allem meiner Mutter nichts abschlagen, wenn sie mich mit ihren großen rehbraunen Augen ansieht, deren Farbe ich von ihr geerbt habe.

Als ich nervös mit der Fußspitze auf den Boden tappe, tritt meine Mutter neben mich und mustert mich missbilligend. Die Art, wie sie die Nase krauszieht und dadurch ihre schmale Brille mit Goldrand noch weiter nach oben geschoben wird, verleiht ihr das Aussehen einer strengen Lehrerin, die kurz davor ist, den armen Schüler, dessen Hausaufgaben von seinem Hund gefressen wurden, vor der versammelten Klasse zur Schnecke zu machen. Ich muss keine Hellseherin zu sein, um zu wissen, was jetzt kommt. Nur mit Mühe unterdrücke ich ein Seufzen.

»Du hättest dich ruhig etwas chic machen können!«, wispert sie mir streng zu. »Immerhin haben so viele unserer Freunde ihre Söhne mitgebracht.«

Schnell beiße ich fest die Zähne aufeinander, um eine unpassende, aber schlagfertige Antwort daran zu hindern, aus meinem Mund zu schlüpfen. Als ob ich sie darum gebeten hätte, dass mir wildfremde Leute ihre Söhne mitbringen! Als ob es mich auch nur im Entferntesten interessieren würde! Das hier ist keine Brautschau, auch wenn meine Mutter das gerne hätte. Ich bin weder auf versnobte Kerle noch auf die Verkupplungsversuche meiner Eltern angewiesen. Ich bin freiwillig Single.

Allerdings ist es müßig, ihr das wieder und wieder zu sagen. Sie versteht es nicht oder will es nicht verstehen.

Mit spitzen Fingern hebt meine Mutter den Saum meines Shirts hoch und runzelt die Stirn. »Und was willst du uns damit sagen?«, fragt sie und deutet auf den Schriftzug.

Ich verdrehe die Augen. »Nichts, Mom. Nur, dass Einhörner eine bedrohte Spezies sind.«

Sie schaut mich an, als hätte ich aramäisch rückwärts gesprochen und dabei versucht, Satan zu beschwören. Nein, sie hat weder Sinn für Humor noch für Sarkasmus. Manchmal glaube ich, dass ich adoptiert wurde …

Ich ziehe mein Shirt aus ihren Fingern und stürze den Inhalt meines Glases hinunter. Das Ende der Fahnenstange ist nun offiziell für mich erreicht. Jetzt oder nie! Wenn ich nicht sofort von hier verschwinde, passiert ein Unglück. »Ich muss dann los. War nett heute!« Was natürlich gelogen ist, aber so gemein bin ich nicht. Über die Jahre habe ich gelernt, fruchtlosen Diskussionen von vornherein aus dem Weg zu gehen.

»Du willst schon gehen? Aber …«

»Sorry, hab noch zu tun.« Und ehe sie mich doch noch irgendwie aufhalten kann, husche ich schnell aus dem Raum, wobei ich mich an einigen aufdringlichen Leuten vorbeiquetschen muss.

Draußen atme ich die frische Nachtluft ein und laufe die Straße hinunter. Um diese Uhrzeit treffe ich so gut wie niemanden mehr, dennoch beschleunige ich meine Schritte. Ich kann es kaum noch erwarten! Pure Vorfreude rieselt durch meinen Körper und lässt mich beinahe rennen. Nur noch zwei Blocks, bis ich zu Hause bin, und dann kann ich es endlich testen.

Wieder fahren meine Finger über den Knubbel in meinem Nacken. Anfang des Jahres haben die drei besten Gamer der Welt ein unbeschreibliches Angebot erhalten. Meinen beiden ärgsten Konkurrenten und mir wurde es ermöglicht, die allerneueste Technik testen zu dürfen – den Early-Beta-Test sozusagen. Der Eingriff ging schnell und war weniger schmerzhaft, als ich dachte. *Jetzt bin ich ein bisschen wie ein Cyborg,* denke ich grinsend. Mithilfe eines Chips, der uns an der Wirbelsäule eingepflanzt wurde, wird es uns möglich sein, komplett in ein Spiel einzutauchen. Ich muss also nicht mehr am Monitor sitzen und mit Maus und Tastatur spielen oder eine von diesen verdammt unbequemen Brillen aufsetzen, sondern bin direkt im Spiel drin und kann von dort interagieren.

Der Chip wird direkt mit einer Vorrichtung an der jeweiligen Konsole verbunden; wenn ich die Haut ein Stück auseinanderziehe, erscheint ein kleiner Schlitz, in den ein Mikro-USB-Anschluss passt. Man selbst verfällt währenddessen in eine Art Schlaf; das Bewusstsein hingegen ist im Spiel. Wie gewohnt kann ich dort das Kommando übernehmen und direkt ins Geschehen eingreifen.

Und heute – endlich! – wurde das Spiel geliefert, mit dem ich diese neue Technik testen darf. Bisher durchliefen wir nur einen kurzen Workshop, in dem uns die Grundlagen erklärt wurden und wir uns auf das, was uns erwartet, zumindest theoretisch vorbereiten konnten. In einem richtigen Spiel konnten wir noch nicht agieren, denn es war noch kein kompatibles auf dem Markt.

Ich kann mich noch gut an die Kommentare der Gamer erinnern, die in der Rangliste nach mir kommen und deshalb nicht in den Genuss dieser Möglichkeit kamen. Jeder einzelne von ihnen hätte freudig grinsend ein Einhornfohlen mit seinen bloßen Händen erwürgt, um ebenfalls daran teilnehmen zu dürfen.

Ich renne nun und bin außer Atem, als ich meine Wohnungstür aufschließe und sie hinter mir zuschmeiße. Den Blazer und meine Schlüssel werfe ich im Laufen von mir, greife nach der bequemen Jerseyjacke mit Kapuze, die ich zu Hause immer trage, und haste ins Wohnzimmer, wo ich bereits alles präpariert habe.

In der Mitte liegt eine große Matratze mit vielen Kissen, daneben steht ein kleiner Schreibtisch mit meinem PC, an den bereits die Verbindung zum Chip angeschlossen ist.

Gleich geht's los! Ich merke, dass ich wieder anfange zu zittern, weil ich es gar nicht mehr erwarten kann. Noch schnell das Spiel ins Laufwerk einlegen und auf Starten drücken.

Dann setze ich mich auf die Matratze und stecke das Kabel in den Chip. Im ersten Moment passiert gar nichts und ich bin schon fast enttäuscht. Nein, *enttäuscht* trifft es nicht ganz – ich bin einem verdammten Tobsuchtsanfall nahe! Ich habe mich so darauf gefreut, es endlich testen zu können, und jetzt funktioniert es nicht? Ungeduldig ruckele ich an dem Kabel, das im Nacken steckt, überprüfe, ob ich es richtig angeschlossen habe, und checke, ob das Spiel korrekt läuft. Alles so, wie es sein soll. Mist, was mach ich denn jetzt? Um die Uhrzeit werde ich niemanden mehr von der Games-Community erreichen, der mir helfen kann …

Doch dann beginnt die Welt um mich herum langsam schwarz zu werden. Es beginnt an den Rändern meines Blickfeldes und ich spüre, wie meine Glieder schwer werden und mir nicht mehr richtig gehorchen.

Mit einem breiten Grinsen falle ich zurück auf die Matratze und tauche in eine neue Welt ein.

***

Als ich wieder zu mir komme, ist alles um mich herum schneeweiß. Das erste Wort, das mir dabei in den Sinn kommt, ist *steril*. Es ist so gleißend hell, dass ich keinen Unterschied zwischen Wänden und Boden ausmachen kann, und es kommt mir vor, als würde ich in einem weißen Nichts stehen. Zusätzlich brennt mir die Helligkeit in den Augen.

Ich runzele die Stirn. Wo ist das Spiel? Ich habe mir doch extra ein Fantasyspiel ausgesucht, um meinem langweiligen Alltag wenigstens ein bisschen entfliehen zu können, und nun stecke ich in einer Schneelandschaft ohne Schnee fest. Wo sind die Feen und Elfen? Zwerge? Gnome? *Irgend-fucking-was*?!

»Willkommen, Spieler«, tönt eine monotone Stimme, die mich sofort an die Stimme aus den Navigationsgeräten erinnert.

Ich drehe mich mehrmals um die eigene Achse, doch ich kann niemanden sehen.

»Äh, hallo«, sage ich dann, als die Stimme nichts mehr sagt und ich mir langsam verloren vorkomme. Irgendwas muss doch hier mal passieren! Das kann doch nicht alles sein.

»Willkommen in der Welt von …« Hier flimmert meine Umgebung kurz auf und die Stimme verkommt zu einem Rauschen. Das Herz rutscht mir vor Angst fast in die Hose, doch dann höre ich die Stimme wieder. »Wähle deine Waffe.«

Vor mir ploppt ein Fenster auf und ich weiche erschrocken zwei Schritte zurück. Normalerweise bin ich nicht so schreckhaft, aber *normalerweise* erscheinen auch nicht einfach Displays direkt vor mir. Als ich näher trete sehe ich auf einer Art halb durchsichtigem Bildschirm verschiedene Waffenarten: Schwerter, Äxte, Bögen, Lanzen, Stäbe, Dolche und einige, die so abgefahren aussehen, dass selbst ich sie nicht zuordnen kann, obwohl ich dachte, schon alles gesehen zu haben.

Sofort bin ich in meinem Element und mustere die Waffenabbildungen vor mir. »Kann ich nur eine Waffe tragen?«, frage ich ins Nichts.

»Das ist korrekt«, bekomme ich zur Antwort.

Mit einem Bogen kann ich gut Feinde auf Distanz ausschalten, bin jedoch wehrlos, wenn ich in den Nahkampf muss, und ich habe leider keine Ahnung, mit welcher Art von Gegner ich es genau in diesem Spiel zu tun bekommen werde. Dann erinnere ich mich an die Fantasyspiele, die ich bisher ganz altmodisch auf den Konsolen gezockt habe. Dabei haben die Helden – allesamt männlich und gut aussehend, Namen wie Cloud, Squall, Tidus und Link kommen mir da in den Sinn – nahezu immer mit Schwertern gekämpft und den Endboss trotzdem besiegt. Also tippe ich auf den Bildschirm und wähle das Einhandschwert.

Mit einem Mal wird alles um mich herum schwarz und ein lautes Piepen ertönt, das mir in den Ohren klingelt.

»Hey, was …?«, rufe ich, während Panik in mir aufsteigt, und mein Herz legt noch ein paar Schläge pro Minute zu.

Wie war das noch gleich mit den Sicherheitsmaßnahmen im Chip? Irgendwo muss es doch diesen Notfall-Button zum

Ausloggen geben … Ich taste hektisch an dem Knubbel im Nacken herum, doch außer einem dumpfen Schmerz, wenn ich ihn zu weit hineindrücke, passiert rein gar nichts.

Ein helles Licht erscheint vor mir, wächst heran, und ich muss meine Augen mit der Hand abschirmen. Als ich wieder halbwegs klar sehen kann, schwebt dort, wo eben noch das Display mit der Waffenauswahl war, eine junge Frau.

Ihre Augen sind auf mich gerichtet, den Kopf mit dem spitzen Gesicht hat sie leicht geneigt.

Diese Augen! Im ersten Moment denke ich, dass das helle Licht meine Sicht beeinträchtigt hat, doch nein, sie wechseln tatsächlich die Farbe! Sie wandeln sich von einem hellen Grün zu einem satten Braun. Ohne Pupille, was das Ganze echt gruselig macht … Schnell wende ich den Blick von ihren Augen ab, bevor sie meine Angst sehen kann.

Das ist ein Spiel, Eve! Sicherlich ist das nur ein Feature, immerhin ist es ein Fantasyspiel.

»Du wirst es diesmal also sein?«, fragt die Frau. Sie schwebt ein Stück auf mich zu, wobei ihr langes weißes Gewand um ihre Füße weht, die nicht den Boden berühren.

Als sie bei mir angekommen ist, streckt sie die Hand nach mir aus und ich weiche hastig zurück. Beinahe hätte ich das Gleichgewicht verloren und wäre auf meinem Hintern gelandet.

»Hab keine Angst vor mir.« Sie bleibt in sicherem Abstand stehen und ich mustere sie verstohlen. Ihr Gewand ist reich verziert, mit goldenen Bändern und einer roten Schärpe. Als mein Blick weiter nach oben wandert, fallen mir ihre Ohren auf und ich schnappe nach Luft. Sie befinden sich nicht seitlich an ihrem Kopf, wie es eigentlich normal wäre, sondern viel weiter oben. Spitz und groß.

Fuchs, schießt es mir sofort durch den Kopf. *Eine Fuchsfrau*. Und just in diesem Moment dreht sie sich ein Stück zur Seite und ich erhasche einen Blick auf ihren Rücken – aus dem drei weiße und buschige Fuchsschwänze ragen.

»Ach du heilige Sch …«

»Ich würde dir raten, in meiner Gegenwart nicht zu fluchen«, unterbricht sie mich und sieht mich tadelnd an. »Willkommen in Mareia, meiner Welt. Ich bin Gaia, die Göttin der Erde, und ich habe dich als meine Hüterin auserwählt. Es ist deine Aufgabe, die nahende Bedrohung aufzuhalten und die vier Wächter zu erwecken.«

Ich verschränke die Arme und verziehe spöttisch den Mund. »Ich soll also die Welt retten? Echt jetzt? Ist das nicht etwas abgedroschen?«

Die Göttin vor mir kneift ihre leuchtenden Augen zu Schlitzen zusammen. »Würdest du mich bitte nicht unterbrechen, wenn ich dir deine heilige Mission erkläre?«

Ein Glucksen entweicht meiner Kehle, ehe ich es aufhalten kann. »Heilige Mission? Jetzt trägst du aber schon etwas dick auf, findest du nicht?«

Heilige Mission … Was für ein Blödsinn! Ich kann mich nicht erinnern, wann ich zuletzt ein Spiel mit einer so lahmen Story gespielt habe …

»Mach dich nicht darüber lustig!«, zischt sie und ich bin für einen Moment wirklich beeindruckt. Es ist, als würde wahre Kraft in ihrer Stimme liegen, die die Luft um uns vibrieren lässt.

Mit der Hand vollführe ich eine Geste, als würde ich meinen Mund abschließen, und werfe den unsichtbaren Schlüssel über meine Schulter davon. Das habe ich schon seit dem Kindergarten nicht mehr gemacht und beinahe muss ich wieder grinsen.

»Es ist deine Mission, die vier Wächter zu finden, mit deren Hilfe du mich in Mareia wiedererwecken kannst, um die drohende Zerstörung aufzuhalten«, erklärt sie, nachdem sie sich wieder gefangen hat.

Ich melde mich, als wäre ich in der Schule. Mit einem Nicken erlaubt sie mir zu sprechen, aber ich sehe, wie sie mit den Zähnen knirscht. »Das verstehe ich nicht. Du bist eine Göttin! Warum sorgst du in deiner Welt nicht selbst für Ordnung?«

Zugegeben, es ist fies, was ich hier mache. Aber ich hätte echt nicht erwartet, dass man uns Chip-Testern ein Spiel mit einer so abgedroschenen Story vorsetzt. Da hätte ich schon etwas Exklusiveres erwartet.

»Meine Kräfte wurden vor über tausend Jahren vom Luftvolk versiegelt. Nur mithilfe des Hüters kann ich aus meinem langen Schlaf erwachen.« Sie bewegt ihre Hand und darüber erscheint schwebend ein Amulett. Es ist golden und in der Mitte befindet sich ein roter Stein, der aussieht, als würde er pulsieren. »Dieses Amulett wird dir die Kraft verleihen, die du benötigst, um die Wächter zu finden und mich zu erwecken. Pass gut darauf auf! Ohne seine Hilfe wird es für dich unmöglich sein, deine Aufgabe zu erfüllen.«

Die Göttin murmelt eine Beschwörung, wahrscheinlich in einer anderen Sprache, denn ich kann die Worte nicht verstehen, und der rote Stein in der Mitte des Amuletts pulsiert, ehe es auf mich zufliegt. Ich greife danach und lege es mir um den Hals. Durch die lange goldene Kette hängt es mir bis knapp über dem Bauchnabel.

»Hast du noch Fragen, ehe du deine Mission antrittst?«

Wie durch Zauberhand erscheint das Schwert, das ich vorhin ausgewählt habe, an meiner Hüfte, zusammen mit Schwertscheide und passendem Gürtel. Zu perplex, um zu antworten, schüttele ich nur den Kopf.

»Ich schicke dich nun in meine Welt Mareia. Du wirst dich in der Nähe einer Stadt wiederfinden.«

Ich nicke und versuche, mir all das zu merken, was sie mir eben gesagt hat. Sicherlich wird mir das den Spielanfang erleichtern, wenn ich …

»Ich wünsche dir viel Glück, Evelyn.«

Und plötzlich erstarre ich. »W – Was? Woher …«

Doch da löst sich die Göttin bereits auf und alles um mich herum wird dunkel. Mein Magen sackt herab, als würde ich aus einer großen Höhe springen, und für einen Moment habe ich Angst, ehe ich mir wieder ins Gedächtnis rufe, dass ich in einem Spiel bin. Ich klammere mich an diesen Gedanken, bis ich wieder halbwegs normal atmen kann.

Nur ein Spiel. Nur ein Spiel. Es ist nur ein verdammtes Spiel.

Aber woher kannte sie meinen Namen? Ich habe ihn nirgends angegeben und selbst wenn, würde ich niemals mit meinem echten Namen spielen! Immer nenne ich mich Nemesis. Woher weiß also die Göttin, das Spiel, das Programm – was auch immer! – meinen echten Namen?

***

Bevor ich weiter darüber nachdenken kann, lande ich mit einem dumpfen Aufprall auf dem Boden. Unter den Händen spüre ich Erde und in meiner Nase kitzelt der Geruch von Gras und Blumen. Als ich die Augen öffne, sehe ich, dass ich mich auf einem Weg befinde. Ich schaue mich um, komme dann auf die Füße und klopfe mir den Staub von den Knien.

So anders sieht es gar nicht aus. Ich könnte genauso gut auf der Erde in irgendeinem Wald stehen. Also, von *Fantasy* sehe ich hier gerade nicht viel, lässt man mal die Göttin mit den drei Fuchsschwänzen, den echt abgefahrenen Augen und den spitzen Ohren außen vor.

Schlagartig ändert sich meine Meinung, als ich nach oben schaue. Dort erblicke ich nicht wie erwartet nur eine Sonne, sondern daneben noch zwei Planeten. Erinnert mich irgendwie an den Himmel bei *Avatar*.

Ich strecke mich, bis ein paar Wirbel in meinem Rücken knacken.

Okay, genug gezockt für einen Tag! Ich werde mich jetzt ausloggen, noch etwas essen und dann ins Bett gehen. Als ich mich vorhin eingeloggt habe, war es schon kurz vor Mitternacht. Das ist zwar noch keine Bettgeh-Uhrzeit für mich, aber diese stinklangweilige Party bei meiner Mom hat mich doch mehr geschlaucht, als ich dachte.

Ich bewege die Hand, wie man es uns während des Training-Testlaufs zum Chip gezeigt hat, um das Spielmenü aufzurufen und mich auszuloggen.

Mehrere Sekunden vergehen. Nichts geschieht.

Erneut bewege ich die Hand. Und wieder ploppt kein Menü auf.

Okaaay … Vielleicht hab ich die falsche Hand benutzt? Musste ich die rechte nehmen? Oder war es doch die linke? Ich teste es mit der anderen, wedele dann panisch mit beiden Händen herum. *Shit!* Warum geht das denn nicht?

In meinem Kopf überschlagen sich die Gedanken. Irgendwie kann ich mich an keine genauen Angaben aus dem Training erinnern. Das war doch so … oder? Ich schlucke krampfhaft.

»Ähm, Menü?«, rufe ich mit schwacher Stimme, nachdem nichts funktioniert hat. »System? Log-out? Hallo? Hilfe?«

Ich drehe mich um die eigene Achse. Vielleicht hab ich das Menüfenster nur irgendwie übersehen? Doch da ist nichts! Nirgends! Es ist verdammt noch mal nichts da!

Meine Knie geben unter mir nach und ich sacke zurück auf den Boden. Das Schwert an meiner Hüfte schleift knirschend über die Erde und verursacht ein Geräusch, bei dem sich mir die Nackenhaare aufstellen.

Ich sitze fest, schießt es mir durch den Kopf. *Ich sitze in diesem verdammten Spiel fest!*

Wieder drücke ich auf dem Knubbel in meinem Nacken herum, unter dem der Chip sitzt. »Funktioniere, du blödes Ding!«, schimpfe ich.

Als meine Hände anfangen zu zittern, balle ich sie zu Fäusten und hämmere auf den steinigen Weg vor mir. Mein Herzschlag dröhnt mir bis in die Ohren und ich stehe kurz vor einem Nervenzusammenbruch.

Mir sollte schleunigst etwas einfallen …

Kapitel 2

Wenn das ein Witz sein soll, dann ist er verdammt noch mal nicht lustig!

Irgendwie muss ich doch aus diesem dämlichen Spiel kommen! Ich reibe mir über die Arme, auf denen sich eine Gänsehaut gebildet hat. Erst jetzt sehe ich, dass ich noch meine Klamotten trage, was mich stutzig macht. Sollte ich nicht eine Klasse oder so was wählen können und dann deren typische Kleidung bekommen? Stattdessen sitze ich jetzt mit meinem »Save the Unicorns«-Shirt, Jerseyjacke, Jeans und Sneakern in einem Fantasyspiel. Das kann doch so nicht richtig sein! Oder ist das eines von diesen neuartigen Spielen, in dem sich verschiedene Epochen vermischen? Darauf wetten würde ich jedenfalls nicht ... Eher tippe ich auf einen Bug!

»Hallo, Game Master? Ich möchte ein Problem melden!«, rufe ich erneut, aber wieder bleibt alles um mich herum stumm. Allein eine Grille fängt im Gras neben mir an zu zirpen, was meine ohnehin strapazierten Nerven nur noch mehr reizt. »Hört mich jemand?«

Diese blöden, unausgereiften Spiele! Ständig muss ich mich mit Bugs und Fehlern herumschlagen! Es würde mich nicht wundern, wenn gleich ein Fenster mit der obligatorischen *»Dieser Fehler ist uns bekannt. Wir arbeiten bereits mit Hochdruck an einer Lösung des Problems«*-Meldung aufploppt. Toll, danke, aber davon kann ich mir jetzt auch nichts kaufen ...

Nachdem ich noch ein paar Mal erfolglos an dem Knubbel im Nacken herumgedrückt habe – irgendwie muss ich diese verdammte Verbindung doch unterbrechen können! –, lasse ich mich frustriert nach hinten fallen und starre in den Himmel. Seine Schönheit kann ich gerade nicht würdigen, denn so langsam macht sich nackte Panik in mir breit.

Ich greife nach dem Amulett und reibe mit dem Daumen über den Edelstein in der Mitte. »Hallo? Hört mich jemand?«

Ja, so weit ist es schon gekommen. Ich rede mit einem dämlichen Edelstein …

Plötzlich pulsiert das Amulett in meiner Hand und ein Lichtstrahl leuchtet auf, als ob er mir eine Richtung vorgeben würde.

Ich stemme mich hoch und starre auf das Amulett, reibe wieder mit dem Daumen über den Edelstein. »Gaia?«

Wieder pulsiert es in meinen Handflächen und der Lichtstrahl beginnt zu flackern, als wolle er gleich ausgehen. Ich schüttele das Amulett, wie ich es mit einer Taschenlampe machen würde, deren Batterien gerade aufgeben.

»Ich will mich ausloggen. Ich muss dringend ins Bett. Kannst du mir sagen, was ich dazu machen muss?« Langsam komme ich mir blöd vor, wie ich hier mit einem Schmuckstück rede, aber ich klammere mich an die Hoffnung, dass diese Göttin, mit der ich eben gesprochen habe, mir irgendwie helfen kann. Vielleicht ist die Göttin Gaia ja selbst ein Game Master und kann mir das Ausloggen aus diesem Spiel ganz einfach per Hard Reset oder so ermöglichen.

Doch nichts rührt sich und niemand antwortet mir.

Der Lichtstrahl wird blasser, ebenso wie das Pulsieren.

»Gaia? Kannst du mich hören?« Wieder reibe ich wie vorhin mit dem Daumen über den roten Edelstein in der Mitte, doch diesmal geschieht nichts.

Seufzend lasse ich mich zurücksinken. Vielleicht sollte ich dem Lichtstrahl folgen, der nach vorne auf den Weg gedeutet hat. Ich glaube, ich kann sogar ein paar hohe Dächer hinter den Baumwipfeln entdecken. Ich erinnere mich daran, dass die Göttin meinte, ich würde mich in der Nähe einer Stadt wiederfinden. Es ist allemal besser, als sinnlos hier herumzusitzen. Vielleicht kann mir dort jemand helfen. In den meisten Spielen gibt es in den großen Orten Hilfe-Center und wenn ich ganz viel Glück habe, finde ich dort sogar einen Game Master, der noch Dienst hat und sich meiner annimmt.

Also rapple ich mich auf, klopfe mir den Staub von den Klamotten und reibe mir über die Arme, um das Frösteln zu unterdrücken, das mich trotz kuscheliger Jerseyjacke erfasst. Hier wird es ganz schön kalt ... Und die Stadt ist ziemlich weit weg.

Ich atme tief ein, schlage die Kapuze als zusätzlichen Schutz vor der Kälte hoch, straffe die Schultern und will gerade den ersten Schritt machen, als ich ein Rumpeln hinter mir höre. Schnell drehe ich mich um und sehe, wie ein Karren auf mich zukommt. Menschen! Andere Spieler! Selbst wenn es nur ein NPC, ein Programm, ist, kann ich ihn vielleicht nach dem Weg fragen. Und wenn ich ganz viel Glück habe, hat er vom Spiel ein paar Hilfeprogrammierungen bekommen, um Spielern, die feststecken so wie ich, behilflich zu sein.

Winkend gehe ich auf den Karren zu, der von zwei seltsamen Wesen gezogen wird. Sie sehen aus wie eine Mischung aus Nilpferd und Ochse – irgendwie niedlich und knubbelig –, doch ich lenke meine Aufmerksamkeit schnell auf die Person, die auf dem Kutschbock sitzt.

»Hallo«, grüße ich freundlich und stelle mich an die Seite, als der Karren neben mir zum Stehen kommt.

Ich mustere die Person, doch wegen des braunen Umhangs, den sie trägt, kann ich nicht viel erkennen. Eine Kapuze ist tief ins Gesicht gezogen, sodass ich nur eine ausgeprägte Kinnpartie sehen kann. Das und die breiten Schultern, die sich unter dem Stoff abzeichnen, lassen mich darauf schließen, dass es ein Mann sein muss.

»Weißt du zufällig, wie ich mich ausloggen kann?«, sprudelt es aus mir heraus, ehe ich darüber nachgedacht habe. »Ähm, ich meine, bist du auch ein Spieler?«

Stille. Versteht er mich vielleicht nicht?

Gerade als ich tief Luft geholt habe, um zu einer erneuten Erklärung anzusetzen, fragt er: »Wer bist du?«

Ich stutze. Seine Stimme ist tief, dennoch melodisch. Ich mag den Klang, vor allem dieses raue, leicht kratzige Timbre, das in ihr mitschwingt.

Seine Frage jedoch stellt mich vor ein neues Problem. Was soll ich ihm antworten? Die Göttin hat mich mit meinem richtigen Namen angesprochen und während des Spielbeginns konnte ich nirgends ein Alias eingeben. Soll ich nun dabei bleiben oder meinen Gamernamen nutzen?

»Ich bin Evelyn«, sage ich schließlich so freundlich wie möglich, »und neu hier, sozusagen. Ich bin mit den Funktionen noch nicht so vertraut.«

»Funk … tionen?«, fragt mein Gegenüber und reckt ein wenig das Kinn vor.

Mist, anscheinend ist er doch kein Spieler und nur ein NPC, der mir nicht helfen kann. Meine Hoffnung sinkt.

Ein frischer Wind kommt auf und lässt mich erneut frösteln. »Fährst du in die Stadt? Könntest du mich mitnehmen?«

Ich spüre, dass er mich mustert, und ein Schauer läuft mir über den Rücken, was nichts mit der Temperatur um mich herum zu tun hat, doch ich zwinge mich dazu, still stehen zu bleiben und meinen Blick nicht von ihm abzuwenden. Warum sollte ich auch? Der Kerl ist nicht echt, sondern nur ein verdammtes Programm.

»Spring auf!«, sagt er und dankbar klettere ich etwas unbeholfen auf den Karren, der sich sogleich rumpelnd wieder in Bewegung setzt.

Plötzlich spüre ich wieder das Vibrieren des Amuletts, doch ich versuche es zu ignorieren.

Ich lasse meinen Blick über die Landschaft schweifen, die langsam an mir vorbeizieht. Im Grunde ähnelt diese Welt sehr der

Erde. Ich erkenne einige Baumarten, die genauso aussehen wie zu Hause. Ein Reh steckt neugierig den Kopf durch das Gebüsch, als es den Karren hört, verschwindet aber sofort wieder. Vögel sitzen pfeifend in den Bäumen und fliegen über uns hinweg.

Wenn ich den Himmel mit seinen Gestirnen und die seltsamen Zugtiere einmal nicht beachte, fühlt es sich ganz normal an.

Ich spüre, wie der Mann mich aus den Augenwinkeln von Kopf bis Fuß mustert, doch ich drehe demonstrativ den Kopf in eine andere Richtung und gebe vor, weiterhin die Landschaft zu bewundern.

Warum läuft mir ein wohliger Schauer über den Rücken, wenn er mich anschaut?

Als ich es nicht mehr aushalte, drehe ich mich zu ihm um und setze einen herausfordernden Gesichtsausdruck auf. »Kann ich dir irgendwie helfen?«

Er deutet auf mein Shirt. Mir entgeht nicht, wie groß und gleichzeitig auch feingliedrig seine Hände sind. »Was bedeutet das, was da draufsteht?«

Ich schaue an mir hinunter auf das Einhorn und die Aufschrift, die über dem halb offenen Reißverschluss der Jacke durchblitzen. »Da steht *Rettet die Einhörner.* Eigentlich ist das witzig.«

Doch sein Mund, den ich gerade so unter der Kapuze ausmachen kann, verzieht sich keinen Millimeter. Hat der Typ keinen Humor?

Wahrscheinlich nicht, denn NPCs verrichten nur grundlegende Aufgaben, wie dem Spieler Aufgaben zu vermitteln, Gegenstände zu verkaufen oder seine Rüstung zu reparieren. Normalerweise verlassen sie nie den für sie vorgesehenen Ort. Dass ein NPC hier mit einem Karren unterwegs ist, zeugt schon von einer hohen programmiertechnischen Leistung.

Vielleicht ist das Spiel doch nicht so langweilig, wie ich nach der Ansprache der Fuchsgöttin Gaia dachte? Wenn man mal von dem offensichtlichen Fehlen der Menüfunktion absieht ... Das sollte schnellstens gefixed werden!

Ein Windstoß fegt über uns hinweg und ich kneife die Augen zu, um keinen Sand, der vom Weg hochgeweht wird, hineinzubekommen. Die Kapuze rutscht mir vom Kopf.

Der Karren stoppt und als ich die Augen wieder öffne, sehe ich, dass der Typ mich mit offenem Mund anstarrt.

»Was?«, frage ich verwirrt und fahre mir mit den Händen durch meine rote Mähne, um sie zu glätten. Sicherlich sehe ich schrecklich zerzaust aus! Aber das sollte ihm als NPC egal sein.

»D–Deine Haare ...«, stammelt er und weicht ein Stück von mir zurück.

Ich beobachte sein Getue mit düsterer Miene. »Was ist mit meinen Haaren?«

»Rot wie Feuer ...«, flüstert er.

»Ähm, ja. Und? Ich habe schon immer rote Haare.« Er tut gerade so, als wäre das etwas Außergewöhnliches! Klar, es ist keine so weit verbreitete Haarfarbe wie braun oder blond, aber ganz so dramatisch ist es nun auch nicht. »Können wir jetzt weiterfahren?« Auffordernd wedele ich mit der Hand in Richtung der Zugtiere, die sich bereits das Gras am Wegrand schmecken lassen.

Er zögert kurz, rutscht an den äußersten Rand des Kutschbocks – so weit weg von mir wie möglich – und schnalzt mit der Zunge, woraufhin sich die Nilpferdochsen wieder in Bewegung setzen.

Ich verschränke die Arme und schüttele den Kopf. So ein seltsames Verhalten, also wirklich!

***

Als die Stadt langsam vor uns auftaucht, bin ich erleichtert. Seit dem Vorfall herrschte ein angespanntes Schweigen zwischen uns, das mich fast wahnsinnig gemacht hat. Und immer wieder sage ich mir, dass das absoluter Quatsch ist. Mein Gegenüber ist ein Programm und kein richtiger Mensch, dessen Gefühle ich irgendwie verletzt hätte. Trotzdem fühle ich mich mies, will aber auch nicht den ersten Schritt machen und etwas sagen. Anscheinend hat er keinen Bedarf an Konversation. Auch gut! Ich will sowieso nur hier weg und keine Freundschaften mit irgendwelchen Programmen schließen.

Der Karren passiert die steinernen Stadtmauern und sofort herrscht ein reges Treiben um uns herum. Menschen laufen umher, quetschen sich durch die engen Gassen, die von windschiefen Hütten gesäumt sind. Eine Vielzahl von Gerüchen strömt auf mich ein und ich bin wirklich begeistert, dass das Spiel sogar Gerüche an mein Hirn senden kann.

Es ist fast so, als wäre ich wirklich hier und nicht nur mein Geist.

Händler preisen lautstark ihre Waren an, Kinder rennen durch den Matsch am Straßenrand und mein Begleiter hat Mühe, seinen Karren durch all diese Massen zu manövrieren.

Ich schaue mich interessiert um, sauge alles in mir auf, tauche komplett ins Spiel ein.

Als mich die Leute sehen, stupsen sie Umstehende an und deuten auf mich. Sie starren mich an wie eine Zirkusattraktion.

Bestimmt wegen meiner Klamotten.

Alle tragen hier eher Kleider und Hosen wie im Mittelalter, aber definitiv keine Bluejeans und Shirts mit lustigen Aufdrucken. Was bei mir wieder die Frage aufwirft, warum ich eigentlich keine Kleidung beim Spielbeginn bekommen habe. Sicherlich eine der vielen Fehlfunktionen, die bald behoben werden. Ein seltsamer Nachgeschmack bleibt dennoch.

Unter den Blicken der Umstehenden unterdrücke ich den Drang, mich kleinzumachen und ihrem Starren auszuweichen. *Das sind Programme,* sage ich mir immer wieder. *Das sind keine echten Menschen, die dich anstarren. Durchatmen! Schultern gerade! Kinn hoch! Es gibt nichts, weswegen du dich verstecken müsstest!*

Unser Karren biegt in eine Gasse ein und nach und nach verstummt das laute Gemurmel der Menge. Die Häuser stehen hier noch dichter aneinander und es ist düster, fast unheimlich. Ein widerlicher Mief nach Schimmel, Abfall und … – den Rest will ich mir eigentlich gar nicht vorstellen! – lässt mich fast würgen. Doch ich komme nicht umhin, wieder einmal zu denken, wie gut dieses Spiel auf die verschiedenen Sinne eingeht. Echt wahnsinnig gut, auch wenn es gerade wirklich eklig ist.

Mir wird mulmig zumute, während ich verstohlen nach links und rechts spähe und hinter jedem Schatten einen Angriff vermute.

»Wohin fahren wir?«, frage ich und versuche krampfhaft, mir die aufkommende Panik nicht anmerken zu lassen. Wie von selbst wandert meine Hand zu dem Schwertgriff an meiner Hüfte. Habe ich überhaupt einen Skill, mit dem ich das Schwert benutzen kann? Das haben sie im Chiptraining irgendwie übersprungen … Wie so vieles!

»Zu einem Bekannten von mir«, sagt mein Begleiter und starrt stur geradeaus. »Du bist nicht von hier, oder?«

»Ist das so offensichtlich?«

Er zuckt mit den Schultern, ohne mich eines Blickes zu würdigen.

Meine Beine zittern vor Verlangen, von diesem Karren zu springen und wegzurennen. Doch ehe ich diese Idee in die Tat umsetzen kann, schüttele ich schnell den Kopf. Unsinn! Gut möglich, dass mir dieser Bekannte helfen kann, schließlich muss ich mich echt so langsam mal ausloggen. Ich habe vollkommen den Überblick verloren, wie lange ich schon hier bin und wie viel Zeit in der realen Welt mittlerweile vergangen ist. Vielleicht ist es schon fast Morgen! Das wäre natürlich fatal … Unausgeruht werde ich den anstehenden Wettkampf gegen die Nummer zwei sicherlich nicht gewinnen …

Eine unterschwellige Angst kann ich jedoch nicht abschütteln und das bleierne Schweigen zwischen meinem Begleiter und mir sowie die knappen Antworten, die er mir nur gibt, tragen nicht gerade zu meiner Beruhigung bei.

»Du, ich muss echt langsam los«, murmele ich. »Kann dein Bekannter mir dabei helfen, mich auszuloggen?«

»Bestimmt«, sagt er, aber dieses eine Wort macht mich nur noch nervöser. Der feine Unterton in seiner Stimme jagt mir auf einmal einen eiskalten Schauer über den Rücken.

Doch ich bleibe sitzen. *Es ist ein Spiel. Es ist nur ein Spiel. Nichts kann mir passieren.*

Vor einer halb verfallenen Hütte stoppt der Karren und der Typ springt vom Kutschbock, sodass sein Umhang hinter ihm herflattert.

»Hey«, rufe ich ihm nach. »W–Was machen wir hier?«

Er bleibt stehen und dreht sich zu mir um, ehe er sich die Kapuze vom Kopf streift.

Trotz des spärlichen Lichts in der Gasse stockt mir der Atem bei seinem Anblick. Wie eine Vollidiotin sitze ich mit offenem Mund da und starre ihn an, blinzele mehrmals, um sicherzugehen, dass das keine Einbildung ist.

Vor mir steht das, was ich für mich als absoluten Traummann bezeichnen würde. Kohlschwarzes Haar fällt ihm in die Stirn und einige vorwitzige Strähnen sogar fast bis in die Augen, mit denen er mich stumm mustert. Sein Gesicht ist kantig geschnitten, jedoch nicht übertrieben maskulin.

Perfekt. Wie einer dieser Disney-Prinzen, schießt es mir sofort durch den Kopf.

Ohne dass ich ihnen den direkten Befehl erteilt habe, tragen mich meine Beine vom Karren hinunter und direkt zu ihm. Nur mit Zwang kann ich meinen Mund davon überzeugen, sich zu schließen und nicht auch noch anzufangen mit sabbern. Das wäre dann doch etwas zu viel des Guten.

Er streckt mir seine Hand entgegen und eine weitere Einladung brauche ich nicht. Sofort lege ich meine hinein.

Als sich seine Finger um meine schließen, durchfährt mich eine Hitze, die mich zusammenzucken lässt. Er scheint es auch gespürt zu haben, denn er zieht seine Hand sofort zurück und starrt mich mit großen Augen an. Erst jetzt sehe ich, dass seine Iriden von einem hellen silbrigen Grau sind. Wow, so was habe ich noch nie gesehen! Absolut fasziniert verliere ich mich eine Weile in diesem wirren Strudel aus Silber und Gewittergrau. Doch dann kommt mir wieder das merkwürdige Gefühl in den Sinn, als ich ihn eben angefasst habe.

»Was war das?«, frage ich, als ich die losgelassene Hand mit meiner anderen umschließe, damit sie sich nicht so kalt anfühlt.

»Ich …«

Ihn herumdrucksen zu sehen, macht mich wieder nervös. Auf einmal sieht er nicht glücklich darüber aus, mich hier hergebracht zu haben, doch bevor er seinen gestammelten Satz beenden kann, wird die Tür zur Hütte aufgerissen und ein fetter Typ mit schmieriger Schürze füllt den Türrahmen fast komplett aus. Als sein Blick über mich huscht, breitet sich eine eisige Gänsehaut auf meinem ganzen Körper aus und vertreibt die wohlige Hitze von eben.

»Ah, da bist du ja endlich«, brummt der schmierige Typ meinem Begleiter zu. »Und du hast jemanden mitgebracht. Steht es wieder so schlimm?«

Ein Muskel zuckt unter dem Auge meines Begleiters und seine Kinnpartie verhärtet sich. Es wirkt fast so, als würde er jeden Zweifel tief in sich einschließen und sich eines Besseren besinnen.

Der Typ winkt uns hinein. Penibel achtet mein Begleiter darauf, dass ich ihn nicht berühre, während ich mich an ihm vorbei in die Hütte zwänge.

Habe ich etwas falsch gemacht? Meine Hand kribbelt vor Verlangen, sich wieder nach ihm ausstrecken zu dürfen und diese Hitze erneut spüren zu können, die meinen ganzen Körper vibrieren und mich alle Ängste vergessen lässt.

Wenn das ein Feature im Spiel ist, dann ist es verdammt gut. Es fühlt sich fast so an, als wäre es … *echt.*

***

Das Innere der schäbigen Hütte wird von mehreren Kerzen

beleuchtet, die tanzende Schatten an die Wände werfen. Ein widerlicher Gestank nach ungewaschenen Leibern und schlechtem Essen nimmt mir beinahe die Luft zum Atmen und am liebsten würde ich auf dem Absatz kehrtmachen und flüchten. Mehrere Männer drehen sich zu mir um, als ich verloren im Raum stehe und mich unsicher umsehe. Frauen huschen zwischen ihnen hin und her, stellen Krüge auf die schmuddeligen Tische und kichern dabei.

Ein Gasthaus?, schießt es mir mit einiger Verspätung durch den Kopf. Nicht unüblich in Fantasyspielen, aber dieses hier umgibt eine seltsam düstere Aura, bei der sich mir sämtliche Nackenhaare aufstellen.

Gerade als ich mich zu Mr Perfect umdrehen und ihn bitten will, mit mir von hier zu verschwinden, schiebt sich der Typ von eben in mein Sichtfeld.

»Was bringst du uns diesmal, Lucian?«, brummt der Dicke. »Hoffentlich eine, die ordentlich anpacken kann, denn ich habe keine Zeit für Schmarotzer!«

»Keine Sorge! Diesmal ist es etwas Besonderes«, sagt die Stimme von Mr Perfect hinter mir. *Lucian, hm?*

»Rote Haare?«, ruft der Dicke erstaunt, als er direkt vor mir steht. Allein sein Geruch entfacht bei mir eine mittelschwere Alkoholvergiftung und woher die ganzen Flecken stammen, die sein Wams zieren, will ich lieber gar nicht wissen. Seinen Bart schaue ich mir nicht genauer an, aus Angst, mich ansonsten gleich übergeben zu müssen. »Wo hast du die denn gefunden?«

Er beugt sich vor und legt seine fleischigen Finger um mein Kinn, um es anzuheben. Mit einem Ruck entziehe ich mich ihm und weiche einen Schritt zurück, pralle dabei aber sofort gegen eine harte Brust. Ein Blick nach oben verrät mir, wer da noch immer hinter mir steht, denn graue Augen schauen zu mir hinab. *Lucian.*

»I–Ich gehe jetzt lieber«, stammele ich und versuche, den beiden Männern zu entkommen, doch sofort legt Lucian eine Hand auf meine Schulter und hält mich fest. Ängstlich blicke ich zu ihm empor. »Lass mich los.« Ich hätte mehr Nachdruck in diese Forderung legen sollen, doch gerade bin ich froh, dass meine Stimme nicht gleich ganz vor Panik versagt.

»Was gibst du mir für sie?«, fragt er den Dicken und ich erstarre vor Angst.

Hat er das gerade wirklich gefragt?

Der Dicke schürzt die wulstigen Lippen und lässt seinen Blick von meinen Füßen nach oben gleiten. Ich winde mich unter seinem Starren. Es erinnert mich an die Art, wie Mom mich ansieht, wenn ich nicht so erscheine, wie sie es sich wünscht. Abschätzend. Als würde man im Supermarkt ein Stück Obst nach faulen Stellen absuchen, um den Preis zu drücken.

Ich versuche, meine Schulter freizubekommen, doch Lucians Griff verstärkt sich und ein leises Wimmern kommt über meine Lippen.

»Drei Goldstücke«, sagt der Dicke dann.

Lucian lacht. Es ist ein tiefes Lachen, jedoch nicht laut oder polternd, und wäre die Situation nicht so grotesk, würde ich ihn schmachtend ansehen und mir wünschen, dass er nie wieder damit aufhört, diesen wundervollen Laut von sich zu geben.

Doch leider stehen die Dinge anders. »Drei Goldstücke? Komm schon, Marcus! Sie ist mindestens zehn wert und das weißt du genau!«

Menschenhändler!, durchfährt es mich. Als ich schnell nach links zu einem jungen Mädchen blicke und seinen tiefen Ausschnitt und den geschlitzten Rock sehe, wird es mir schließlich klar.

Das ist kein Gasthaus.

Das ist … In der realen Welt wäre diese Frau wahrscheinlich eine Hostess.

Dieser Mistkerl Lucian will mich tatsächlich als Hostess verkaufen. Aber nicht mit mir!

Endlich kommt wieder Leben in meine erstarrten Glieder. Entschlossen greife ich nach meinem Schwert und ziehe es mit einem Ruck aus der Scheide. Dabei bete ich, dass ich in diesem Spiel irgendeine Fähigkeit habe und die Kunst des Kämpfens einfach so beherrsche.

Doch natürlich werde ich enttäuscht.

Noch während ich das Schwert herausziehe, gleitet es mir aus den schweißnassen Händen und fällt klirrend zu Boden, wo es noch ein paar Meter weiterrutscht und außerhalb meiner Reichweite liegen bleibt. *Na großartig.*

Panisch blicke ich zwischen den beiden Männern hin und her und wäge meine Möglichkeiten ab. Lucian hat mich zwar losgelassen, aber nun sind einige andere Männer aufgestanden und haben sich zu uns umgewandt. Es bleibt mir also nur der Weg durch den Ausgang, durch den ich vorhin gekommen bin. Doch vor der Tür steht Lucian, der mich nicht aus den Augen lässt.

»Komm, kleiner Rotschopf, wer wird denn solche Angst haben?«, säuselt der Dicke und streckt seine Hand nach mir aus, was mich noch weiter zurück- und zur Seite ausweichen lässt.

Mein Herz klopft mir mittlerweile bis zum Hals. *Das ist nur ein Spiel, Eve, beruhige dich! Niemand kann dir hier etwas tun.*

Scheiße, es fühlt sich aber alles so real an!

Der Dicke greift nach meinem Arm und ich versuche, mich ihm zu entwinden. Als ich nach ihm trete, schlägt er mir mit dem Handrücken ins Gesicht, sodass ich für einen Augenblick Sterne tanzen sehe.

Ein metallischer Geschmack sammelt sich in meinem Mund und angewidert spucke ich das Blut aus. Hoffentlich hat er mir keinen Zahn ausgeschlagen!

Halt, Moment! Schmerz? *Blut?!*

Während des Chiptrainings hat man uns auf Kampfszenen vorbereitet, aber der Schmerz ging nie über einen dumpfen Aufprall hinaus, ähnlich dem, wenn man sich den Musikantenknochen irgendwo anschlägt. Selbst bei direkten Treffern und gar Schusswunden gab es nie mehr als ein dumpfes Ziehen. *Und vor allem war da kein Blut, verdammt noch mal!*

Ungläubig fahre ich mir mit der Hand über den Mund und starre die dünne Blutspur darauf an.

Auch die beiden Männer um mich herum starren auf meine Hand und das Blut, das ich auf den Boden gespuckt habe. Alle scheinen die Luft anzuhalten und es würde mich nicht wundern, wenn man eine Stecknadel fallen hören könnte.

Lucian kommt als Erster zu sich, hebt mein Schwert auf und drückt es mir in die Hand. Völlig verdattert greife ich danach, während er mich schon Richtung Ausgang schiebt.

»Raus mit dir! Warte beim Karren«, weist er mich leise an und wirft die Tür zu, nachdem ich wieder in der dunklen Gasse stehe.

Erst jetzt fängt auch mein Verstand wieder zu arbeiten an und beinahe automatisch drehe ich mich um und will die Tür wieder öffnen, um eine Erklärung zu fordern, die hoffentlich gut genug ist, dass ich sie glauben kann.

Dumpf dringt Lucians Stimme zu mir nach draußen.

»Tut mir leid, Marcus. Wie es aussieht, ist unser Geschäft geplatzt. Ich mache mich dann lieber auf den Weg und bringe dir das nächste Mal eine, die hier wirklich arbeiten will.«

»Hast du das auch gesehen?«, murmelt eine andere Männerstimme. »Nicht nur feuerrote Haare. Nein, auch ihr Blut … Es war … *rot*.«

Was soll das denn heißen? Natürlich ist mein Blut rot! Ich bin ja kein Alien oder so was. Viel wichtiger ist aber die Frage, warum ich hier *überhaupt* bluten kann. Das Pochen in meiner Wange erinnert mich auch daran, dass ich eigentlich gar keinen Schmerz spüren dürfte.

Die Tür wird aufgerissen und vor mir steht Lucian, der mich sofort zur Seite schiebt und hastig die Tür wieder hinter sich schließt.

»Was machst du hier?«, herrscht er mich an. »Ich hab dir gesagt, du sollst zum Karren gehen! Sie dürfen dich nicht sehen!«

Mit zusammengezogenen Augenbrauen sehe ich ihn an. »Etwas spät, befürchte ich«, knurre ich zurück und bin heilfroh, dass meine Stimme nicht so sehr zittert wie der Rest meines Körpers.

Grob packt er mich am Handgelenk, um mich hinter sich herzuzerren, und sofort spüre ich wieder dieses heiße Kribbeln an der Stelle, wo seine Hand meine bloße Haut berührt. Es fühlt sich an, als würde flüssiges Feuer durch meine Adern fließen, ausgehend von unserer Berührung, aber anstatt mich zu verbrennen, belebt es mich. Es prickelt, pulsiert, vibriert und ich schließe genüsslich die Augen, während das Gefühl auf meinen ganzen Körper übergreift.

Bis Lucian mich loslässt. Abrupt verschwindet das Gefühl und hinterlässt eine kalte, dumpfe Leere. Ich reibe mir über die Arme, denn trotz flauschiger Jacke fröstelt es mich plötzlich.

Lucian starrt auf seine Hand, dann auf mich und wieder zurück auf seine Hand. »Wie hast du das gemacht?«

»Was?«, frage ich verwirrt, immer noch die Arme um mich geschlungen.

»Diese ... Hitze! Und dein Blut! Wie kannst du rotes Blut haben?« Er macht einen Schritt auf mich zu, bleibt aber in einem sicheren Abstand stehen, während er mich misstrauisch beäugt.

»Ich habe keine Ahnung, wovon du redest! *Jeder* hat rotes Blut!« Hilflos fahre ich mir mit den Händen durchs Haar.

Er schüttelt den Kopf, als hätte ich ihm gerade zu erklären versucht, dass alle Schweine fliegen können.

»Hör mal«, versuche ich es erneut, »ich bin echt fix und fertig und muss mich dringend ausloggen. Leider scheint es aber einen Bug zu geben, sodass ich das Menü nicht aufrufen kann. Kannst du mir sagen, wo ich den nächsten Game Master oder ein Hilfecenter finde?«

Und wieder dieser fassungslose Blick. Ich meine, er sieht dabei total toll und kein bisschen trottelig aus, aber so langsam bin ich es leid!

Schnaubend drehe ich mich um und stapfe die Gasse entlang. »Schön, wenn du mir nicht hilfst, suche ich mir eben selbst Hilfe. Ich hab nicht ewig Zeit!«

Ich lasse ihn einfach stehen, ich kann's selbst kaum glauben. Programm hin oder her, aber einen so heißen Typen einfach wie einen begossenen Pudel stehen zu lassen, ist schon beinahe eine Kunst. Mit jedem Schritt, den ich mich von ihm entferne, nimmt die Kälte immer mehr von mir Besitz. Aber hey, immerhin wollte der Kerl mich an einen Zuhälter verkaufen! Da darf ich ihn auch stehen lassen! Spiel und vorgegebene Quest hin oder her – so was macht man einfach nicht!

Als ich um die Ecke biege, wage ich einen vorsichtigen Blick zurück. Mein Herz sinkt, als ich sehe, dass er mir nicht nachgelaufen ist. Sollten die heißen Typen nicht immer den Heldinnen hinterherlaufen, um sie aus möglichen Gefahren zu retten? Vielleicht hat dieser heiße Typ noch nichts davon gehört und ich sollte ihm etwas Nachhilfe geben? Ja, am besten wäre es, wenn ich mich umdrehe und zu ihm zurückgehe, schließlich … Doch dann rufe ich mir ins Gedächtnis, dass der Typ vor nicht einmal einer Viertelstunde versucht hat, mich zu verschachern.

Nein, diesem Typen werde ich keine Träne nachweinen! Soll er doch dort stehen bleiben, bis er schwarz wird!

Ich befinde mich nun wieder auf der Hauptstraße durch die Stadt und noch immer herrscht ein reges Treiben. Als die Leute auf mich aufmerksam werden, weichen sie vor mir zurück und bilden so eine Gasse, durch die ich problemlos laufen kann. *Wie praktisch!* Aber ihre Blicke jagen mir einen Schauer nach dem anderen über den Rücken. Das Tuscheln begleitet mich bei jedem Schritt und das beklemmende Gefühl nimmt immer weiter zu.

Warum sehen sie mich so seltsam an und zeigen mit dem Finger auf mich? Habe ich irgendwas im Gesicht? Jetzt mal abgesehen von der roten Wange, die ich der Ohrfeige dieses Zuhälters zu verdanken habe.

Da ich keine Ahnung habe, wohin ich mich wenden soll, beschließe ich, wahllos jemanden zu fragen.

»Entschuldigung.« Ich tippe einer jungen Frau auf die Schulter, die erschrocken mehrere Meter zurückspringt, als sie mich sieht. Ich schlucke meinen Ärger über diese Reaktion hinunter. »Kannst du mir sagen, ob es hier einen Game Master gibt?«

Ihre Lippen beben, als sich ihr Blick starr auf meine Haare richtet. Sie macht mit den Fingern eine seltsame Geste und sofort weichen auch die anderen Leute um uns herum zurück.

»Ich habe dir eine Frage gestellt«, sage ich.

Die Frau öffnet den Mund und schreit, als ich einen Schritt auf sie zu mache, und ich halte mir schnell die Ohren zu bei diesem Lärm. In diesem Moment fängt das Amulett wieder kurz an zu vibrieren und etwas legt sich über meine Schultern und meinen Kopf. Verdutzt blicke ich mich um.

»Kopf unten lassen«, raunt es an meinem Ohr. Ich kenne diese Stimme und ein Schauer durchläuft meinen Körper, als ich seinen warmen Atem an meiner Haut spüre. *Lucian.*

Er hat mir seinen Umhang übergeworfen und drückt meinen Kopf ein Stück nach unten, während er mich durch die Menge bugsiert. Die Leute weichen vor uns zurück und lassen uns – zum Glück! – passieren. Ich traue mich nicht, auch nur ein Wort zu sagen, und halte den Blick gesenkt, schaue nur auf meine Schuhe und lasse mir die Richtung von ihm vorgeben.

Lucian schiebt mich in eine Gasse und als wir in sicherer Entfernung zur Menge sind, presst er mich mit dem Rücken gegen eine Hauswand. Ich keuche auf und blicke ängstlich zu ihm hoch. Seine grauen Augen sind dunkel wie der Himmel kurz vor einem Gewitter.

»Wer bist du?«, presst er zwischen zusammengebissenen Zähnen hervor.

»E–Evelyn«, stammele ich. Ich habe ihm meinen Namen bereits gesagt, als wir uns auf der Straße getroffen haben, aber ich weiß nicht, was er sonst von mir hören will. »Ich bin ein Spieler und möchte mich nun gern ausloggen.«

Er schüttelt den Kopf. »Ich frage dich noch einmal. Wer. Bist. Du?«

Ich schwanke zwischen einem wütenden Mit-dem-Fuß-aufstampfen und In-Tränen-ausbrechen. Sicherlich wissen die Programme nicht, dass sie nur Teil eines Spieles sind, deshalb verhalten sie sich ganz normal und finden mein Verhalten sehr verdächtig. Sie sind eben so programmiert.

Also hole ich tief Luft und sage: »Ich bin Evelyn und habe mich verlaufen. Ich suche den Weg nach Hause und dabei kann mir ein Game Master helfen.« Als sich seine Augenbrauen zusammenziehen und ein noch stärkeres Gewitter in seinen Augen aufkommt, füge ich noch schnell hinzu: »D–Das ist jemand mit sehr viel Macht und Ansehen. Jemand, der die Geschicke des Landes und der einzelnen Menschen bestimmen kann.«

Hey, was Besseres ist mir auf die Schnelle einfach nicht eingefallen! Natürlich ist ein Game Master ein Mensch aus der realen Welt, der die Macht über die Codes und Spielvorgehen hat und Spielern wie mir, die Probleme im Spiel haben oder feststecken, zu Hilfe kommt.

Lucian mustert mich mit versteinerter Miene. Es ist mir unmöglich, eine Regung in seinem Gesicht abzulesen. Glaubt er mir? Oder wird er mich jetzt gleich wieder anschreien und zu der schäbigen Hütte zurückschleifen?

Unweigerlich fährt meine Hand zu meiner Wange, die immer noch dumpf vor Schmerz pocht. Dieser widerliche metallische Geschmack hat sich in meinem Mund ausgebreitet und ich wünsche mir nichts sehnlicher als einen Schluck Limo, um ihn endlich loszuwerden.

»Hat er dir wehgetan?« Mit einem Mal ist seine Stimme sanfter, als sein Blick der Bewegung meiner Hand folgt. Ich nicke. »Komm. Ich bringe dich zu jemandem, der dir vielleicht helfen kann.«

Natürlich werde ich sofort misstrauisch und presse den Rücken noch fester gegen die Mauer, um so viel Abstand wie möglich zwischen mir und Lucian zu haben. Als er die Hand nach mir ausstreckt, kneife ich die Augen zu, erwarte, dass auch er mir wehtun wird, doch dann spüre ich ein sanftes Prickeln an der Wange. Federleicht streicht er mit zwei Fingerspitzen über meine Haut und ruft dadurch ein kribbelndes Gefühl hervor, das mich seufzend ausatmen lässt. Zögerlich öffne ich wieder die Augen und lege den Kopf ein Stück in den Nacken, um seinem Blick begegnen zu können.

Noch immer ist seine Miene unergründlich, während er mich eingehend mustert. Doch er sieht nicht so aus, als wolle er mir etwas antun.

Ich ringe noch eine Weile mit mir. Einerseits will ich ihm nicht vertrauen und mich nicht erneut in seine Hände begeben, doch andererseits … Was soll ich sonst tun? Kein anderer, dem ich begegnet bin, antwortet auf meine Fragen, und bei meinem Glück gerate ich an noch zwielichtigere Gestalten, wenn ich einfach so durch die unbekannte Stadt streife.

So ungern ich es mir auch eingestehe, aber Lucian ist momentan meine beste Chance, um endlich aus diesem Spiel entkommen zu können.

»Behalte den Umhang an und verstecke deine Haare«, weist er mich an. »Wir müssen durch die Stadt und rauf auf die Hügel.«

»Was ist auf den Hügeln?«

Eine Falte bildet sich zwischen seinen Augenbrauen, als würde er angestrengt über meine Frage nachdenken müssen. Oder als hätte er nicht damit gerechnet, dass jemand tatsächlich eine so dumme Frage stellen könnte.

»Die Tempel«, sagt er schließlich und verlässt die Gasse.

Ich haste hinter ihm her, halte den Umhang mit der Hand vorn zusammen und folge Lucian die Straßen entlang.

Kapitel 3

Wer kommt eigentlich auf die bescheuerte Idee, solche Tempel immer auf Hügeln zu bauen und anschließend keinen Lift zu montieren? Den Kerl sollte man gleich erschießen! Nicht enden wollende Treppen und Stufen, Stufen, Stufen – nichts als Stufen, so weit mein Auge reicht.

Als ich endlich auf dem Hügel, der eigentlich eher Ähnlichkeit mit dem Mount Everest hat, ankomme, breche ich augenblicklich zusammen. Meine Beine und vor allem meine Knie fühlen sich an wie Pudding und weigern sich, mich auch nur noch eine Sekunde länger zu tragen.

Keuchend schnappe ich nach viel zu viel Luft, die meine Lunge gar nicht verarbeiten kann, und mir wird kotzübel.

»Alles in Ordnung?«, fragt Lucian und beugt sich ein Stück zu mir herunter.

Ich muss schrecklich aussehen. Garantiert hat mein Gesicht die Farbe eines Schweinchens mit Sonnenbrand und wahre Schweißsturzbäche fließen mir an den Schläfen und dem Rücken runter.

Und was ist mit ihm? Nichts! Nicht einmal eine mickrige Schweißperle ist auf seiner Stirn zu sehen! Wie unfair ist denn das bitte?

Ich wische mir mit dem Handrücken über das Gesicht und versuche aufzustehen, falle jedoch sofort wieder auf die Knie, weil meine Muskeln zittern und sich anschließend verkrampfen. Ich muss einen jämmerlichen Anblick bieten und am liebsten würde ich mich hier auf der Stelle hinlegen und nie wieder aufstehen. Der gepflasterte Boden unter mir sieht richtig gemütlich aus …

»Lass mich einfach hier liegen«, nuschle ich, weil mir selbst das Sprechen schwerfällt. »Fällt gar nicht auf … Irgendwann ergebe ich ein Muster, nachdem man mich festgetreten hat … «

Lucian steht neben mir, als wäre er diese mörderische Strecke nicht selbst gelaufen, sondern geflogen. Frisch und munter sieht er stirnrunzelnd zu, wie ich meine erhitzten Wangen an den Pflastersteinen abkühle und dabei unverständliches Zeug brabbele.

»Du musst aufstehen, Evelyn.«

Wow, das erste Mal, dass er meinen Namen benutzt! Und er klingt so gut aus seinem Mund. Irgendwie besonders, fremdländisch. Ich hätte nichts dagegen, wenn er den ganzen Tag nur meinen Namen murmeln würde. Wäre das nicht wundervoll?

Was hat er noch gesagt? Aufstehen? Nein, wohl eher nicht.

»Evelyn, bitte …«

Etwas bohrt sich in den steinernen Boden, direkt vor meiner Nase, und ich springe kreischend hoch, lande aber rücklings wieder auf dem Hintern. War das ein Pfeil?

Doch da steckt kein Pfeil im Boden. Es ist weiß und rechteckig. Ich lehne mich ein Stück vor, um es näher zu betrachten.

»Ist das … eine Karte?« Tatsächlich, es sieht aus wie eine gewöhnliche Skatkarte, nur ohne Beschriftung. Doch wie kann eine Spielkarte Stein beschädigen und im Boden stecken bleiben?

»Zurück!«, ruft Lucian und zerrt an meiner Schulter. Unsanft schlage ich mit dem Rücken auf den Boden und will mich gerade bei ihm beschweren, als eine weitere Karte im Boden steckt. Genau da, wo ich eben noch saß.

»Scheiße!«, fluche ich, mobilisiere meine letzten Reserven und komme auf die Füße. Ich greife nach meinem Schwert und ziehe es heraus, ohne es diesmal fallen zu lassen. Ich bin richtig stolz über diesen Fortschritt.

Lucian mustert meine Versuche mit einer hochgezogenen Augenbraue. »Kannst du damit umgehen?« Die Zweifel in seiner Stimme sind nicht zu überhören.

»Aber sicher doch«, schnappe ich zurück, obwohl ich mir dessen überhaupt nicht sicher bin, doch das würde ich ihm gegenüber niemals zugeben. Immerhin halte ich das Ding am richtigen Ende und habe es noch nicht fallen lassen. Was will er also noch?

Er tritt neben mich, greift in die Ärmel seines Hemds und hält zwei gebogene Dolche in der Hand. Sie blitzen in der Sonne und sehen verdammt scharf aus.

Lucians Körper ist angespannt, als er die Umgebung nach unserem Angreifer absucht.

Als eine weitere Karte direkt neben meinem Kopf entlangfliegt und einen kleinen Windstoß hinter sich herzieht, kreische ich vor Schreck und lasse mein Schwert nun doch fallen.

Verdammter Mist, ich hätte mir eine andere Waffe bei Spielbeginn aussuchen sollen! Das blöde Ding ist einfach viel zu schwer und unhandlich für mich! Und ich mache mich hier total zum Affen, schon wieder …

»Die Nächste geht nicht daneben!«

Eine Stimme, ganz in der Nähe! Panisch drehe ich mich nach allen Seiten um, kann aber niemanden entdecken.

Mein Herz klopft mir bis zum Hals, doch ich versuche, die aufkommende Panikattacke niederzukämpfen. Ich verliere niemals während eines Spiels den Kopf! Entschlossen schlucke ich den Kloß in meinem Hals hinunter und stelle meine Füße ein Stück auseinander, um einen festen Stand zu haben. Mit einer theatralischen Geste – ja, Auftritt ist eben alles! – schleudere ich den Umhang von mir weg.

»Zeig dich, Feigling!«, rufe ich. »Stelle dich dem Zorn von *Nemesis*!«

Hach ja, ich habe mir so lange schon ausgemalt, das einmal zu sagen! Doch nie hat es wirklich gepasst. Nur mit Mühe kann ich ein zufriedenes Grinsen unterdrücken. Ich spüre, wie das Amulett an meinem Bauch vibriert, und das bringt mich kurz aus dem Konzept. Meine coole Fassade wankt und unser Angreifer nutzt genau diesen Augenblick für einen erneuten Angriff.

Eine weitere Karte sirrt umher und ich spüre ihren Luftzug im Gesicht, nachdem sie schon lange in den Baum hinter mir eingeschlagen ist. Mist, ich habe sie überhaupt nicht kommen sehen!

»Wen hast du denn da angeschleppt, Lucian?« Wieder diese Stimme, diesmal näher als eben. Die Härchen in meinem Nacken stellen sich auf und ich habe keine Kontrolle mehr über meine Atmung. Das war's mit der coolen Fassade!

Grinsend steckt Lucian die Dolche zurück in seine Ärmel und ich kann ihn nur mit offenem Mund anstarren. Will er mich jetzt hier allein gegen den Kartenwerfer kämpfen lassen?

»Du machst ihr Angst, Vincent«, sagt er mit einem spöttischen Seitenblick auf mich.

Lachend kommt ein junger Mann den Weg auf uns zugelaufen, der zur Tempelanlage führt.

Er trägt weite weiße Gewänder, die mich entfernt an die der Fuchsgöttin Gaia erinnern. Lange blonde Haare glitzern hell in der Sonne und fallen bis zu seinem Rücken hinab. Nur am unteren Ende sind sie zu einem Zopf zusammengefasst.

Direkt vor Lucian bleibt er stehen und reicht ihm die Hand. Soll das ein Scherz sein? Der Typ hat uns angegriffen und nun schütteln sie sich die Hände?

»Lange nicht gesehen«, sagt der Blonde. »Sag das nächste Mal Bescheid, wenn du jemanden mitbringst.«

Azurblaue Augen schauen zu mir herab und ich vergesse einen Moment zu atmen. Dieser Mann würde einen Vertrag bei jeder Modelagentur der Welt bekommen. Er hat dieses begehrte, leicht feminine Aussehen. Ihm fehlt Lucians ausgeprägte Rückenpartie, um männlich auszusehen, aber Blondie würde ich auch nicht von der Bettkante schubsen.

Zwischen ihm und Lucian komme ich mir klein und unbedeutend vor. Minderwertig. Aber hey, das hier ist ein Spiel, da sehen die Gruppenmitglieder meistens fantastisch aus. Ich werfe einen Seitenblick auf Lucian. Er ist doch ein Gruppenmitglied, oder? Ohne Menü kann ich das nicht wirklich einsehen. Dämliche Fehlfunktionen …

»Es ist nicht, was du denkst, Vinc«, erklärt Lucian und wirft einen abfälligen Seitenblick auf mich. »Sie kommt nicht von hier und meint, dass ihr jemand mit Macht und Ansehen helfen kann.«

Der Blonde, Vincent, grinst mich breit an. »Dann bist du hier richtig! Nichts ist der Göttin Gaia näher als dieser Tempel. Wenn dir hier nicht geholfen werden kann, dann nirgendwo.«

Er streckt mir die Hand entgegen und ich ergreife sie zögernd. Mir entgeht nicht der scharfe Blick, mit dem Lucian mich beobachtet. Ich erinnere mich, wie sich Lucians Haut auf meiner angefühlt hat, an die Hitze, und will meine Hand zurückziehen, doch Vincent greift einfach danach und drückt sie.

Augenblicklich ist das überhebliche Grinsen aus seinem Gesicht verschwunden und er starrt auf unsere Hände. Das Prickeln ist zurück und schießt von meiner Hand hinauf über Ellenbogen und Schulter und will Besitz von meinem ganzen Körper ergreifen. Mein Blut kocht und pulsiert in meinen Adern, doch es ist nicht schmerzhaft, eher beflügelnd.

Vincent reißt seine Hand zurück und unterbricht die Verbindung. Kälte breitet sich in meinem Körper aus und mein Arm fühlt sich an, als würden viele kleine Nadeln hineinstechen.

Er schaut mit weit aufgerissenen Augen – ist das Panik in seinem Blick? – zu Lucian, der mit verschränkten Armen und düsterer Miene neben mir steht. Als Vincent den Mund aufmacht, schüttelt Lucian leicht den Kopf und Vincent klappt seinen Mund schnell wieder zu.

Er räuspert sich kurz und sagt: »Wir sollten hineingehen. Ich lasse ein paar Erfrischungen für uns bringen. Du siehst ziemlich fertig aus, wenn du mir diese unverblümten Worte gestattest.«

Gegen Erfrischungen hätte ich nichts einzuwenden. Der metallische Blutgeschmack ist zwar aus meinem Mund verschwunden, aber nach dem beschwerlichen Aufstieg herrscht darin gerade eine Trockenheit wie in der Sahara. Ich angle nach meinem Schwert, stecke das nutzlose Ding umständlich wieder zurück in die Scheide und lege den Umhang um meine Schultern.

»Zieh lieber die Kapuze über«, raunt Lucian, der direkt neben mir läuft. »Verstecke deine Haare. Sicher ist sicher.«

Als ich widersprechen will, begegne ich nur seinen silbernen Augen, die die Farbe einer Gewitterwolke angenommen haben. Da ich eigentlich nichts mehr will, als etwas zu essen und trinken und vor allem, mich zu setzen, tue ich wie geheißen und schlage die Kapuze hoch. Einige widerspenstige Haarsträhnen stopfe ich nach hinten und folge den beiden Männern den von blühenden Bäumen gesäumten Weg entlang zum Tempel.

***

Der Weg ist kurz – zum Glück! – und nach wenigen Minuten betreten wir einen kleinen, heimeligen Anbau direkt neben der imposanten Tempelanlage.

Die Bauweise ist in meinen Augen eine wilde Mischung aus griechischen und chinesischen Einflüssen. Ich sehe verzierte Steinsäulen, die die Eingänge säumen, und sich nach oben neigende Dächer. Überall stehen Bäume und Blumen in voller Blüte, die einen wundervollen Duft verströmen. Im Inneren setzt sich vor allem der chinesische Einfluss durch. Böden und Türen sind in Rot und Gold gehalten und aufwendig verziert.

Vincent weist auf den Tisch, der in der Mitte des Raumes steht. »Setzt euch. Ich hole etwas zu trinken.«

Mit einem dankbaren Seufzer lasse ich mich auf den gepolsterten Stuhl fallen – von mir aus hätte es auch ein Stein sein können, so fertig bin ich – und strecke die Beine aus.

Nachdem ich mich dazu überwinden kann, die Augen wieder zu öffnen, entdecke ich Karten, die wild verstreut auf dem Tisch liegen, und greife danach.

»Sind das die Karten, mit denen er uns angegriffen hat?«, frage ich, während ich schon eine in der Hand habe und sie genau von allen Seiten untersuche. Sie ist flach und leicht mit einer glatten Oberfläche. Es ist definitiv kein Papier. Fühlt sich eher an wie eine Art Metall.

Die Tür öffnet sich und Vincent kommt beladen mit einem Tablett herein. Als er mich mit der Karte sieht, sagt er: »Pass auf! Die sind ziemlich ...«

»Autsch!«

» ... scharf.«

Ich stecke den pochenden Finger in den Mund. Meine Güte, die Kanten sind ja rasiermesserscharf! Kein Wunder, dass sie sogar Stein durchschnitten haben. Ich schüttele die Hand, um das Pochen zu vertreiben, und beäuge dann die dicken Blutstropfen, die aus dem Schnitt hervorquellen.

»Das hättest du mir aber ruhig früher sagen können«, maule ich und puste.

Scheppernd knallt das Tablett zu Boden, Vincent ist mit zwei großen Schritten bei mir, wickelt ein Stück meines Umhangs um seine eigene Hand und packt anschließend mein Handgelenk. Ich versuche es ihm zu entwinden, aber sein Griff ist fest wie ein Schraubstock.

»Hey, was ...«

Doch Vincent ignoriert mich völlig, starrt nur auf den Schnitt an meinem Finger. So schlimm ist die Verletzung ja nun auch nicht ...

»Wusstest du das?«, fragt er Lucian, ohne den Blick von meiner Hand zu nehmen.

»Deshalb habe ich sie hergebracht«, antwortet Lucian, der an der Wand lehnt. »Wenn jemand eine Antwort darauf hat, dann du.«

Vincents Blick fällt auf die goldene Kette an meinem Hals und er verfolgt sie bis hinunter zum Amulett. Es ist mir unangenehm, von ihm so intensiv gemustert zu werden, und ich versuche meine Hand zu befreien, was allerdings nicht klappt.

Nachdem er eine Weile das Amulett angestarrt hat, wirft er Lucian einen Blick zu und nickt.

Er lässt meine Hand los, steht auf und richtet sein Gewand. »Folge mir«, sagt er und ich brauche einen Moment, bis ich merke, dass er mich meint. Schon wieder aufstehen? Aber was ist mit Essen und Erfrischungen? Verwirrt und missmutig folge ich ihm aus dem Zimmer hinüber in den Haupttempel.

Was sollte dieses komische Verhalten eben? Warum machen alle so eine Welle wegen meiner Haarfarbe? Und was ist an schnödem roten Blut so besonders? Und warum zum Teufel kann mich keiner von ihnen sitzen sehen?!

Sosehr ich auch die Antworten auf diese Fragen haben will, darf ich nicht mein eigentliches Ziel aus den Augen verlieren: mich endlich aus diesem gottverdammten Spiel auszuloggen.

Sicherlich ist es schon fast Morgen. Ich habe Ende der Woche ein wichtiges Spiel gegen die Nummer zwei der Weltrangliste und müsste eigentlich jede freie Minute nutzen, um mir seine Taktiken einzuprägen, anstatt durch diese blöde, verbuggte Fantasywelt zu stapfen.

Ich werfe einen Blick nach vorn, wo Vincent läuft, und dann nach rechts, wo sich Lucian neben mir hält. Sie könnten unterschiedlicher nicht sein. Hell und dunkel, überheblich und mürrisch. Wie Yin und Yang. Und beide total heiß. Na ja, wenigstens ist die Gesellschaft des Spiels gut. Nicht auszudenken, wenn alle hier so aussehen würden wie Bowser oder Ganondorf! So hab ich wenigstens was fürs Auge, auch wenn es nur Programme sind.

Die Eingangshalle des Tempels ist riesig und prunkvoll. In der Mitte steht eine bestimmt zwanzig Meter große Statue der Göttin Gaia. Um sie herum sind vier große, runde Schalen, in denen Feuer brennen, aufgereiht.

Vor der Statue bleibt Vincent stehen und dreht sich zu mir um. Nachdem er mich eine Weile mit schief gelegtem Kopf gemustert hat, schnippt er mit dem Finger und sogleich kommt ein Junge angelaufen, der sich vor ihm verneigt.

»Wie ist dein Name, Mädchen?«, fragt Vincent mich mit reglosem Gesichtsausdruck. Das macht mir irgendwie Angst, denn vorhin habe ich ihn als freundlichen, wenn auch etwas übermütigen Gesellen kennengelernt.

»Evelyn«, antworte ich und bin froh, dass meine Stimme fest klingt.

»Berühre die Hand dieses Novizen, Evelyn«, weist er mich an und ich schaue unsicher zu dem Jungen. Als ich Lucian und Vincent berührt habe, durchfloss mich zwar ein belebendes Gefühl, aber die beiden sahen dabei alles andere als glücklich aus. Haben sie Schmerzen gehabt? Auch wenn es nur ein Spiel ist, möchte ich diesem Kind keinen Schaden zufügen.

Doch der Junge streckt mir die Hand entgegen und schaut mit großen Augen zu mir auf, also lege ich nach kurzem Zögern meine Hand in seine. Lucian kommt einen Schritt näher, steht jetzt direkt neben mir und zum ersten Mal nehme ich den Duft wahr, der von ihm ausgeht. Ich kann ihn nicht einordnen ... Etwas Frisches, wie eine südländische Frucht. Orangen? Ananas? Nein ... Irgendwas anderes ... Ich komme nicht drauf ... Aber er riecht verdammt toll!

Vincents Worte reißen mich aus meinen Gedanken. »Danke, Novize.«

Der Junge lässt meine Hand los, verbeugt sich und verschwindet durch eine Seitentür des Tempels. Ich war so in Gedanken versunken, dass ich überhaupt nicht mitbekommen habe, ob und was gerade passiert ist. Mist!

Ich werfe einen unsicheren Blick zu Lucian, der sich wieder von mir entfernt hat und mit verschränkten Armen und versteinerter Miene an einer Säule lehnt. Warum tut er auf einmal so desinteressiert? Von ihm habe ich keine Hilfe zu erwarten. Warum schaue ich ihn dann immer wieder an? Doch auch Vincent sieht eher unglücklich als zufrieden aus. So als hätte sich sein schlimmster Verdacht bestätigt. Keine Spur mehr von dem überheblichen Lächeln, das er bisher zur Schau gestellt hat.

»Kann mir nun mal jemand sagen, was hier eigentlich los ist?«, verlange ich mit mehr Schärfe als beabsichtigt in meiner Stimme.

»Woher hast du das Amulett, das du da trägst?«, fragt Vincent und ignoriert meine Frage.

Ich nehme den runden Anhänger in beide Hände und streiche mit dem Daumen über den roten Stein in der Mitte. Soll ich ihm die Wahrheit sagen? Ich kaue auf der Unterlippe, während ich das Für und Wider abwäge.

Würden sie mir glauben, wenn ich ihnen erzähle, dass sie alle nur Programme in einem Spiel sind? Wohl eher nicht. Also beschließe ich, so nah wie möglich an der Wahrheit zu bleiben, ohne die Grundfesten ihrer Welt zu erschüttern.

»Ich bin aus einem Land, das niemand von euch kennt. Eines Tages erschien die Göttin Gaia vor mir und erzählte mir, dass sie mich auserwählt hätte, sie aus ihrem langen Schlaf zu erwecken. Sie gab mir dieses Amulett als Unterstützung.«

Ich sehe, wie Vincent hart schluckt und nervös mit dem Ende seines blonden Zopfes spielt. »Und dann?«

Ich zucke mit den Schultern. »Dann bin ich in dieser Welt aufgewacht und ihm«, ich deute mit dem Daumen auf Lucian, »über den Weg gelaufen. Den Rest kennst du.« Unser Intermezzo mit dem Hurenwirt verschweige ich lieber, doch ich mache mir eine mentale Notiz, Lucian deswegen noch kräftig vors Schienbein zu treten.

Vincent blickt zu Lucian und eine Vielzahl von Regungen huscht über sein Gesicht, so schnell, dass ich keine einzelne davon ausmachen kann. Hoffnung, Angst, Wut wechseln sich innerhalb eines Wimpernschlags ab.

»Hat die Göttin dir auch gesagt, wie du sie erwecken sollst?«, fragt Lucians tiefe Stimme hinter mir. Ich habe sie so lange nicht gehört, dass sie mir einen leichten Schauer über den Rücken jagt.

Ich runzele die Stirn und denke nach. »Sie hat irgendwas von Wächtern gefaselt, die ich finden muss.«

»Sie kann es nicht sein, Vinc. Schau sie dir an! Sie kann nicht einmal ein Schwert halten.«

Wütend drehe ich mich zu Lucian um, denn ich weiß genau, über wen er redet: mich. Und das macht mich *richtig* sauer! Was kann ich denn dafür, wenn mir dieses blöde Spiel nicht zumindest einen Grundskill im Schwertkampf zugedenkt? Soll ich mir das etwa selbst beibringen?

Vincent schüttelt den Kopf. »Sie ist sicher nicht das, was wir erwartet haben. Aber, Luc, du hast es auch gespürt, als du sie berührt hast, oder?«

»Das Feuer«, wispert Lucian.

Vincent nickt. »Als würden Flammen durch unsere Körper rauschen. Ich habe davon gelesen, aber ich hätte mir nie träumen lassen, dass es sich so ... stark anfühlt. Und dass es ausgerechnet in unserer Zeit passiert.«

»Ähm, hallo?« Ich winke in die Runde. »Ich bin auch noch da.« Die beiden Männer schauen mich an, als sähen sie mich zum ersten Mal. »Kann mir bitte einer von euch *endlich* sagen, was hier zum Donnerwetter los ist?«

Lucian wendet sich mit einem Schnauben ab und stampft Richtung Ausgang. Ich sehe ihm nach und würde am liebsten etwas nach ihm werfen. Etwas Schweres, Hartes. Oder Spitzes. Kurz kommt mir mein Schwert in den Sinn, aber bei meinem »Können« würde ich mir noch eher die eigene Hand abhacken.

»Sei ihm nicht böse, Evelyn. Es ist alles ein bisschen viel auf einmal.« Es wundert mich, dass Vincent ihn in Schutz nimmt, doch ich sage nichts dazu. »Ich werde nun versuchen, dir alles zu erklären, soweit es mir möglich ist. Die Göttin Gaia herrscht über die Welt Mareia und die Menschen. Ihr Element ist die Erde. Neben uns gibt es noch das Luftvolk hoch oben im Himmel und das Wasservolk in den Tiefen des Ozeans. Auch sie beten ihre eigenen Gottheiten an und ihre Elemente sind, wie unschwer zu erraten, Luft und Wasser.«

Ich nicke. Klingt logisch. Also drei verschiedene Völker und Elemente. Fehlt nur noch eines.

»Feuer«, murmele ich und Vincent grinst mich an.

»Richtig. Das Luftvolk beherrscht die Winde, das Wasservolk kann dem Wasser gebieten.«

»Und was macht ihr? Habt ihr auch so coole Fähigkeiten? Kontinentalverschiebungen oder Erdbeben oder so was?« Was wäre denn ein Fantasyspiel ohne Magieskills? Nur leider sehe ich bei mir weder einen HP-Balken noch eine Leiste für Mana oder eine andere magische Ressource.

Vincent schaut mich an, als wären mir plötzlich drei Hörner gewachsen, und ich schließe lieber schnell meinen Mund, ehe noch mehr Blödsinn herauskommt.

»Ähm, nein. Wir haben keine … *coolen* … Fähigkeiten.« Er spricht das Wort so aus, als hätte er es noch nie gehört. »Die Erde ist starr. Wenn wir sie befehligen würden, bestünde die Gefahr, dass wir die Göttin selbst verletzen. Wind und Wasser sind da wandelbarer, aber nicht die Erde.«

»Ihr habt also … *nichts*?«

Warum gerate ich bitte an das langweiligste Volk? Nicht nur, dass ich keine Nahkampfskills habe, nun gibt es hier nicht einmal Magie! Dieses Spiel ist echt zum Kotzen! Ich will mich endlich ausloggen und nie wieder hierher zurückkehren!

»Vor Tausenden von Jahren brach Krieg zwischen den Völkern aus.«

»Lass mich raten«, falle ich ihm ins Wort. »Luft und Wasser haben die Erde plattgemacht?«

Vincent ringt eine Weile um Worte. »Ja, so in etwa. Sie trugen ihre Kämpfe auf der Erde aus und zerstörten weite Teile der Welt. Unsere große Mutter, die Göttin Gaia, konnte nicht länger mit ansehen, wie ihre Welt und ihre Kinder litten und starben. Also brachte sie uns eine Waffe.«

»Wie soll man denn mit einer Waffe gegen Luft und Wasser kämpfen?« Stirnrunzelnd schaue ich auf mein Schwert. Unmöglich, damit einen Windstoß zu zerschneiden.

»Es handelte sich nicht um eine Waffe aus Stahl oder Holz«, unterbricht Vincent meine Überlegungen. »Sondern um das letzte Element.« Er tritt einen Schritt zur Seite und deutet auf die prasselnde Feuerschale hinter sich.

»Feuer?«, frage ich verwirrt. »Wasser schlägt Feuer. Das weiß jeder, der mal *Pokémon* gespielt und sich zu Beginn für Glumanda entschieden hat. Knuffig, aber nutzlos gegen Schiggy.«

Er blinzelt mehrmals. »Ich habe zwar keine Ahnung, was dieses *Pokémon* ist, aber ich kann dir versichern, dass das Feuer unsere ultimative Waffe ist. Kein anderes Volk kann über die Flammen gebieten. Wind kann es anfachen und ausbreiten, aber nicht beherrschen. Unser Feuer brennt so heiß, dass es selbst das Wasser verdampfen lassen kann.«

Ich versuche mir gerade vorzustellen, wie so eine popelige Fackel gegen den Atlantischen Ozean in die Schlacht zieht, und muss darüber grinsen.

»Okay«, sage ich, nachdem ich mich wieder gefangen habe. »Ihr habt also mit Feuer gegen Luft und Wasser gekämpft. Wo ist das Problem? Warum macht ihr das nun nicht wieder so?«

»Für den Kampf können wir natürlich kein normales Feuer

nehmen wie das, was du vor dir siehst. Wir können als einziges der drei Völker zwar Feuer erschaffen, aber um mit ihm zu kämpfen, benötigen wir ein Medium.«

Und plötzlich habe ich eine ganz, ganz miese Vorahnung …

»Immer dann, wenn der Krieg der Elemente seinen Höhepunkt erreicht, schickt uns unsere große Göttin einen Hüter des Feuers, der in der Lage ist, selbst zu der Flamme zu werden, die uns den Sieg bringt.«

Vincent schaut mich an, als sollte ich ihm dafür applaudieren. Irgendwie ist sein blauer Hundeblick ja ganz niedlich, außer wenn er so wirres Zeug über Feuer und ein Medium und Kriege redet. Das will ich lieber nicht hören.

»Und du glaubst, dass ich diese Hüterin bin.«

»Deine Haare und dein Blut – beides ist rot wie Feuer. Und dann ist da noch dieses Gefühl, wenn ich dich berühre. Du *musst* es einfach sein!« Er strahlt wie ein Kind unter'm Weihnachtsbaum, das gerade die größten Geschenke auspackt.

»Warum ist die Farbe meiner Haare und meines Blutes so besonders? Da, wo ich herkomme, hat jeder rotes Blut. Na gut, rote Haare sind auch dort nicht ganz so weit verbreitet, aber zumindest nichts, was mich sofort zu einer Hüterin abstempelt.«

Vincent greift in seinen breiten Stoffgürtel und holt eine seiner Karten hervor. Ohne mit der Wimper zu zucken drückt er sich die rasiermesserscharfe Kante in die Handfläche, bis Blut hervorquillt. Ich schreie kurz auf und will ihn davon abhalten, erstarre dann aber.

Da ist nichts Rotes in seiner Handfläche. Die Flüssigkeit, die aus der Wunder herausläuft, ist dunkel, fast schwarz.

Seine verletzte Hand schnellt vor und ehe ich reagieren kann, hat er meine Hand gepackt. Igitt, jetzt habe ich sein schwarzes Alienblut auch an mir! Doch dann durchfährt mich wieder diese prickelnde Hitze, die alle negativen Gefühle verdrängt, und ich schließe genüsslich die Augen.

Ich lande erst wieder im Hier und Jetzt, als er meine Hand loslässt und mir seine zeigt. Ich brauche ein paar Sekunden, bis mein Blick wieder klar ist, doch ich kann das, was ich sehe, nicht glauben. Der Schnitt, aus dem vor wenigen Augenblicken noch schwarzes Blut floss, ist verschwunden. Nicht einmal eine Narbe oder ein roter – oder müsste es ein schwarzer sein? – Striemen ist zurückgeblieben!

»Wenn ich noch an dir gezweifelt hätte, wäre ich jetzt überzeugt«, sagt Vincent grinsend, während ich nur ungläubig meinen Mund öffnen und schließen kann.

Okay, ich bin in einem Spiel, aber ich habe nirgends angegeben, dass ich einen Heiler spielen will. Wieso habe ich also anstatt meiner gewünschten Schwertskills heilende Kräfte?

Vincent tritt nahe an mich heran. *Zu* nah. Ich kann seinen Atem auf meinem Gesicht spüren, als er sich ein Stück zu mir hinunterbeugt, aber ich stehe wie versteinert da und schlucke hektisch. Seine plötzliche Nähe macht mich nervös und ich weiß nicht, wie ich mich verhalten soll. Einen Schritt zurückzuweichen, kommt für mich nicht infrage. Dazu habe ich viel zu lange gebraucht, um mich in einer Männerdomäne zu behaupten. Also recke ich das Kinn und begegne seinem Blick. Was kann schon passieren?

Sekunden später habe ich die Antwort. *Viel* kann passieren.

Ich weiß nicht, ob er es als Einladung aufgefasst hat, doch ohne Vorwarnung presst er seine Lippen auf meine. Erst sanft, dann fester, und ich spüre auch, wie kurz seine Zunge hervorblitzt und über meine Unterlippe fährt.

Erschrocken schnappe ich nach Luft. Nicht wegen der Dreistigkeit, mit der dieser Schönling mich überrumpelt hat. Auch nicht, weil ich schon seit … Monaten? Jahren?? … keinen Mann mehr auf diese Weise geküsst habe, ohne dass etwas Körperliches im Spiel war.

Sondern wegen der Flammen, die ausgehend von meinen Lippen auf ihn überspringen und unsere Körper versengen. Halt suchend kralle ich mich an seinem Gewand fest, weil sonst meine Knie einfach unter mir nachgegeben hätten. Ich lehne mich in diesen Kuss, koste das Brennen zwischen uns aus, das durch meine Adern pulsiert und mich in ungeahnte Höhen trägt.

Ich stehe in Flammen.

Ich brenne.

Und ich fühle mich mächtiger als jemals zuvor.

Ein heißes Pulsieren nach dem anderen jagt mit Hochgeschwindigkeit durch meinen Körper, als sich unsere Zungen berühren. Fast kann ich den Rauch des Feuers riechen und schmecken, doch ich weiß, dass all das eine Einbildung ist. Und doch fühle ich mich, als würde ich schweben.

»Das reicht!«

Eine Stimme hallt durch den Tempelsaal und erschrocken weiche ich von Vincent zurück. In dem Moment, als sich unsere Lippen voneinander lösen, verschwindet auch der Zauber. Mein Körper wird wieder von der Erdanziehungskraft angezogen, fast niedergedrückt, und eine eisige Kälte lähmt meine Glieder. Das Gefühl des Schwebens ist verschwunden.

Ich sacke auf die Knie und nehme alles um mich herum wie in Watte gepackt wahr.

Beine erscheinen vor meinen Augen und erst nach einer Weile kann ich sie Lucian zuordnen, der vor mir steht und wütend auf Vincent einredet. Ich höre seine Worte zwar, doch erst nach einer Weile und mit viel Konzentration ergeben sie einen Sinn.

»Bist du wahnsinnig?«, schreit Lucian und packt Vincent vorn am Gewand. »Willst du sie umbringen? Du siehst doch, dass sie noch nicht so weit ist!«

Vincent lacht. Laut und abgehackt. In seinen Augen flackert etwas auf, das ich nicht zuordnen kann. »Das war ... unglaublich! Diese Kraft! Diese unvorstellbare Kraft! Und das war noch längst nicht alles. Wenn du uns nicht unterbrochen hättest ...«

Ich höre einen dumpfen Aufschlag, ein Knacken, einen Wimpernschlag später geht Vincent neben mir zu Boden und reibt sich mit dem Handrücken über den Mund, aus dessen Winkel schwarzes Blut quillt.

»Sie hätte *sterben* können!«, schreit Lucian.

Vincent wirft mir einen Blick zu und fängt dann wieder schallend an zu lachen. Erneut packt Lucian ihn und zerrt ihn zurück auf die Füße.

»Beruhige dich«, bringt Vincent zwischen seinen Lachanfällen hervor. »Sieh sie dir an.«

Lucian hält inne – wollte er ihn gerade wieder schlagen? – und hockt sich vor mich. Nur undeutlich kann ich ihn erkennen. Mein Blick huscht hin und her und alles sieht für mich aus, als würde ich es durch eine vereiste Scheibe betrachten. Meine Arme hängen nutzlos und schwer an mir herab und nur mit Mühe kann ich meinen Kopf oben halten. Am liebsten würde ich mich einfach hier ausstrecken, schlafen und nie wieder aufwachen.

»Ihre Augen«, zischt Lucian und schaut wieder zu Vincent.

Dieser nickt. »Sie ist es, Luc! Sie ist die Hüterin! Ist das nicht großartig?«

Doch Lucian sieht gar nicht so erfreut aus wie Vincent und irgendwo zwischen Nebel und Watte, die meinen Kopf belagern, frage ich mich, warum das so ist.

Kapitel 4

Etwas Nasses läuft meine Schläfen hinab und weckt mich. Qualvoll langsam hebe ich die Lider. Sie fühlen sich an, als seien sie zentnerschwer, mit noch zusätzlichen Gewichten, die sie wieder nach unten ziehen. Meine Augen brennen höllisch, als ich die Lider auch nur einen Spaltbreit öffne. *Zu viel Licht.* Also kneife ich sie schnell wieder zu.

»Bist du wach?«, höre ich eine Stimme neben mir. »Kannst du mich hören, Evelyn?«

»Eve«, murmele ich und es klingt undeutlich.

»Was?«

»Niemand nennt mich Evelyn.«

Na ja, bis auf meine Eltern. Die würden mich auch bei meinem vollen Namen rufen, wenn ich einen Doppel- oder Dreifachnamen hätte.

Meine Stimme klingt kratzig und fremd und das Sprechen fällt mir schwer. Am liebsten würde ich mich unter einem Berg von Decken vergraben und nie wieder hervorkommen.

»Kannst du dich aufsetzen?«, fragt die Stimme wieder.

Kann sie nicht einfach verschwinden und mich in meinem schwarzen Nichts allein lassen? Irgendwie hat mir das sehr viel besser gefallen.

»Bitte, sprich mit mir! Schlaf nicht wieder ein!«

Ich runzele die Stirn. *Bitte verschwinde endlich!* Doch ich tue trotzdem, wie mir geheißen, und stemme den Oberkörper mit den Armen ein Stück nach oben.

Sofort wird ein weiteres Kissen zur Stabilisation hinter meinen Rücken geschoben, in das ich dankbar sinke. Es ist weich wie eine Wolke und duftet himmlisch frisch.

Ich versuche noch einmal, die Augen zu öffnen, und diesmal klappt es etwas besser, auch wenn sie immer noch so sehr brennen, dass sie sofort anfangen zu tränen.

»Was ist passiert?«, wispere ich und nehme den feuchten Lappen von der Stirn und wische dann mit der Hand darüber, um die letzten Wassertropfen zu beseitigen.

»Du bist zusammengebrochen und hast fast zwei Tage lang geschlafen«, erklärt Lucian, der neben meinem Bett sitzt.

Alarmiert schrecke ich hoch und bin mit einem Mal hellwach. Zwei Tage?! Verdammte Scheiße! Und ich bin immer noch in diesem blöden Spiel! Wenn die Zeit hier genauso verläuft wie in der richtigen Welt, dann habe ich meinen wichtigen Kampf und das Training verpasst. Meine Finger jucken vor Verlangen, auf irgendwas Wehrloses einzuprügeln.

Lucian reicht mir ein Glas Wasser und als ich nicht sofort danach greife, hält er es mir direkt unter die Nase. »Ich bringe dir gleich etwas Brühe. Du musst dringend etwas essen, aber wir lassen es lieber langsam angehen. Du hast dich zu stark verausgabt.«

Er erwähnt nicht wobei und dafür bin ich ihm dankbar, ansonsten wäre ich vor Scham wohl im Boden versunken. Was ist nur los mit mir? Warum habe ich diesen Kuss mit einem Wildfremden so genossen und mich nicht gegen seine Berührungen gewehrt? Auch wenn das hier ein Spiel ist, muss ich mich nicht verhalten wie ein notgeiles Flittchen!

Aber dieses Gefühl! Diese Macht, die mich durchströmt hat … Ich würde wieder ganz genauso handeln, wenn ich in derselben Situation wäre. Nicht weil ich den Kuss genossen habe – okay, das auch –, sondern weil ich mich nach dem Feuer sehne.

Und das macht mir Angst. Das bin nicht ich. Das ist irgendeine abstruse Version von mir, die ganz anders agiert, als ich es je in der wirklichen Welt tun würde. Vielleicht ist genau das der springende Punkt. Hier in dieser Spielwelt muss ich mich nicht den strengen Normen unterwerfen, die mir meine Eltern jahrelang eingetrichtert haben. Hier darf ich Küsse mit Fremden genießen, ohne dass es eine Bedeutung haben muss. Ohne dass ich mich darum scheren muss, welchen Eindruck andere von mir haben – denn sie sind nichts weiter als Programme.

Ein Teil der Anspannung fällt von mir ab. Der Druck, in den Augen meiner Eltern nicht völlig zu versagen, und meinen dritten Platz gegen jeden verteidigen zu müssen – nichts davon ist hier von Bedeutung. Ich muss mich nicht verstellen und andere von meinem Wert überzeugen.

Ich kann mich nicht daran erinnern, wann ich zuletzt in einer ähnlichen Situation war, und ich weiß auch noch nicht, ob mir diese Ruhe in mir gefällt. Ich bin es gewohnt, immer beobachtet zu werden – online wie offline –, dass ich vergessen habe, wer ich wirklich bin. Wer ich sein möchte.

Ich nippe am Wasser und gebe das Glas an Lucian zurück. Er achtet sehr genau darauf, meine Finger nicht zu berühren, als er es mir abnimmt und wegstellt.

Unangenehmes Schweigen senkt sich über uns und mein Blick huscht nervös durchs Zimmer. Ich schaue alles an, nur nicht Lucian. Meine Finger puhlen rastlos an irgendwelchen Fädchen in der Bettdecke.

Sie halten mich für ihre Hüterin, ihre Retterin, doch so etwas bin ich nicht. Ich will keine Fuchsgöttin erwecken oder einen Krieg beenden, der mich rein gar nichts angeht. Ich will doch nichts anderes, als mich endlich aus diesem Spiel auszuloggen!

Ein verstörender Verdacht beginnt an mir zu nagen, und auch wenn ich versuche, ihn aus meinem Kopf zu verbannen, ist er doch sofort wieder da. Was, wenn ich mich erst ausloggen kann, wenn ich das Spiel gewonnen und meinen Zweck als Hüterin erfüllt habe?

Aber das würde ja ewig dauern! Stöhnend stütze ich den Kopf in die Hände.

»Alles in Ordnung?«, fragt Lucian und ich freue mich über den Hauch von Sorge in seiner Stimme. Gilt sie mir oder dem, was ich bin? Doch diese Frage ist müßig. Er hat deutlich klargemacht, was er über mich denkt, als wir hier ankamen. Wenn überhaupt, macht er sich nur Sorgen um die Hüterin, die er in mir sieht.

»Alles okay«, versichere ich ihm und bringe sogar ein schwaches Lächeln zustande. Er beäugt mich kritisch, als würde er damit rechnen, dass ich jederzeit Amok laufen könnte. Ja, wahrscheinlich sehe ich gerade nicht sonderlich zurechnungsfähig aus ... Etwas Wasser und ein Kamm wurden bestimmt Wunder wirken und mich endlich wach machen. »Kann ich hier irgendwo baden?«

»Ich werde dir jemanden schicken. Vielleicht solltest du danach auch weniger auffällige Kleidung tragen.« Er wirft meinen Klamotten einen zweifelnden Blick zu, ehe er aufsteht und zur Tür geht. »Es wird gleich eine Priesterin zu dir kommen, die dir hilft und dir alles zeigt. Bleib bitte solange liegen.«

Seine Sorge wärmt mein Herz und nun lächele ich ehrlich. Egal, ob er mich nur als Hüterin sieht. Es tut so unendlich gut, ein paar nette Worte zu hören. Zufrieden sinke ich in die weichen Kissen zurück und nutze den Moment des Alleinseins, um mich im Zimmer umzusehen.

Es ist klein aber prunkvoll und wird von dem riesigen Bett dominiert, in dem ich liege. Ein Schrank und eine Sitzgruppe mit drei Stühlen – von denen einer neben dem Bett steht – sind die einzigen Möbel.

Gerade als ich wieder wegdämmere, klopft es leise an der Tür.

»Herein!«, rufe ich und muss mich sofort räuspern, da meine Stimme versagt.

Eine blonde junge Frau steckt den Kopf ins Zimmer. »Bitte entschuldigt, dass ich so lange gebraucht habe, Hüterin.« Sie tritt ein und schließt die Tür hinter sich. Auf ihren Armen trägt sie weiße Wäsche, die sie ans Fußende des Bettes legt. »Ich habe Euch frische Gewänder gebracht.«

Sie steht direkt vor mir und schaut mich abwartend an. Meine Zeit im bequemen Bett ist offenbar vorbei. Seufzend schlage ich die Decke zurück und schwinge die Füße über den Rand.

»Wie heißt du?«, frage ich, als sie schon beginnt, mir das Shirt über den Kopf zu ziehen.

Sie blinzelt und starrt auf meinen BH, als sie antwortet: »Mein Name ist Gwen, Hüterin.«

Ich greife selbst nach hinten und öffne den Hakenverschluss. Geschäftig entledigt mich Gwen sämtlicher Kleidungsstücke, während ich krampfhaft versuche, mich mit beiden Armen zu bedecken. Ich bin zwar nicht mit sonderlich viel Schamgefühl gesegnet, was mir hier zugutekommt, aber von einer wildfremden Frau ausgezogen zu werden, ist doch etwas anderes. Andererseits bin ich froh über ihre Hilfe. Ich weiß nicht, ob ich mein Gleichgewicht hätte halten können, wenn ich mich hätte vorbeugen müssen. Meine Muskeln, besonders an Armen und Rücken, schmerzen noch immer höllisch und machen jede Bewegung zur Qual.

Stirnrunzelnd legt Gwen meine Jeans, die Strümpfe und Unterwäsche zusammengefaltet auf einen Stuhl und reicht mir dann eine Art weißen Morgenmantel, in den ich schnell schlüpfe. Vorne wird er mit einem einfachen Gürtel zusammengebunden.

Die junge Priesterin geht zur Tür und hält sie mir auf. »Bitte folgt mir nun, Hüterin.« Ich trete nach draußen in einen langen Korridor und folge Gwen.

Jeder Schritt ist schlimmer als der vorherige. Meine Beine fühlen sich an, als wäre ich einen ganzen Marathon in weniger als zehn Minuten gelaufen. Ich habe Schmerzen an Stellen, wo ich nicht einmal wusste, dass ich da Muskeln habe, doch ich beiße die Zähne zusammen und lasse mir nichts anmerken. Die Aussicht auf heißes Wasser, das meine starren Muskeln lockert, treibt mich an. Ich danke Gwen im Stillen dafür, dass sie sich meinen langsamen Schritten anpasst, sodass es nicht ganz so wehleidig wirkt, wie ich mich hinter ihr herschleppe.

Wir steigen einige Treppen hinab und befinden uns nun unter der Erde, wenn mich mein Orientierungssinn nicht komplett im Stich gelassen hat. Die Böden bestehen nicht mehr aus spiegelndem Marmor, sondern aus normalem, glatt gehauenen Stein, und auch die Wände sind schmucklos und nicht so, wie ich sie aus der Tempelanlage kenne.

Gwen schiebt einen Vorhang beiseite und deutet mit der Hand nach drinnen. Zögernd gehe ich an ihr vorbei und finde mich in einer Höhle wieder. Boden und Wände sind aus rohem Stein. In der Mitte liegt ein See, aus dem Dampfwolken aufsteigen.

Eine heiße Quelle!

Im Gehen streife ich den Morgenmantel ab und sinke wohlig seufzend in das warme Nass. Das Wasser ist heiß und meine Haut rötet sich sofort. Hier drin könnte man sicher Eier kochen, doch es stört mich nicht. Meine Gliedmaßen fühlen sich an wie Gummi, als ich sie endlich ausstrecke, und die Schmerzen sind verschwunden. Ich lehne mich an den Rand und schließe die Augen.

Leise tritt Gwen hinter mich und beginnt, eine Flüssigkeit, die entfernt wie Eukalyptus riecht, in meine Haare einzumassieren. Das nenne ich mal Service! Ob ich die Kleine mit nach Hause nehmen kann?

Als sie fertig ist, tauche ich unter und spüle es ab. Ich fühle mich augenblicklich wie neu geboren.

»Ihr solltet jetzt rauskommen, Hüterin«, sagt Gwen und hält ein weißes Tuch hoch. »Der heiße Dampf schadet Euch, wenn Ihr zu lange darin verweilt.«

Ich will widersprechen, doch ich merke bereits, wie mir ein bisschen schwindelig wird und folge ihrer Bitte. Sobald ich aus der Quelle geklettert bin, legt sie das Tuch um mich und beginnt, mich trocken zu rubbeln.

»Ich kann das selbst«, werfe ich ein, als sie kurz vor den etwas delikateren Stellen ist, doch Gwen schüttelt den Kopf, während sie vorsichtig an meinen Haaren tupft.

Als sie der Meinung ist, ich sei jetzt trocken genug – ich hatte schon Angst, dass sie mir die Haut mit abschabt, so gründlich war sie! –, schlüpfe ich wieder in den Morgenmantel.

»Ich habe bereits richtige Kleidung in Euer Gemach bringen lassen.«

Ich folge Gwen erneut durch die Gänge des Tempels zurück zu dem Zimmer, in dem ich aufgewacht bin. Die Priesterin hilft mir dabei, die fremdartige Kleidung anzuziehen, die auf meinem Bett liegt.

Eine enge braune Lederhose schmiegt sich wie eine zweite Haut um meine Beine. Darüber kommt eine Art weißes Leinenhemd, das mir bis zur Mitte der Oberschenkel reicht und in meiner Taille von einer Lederkorsage zusammengehalten wird. Fingerlose Handschuhe aus dem gleichen Material vervollkommnen mein neues Aussehen.

Mit flinken Fingern bändigt Gwen meine roten Haare und flechtet einige Strähnen an den Schläfen nach hinten. Den Rest lässt sie offen über meinen Rücken hängen.

Ich habe erwartet, dass ich mich in der engen Hose und den Lederhandschuhen kaum bewegen kann, bin aber erstaunt, wie biegsam und anpassungsfähig das Material ist. Auch die Korsage behindert mich nicht. Was hatten die Frauen nur damals? Ich kann in dem Ding perfekt atmen.

Das Amulett der Göttin berührt Gwen nicht und so hänge ich es mir selbst um den Hals, wo es knapp über dem Bauchnabel baumelt.

Zu guter Letzt schlüpfe ich in halbhohe Stiefel, die so gut passen, als seien sie extra für mich angefertigt worden.

Mit geschürzten Lippen betrachtet mich Gwen von oben bis unten und nickt schließlich zufrieden.

»Der Hohepriester erwartet Euch«, teilt sie mir mit und eilt zur Tür, um sie mir wieder aufzuhalten.

»Welcher Hohepriester?«, frage ich verwirrt.

»Vincent, der Hohepriester der Göttin Gaia«, erklärt Gwen.

Natürlich, wer auch sonst? Blondie, den ich vor ein paar Tagen – mir kommt es zwar nur wie Minuten vor, aber egal – geküsst habe. War ja klar, dass ausgerechnet er der Hohepriester sein muss ... Ich habe gehofft, dieses Treffen noch ein bisschen hinauszögern zu können. Doch warum schäme ich mich? Schließlich hat *er* mich geküsst. Okay, ich habe ihn zurückgeküsst, aber das ist ...

Ach, verdammter Mist! Wahrscheinlich bin ich nur aus der Übung, was Männer und das ganze Drumherum angeht, das muss es sein. Ich verhalte mich einfach ganz normal und lasse mir nichts anmerken. Wahrscheinlich bringt er diesen Kuss überhaupt nicht zur Sprache.

Ich straffe die Schultern und folge Gwen.

***

Als ich im Saal mit der Göttin-Statue stehe, bin ich ein nervliches Wrack.

Wie soll ich mich verhalten, wenn er mich darauf anspricht? Soll ich es mit einer Handbewegung abtun oder mit ihm darüber reden? Aber was soll ich sagen? Dass es nichts Ernstes ist und er sich keine Hoffnungen machen soll? Wie blöd ist das denn bitte?

Es ist zum Haareraufen! Warum bringt mich dieser dämliche Kuss so aus der Fassung? Ja, okay, es war kein *dämlicher* Kuss, ganz und gar nicht, aber trotzdem! Warum geht er mir nicht aus dem Kopf?

»Evelyn!«, höre ich eine Stimme hinter mir und erstarre. Meine Bewegungen sind wie die eines Roboters, als ich mich umdrehe und Vincent, dem blonden Hohepriester, gezwungen zulächele.

»Gut siehst du aus!«, lobt er mein neues Outfit und ich nicke. Er bringt den Kuss nicht zur Sprache, sehr gut! Jetzt muss ich mich nur irgendwie natürlich benehmen. »Luc wartet schon auf uns. Folge mir bitte.«

Wenn Lucian auch dabei ist, werde ich einem peinlichen Gespräch sicher aus dem Weg gehen können. Allmählich entspanne ich mich und auch mein Herz schlägt nicht mehr wie nach einem Dauerlauf. Warum habe ich mir solche Sorgen gemacht?

Ich runzele die Stirn, während ich Vincents schmalen Rücken betrachte. Nein, der Mann an sich wirkt keinerlei Anziehungskraft auf mich aus. Vincent ist so gar nicht mein Typ. Zu hell, zu fröhlich, zu androgyn. Ich stehe da schon eher auf die dunkleren, undurchsichtigen Kerle, was mir schon den ein oder anderen Herzschmerz beschert hat. Lag es also doch an dieser Kraft, die zwischen uns aufbrandete, dass ich diesen Kuss einfach nicht vergessen kann und mich nach mehr sehne?

Vincent bringt mich in einen Raum, der direkt an den Saal angrenzt. Auch hier stehen vier Feuerschalen, allerdings sind sie kleiner als die, die um die Göttin-Statue angeordnet sind.

In der Mitte steht Lucian mit verschränkten Armen und mustert mich schweigend. Nie weiß ich, was er denkt, und sein Blick ist so intensiv, dass ich mich unter ihm winde und schnell zur Seite schaue, weil ich ihm nicht standhalten kann.

»Also!« Vincent klatscht in die Hände und zieht unsere Aufmerksamkeit auf sich. Ich bin dankbar darüber, dass Lucian mich nicht mehr ansieht. Mit dem Zeigefinger winkt Vincent mich näher zu sich und zögernd setze ich einen Fuß vor den anderen. Eigentlich will ich nicht näher bei ihm stehen, aber ich bin auch neugierig auf das, was nun folgen wird.

»Was weißt du über die Wächter, Evelyn?«

»Eve«, verbessert Lucian ihn und mein Kopf fliegt zu ihm herum. Er räuspert sich verlegen, was beinahe schon süß ist. »Sie möchte Eve genannt werden.«

Vincent zuckt mit den Schultern und verdreht kurz die Augen. Anscheinend ist er nicht froh über diese Unterbrechung. »Von mir aus. Also, was weißt du?«

Ich überlege einen Moment. »Die Göttin sagte zu mir, ich müsse die vier Wächter finden, denn nur mit deren Hilfe könnte ich sie aus ihrem Schlaf erwecken.«

Vincent nickt. »Richtig. Ohne die Wächter ist der Hüter machtlos. Er trägt zwar das Feuerelement in sich, kann es aber nicht einsetzen.«

Wenn ich also wirklich diese Hüterin bin, habe ich also eine Superkraft und kann sie nicht einsetzen? Wie sinnlos ist das denn?

»Umgekehrt sind auch die Wächter ohne den Hüter nichts weiter als normale Menschen. Sie brauchen einander, um ihre Fähigkeiten zu erhalten. Der Hüter ist der Träger des Feuers und kann diese Gabe an seine Wächter weitergeben.«

Er streckt mir auffordernd seine Handfläche entgegen. »Berühre mich«, verlangt er und ich strecke die Finger nach ihm aus. Federleicht lege ich zwei auf seine Hand und sofort ist die Hitze wieder da, die von meinen Fingerspitzen ausgehend meinen Arm hinaufkriecht.

»Willst du das wirklich hier machen, Vinc?«, fragt Lucian, doch seine Stimme ist eher ein weit entferntes Rauschen. Es gibt nur Vincent, mich und das Feuer unserer Verbindung, das kraftvoll und berauschend in mir lodert.

»Spürst du es, Eve?«, fragt der Hohepriester mit halb geschlossenen Augen. »Die Flammen, die durch unsere Adern fließen? Du trägst das Feuer in dir und verleihst mir deine Kraft. Es fühlt sich so unglaublich gut an!«

Ich kann nur schwach nicken, denn dieses Gefühl ist einfach überwältigend. Ich will nichts anderes, als immer mehr und noch mehr davon zu fühlen, bis mein ganzer Körper davon verzehrt wird.

»Und das ist erst der Anfang.«

Vincents Worte spornen mich an, noch mehr Macht heraufzubeschwören, und nun lege ich alle meine Finger in seine Handfläche. Er reißt die Augen auf. Und sie sind auf einmal nicht mehr blau wie ein wolkenloser Himmel. Flammen tanzen darin. Rot, Orange, Gelb, alles wirbelt durcheinander, als würde ich direkt in ein Feuer sehen.

Erschrocken weiche ich zurück und beende damit unsere Verbindung. Kälte greift nach meinen Gliedern und ich sacke beinahe auf die Knie.

Lucian ist bei mir und stützt mich, als ich schwanke.

»Was war das?«, frage ich benommen. »Deine Augen ...«

»Die Verwandlung«, murmelt Lucian direkt an meinem Ohr und lässt dadurch kleine Schauer meinen Rücken hinunterrieseln.

Ich verstehe nur Bahnhof. Welche Verwandlung? Ich habe nur das Feuer gespürt, das durch meine Adern gerauscht ist.

Vincents Augen strahlen nun wieder in einem klaren Blau, doch er sieht überhaupt nicht zufrieden aus. Die Hand, die er mir eben noch entgegengestreckt hat, ballt er zur Faust. Habe ich etwas falsch gemacht?

»Diese Kraft«, flüstert er zu sich selbst. »Nie hätte ich mir träumen lassen, dass sie so gewaltig ist. Ich kenne die Schriften, aber ... etwas zu lesen und es tatsächlich zu fühlen, sind zwei völlig verschiedene Dinge.«

»Vinc, du musst vorsichtiger sein«, tadelt Lucian ihn und nimmt die Hände von meiner Schulter. Ich wanke kurz, kann aber allein stehen. Trotzdem fühle ich mich ohne seine direkte Nähe und Stütze seltsam schwach. »Sie kann das Feuer noch nicht kontrollieren. Sieh sie dir an! Sie ist vollkommen erschöpft und das nur durch diese kurze Berührung.«

Lucian blickt stirnrunzelnd auf mich hinab, während ich meine Fingerspitzen aneinanderreibe. Ich will es wieder spüren! Das Gefühl von Macht und Hitze – ich brauche es! So sehr sehne ich mich danach, dass es schon fast körperlich wehtut.

Aus einem dummen Reflex heraus greife ich nach Lucians Hand und schließe meine Finger darum. Er zieht zischend die Luft ein und will seine Hand wegziehen, doch da ist es schon zu spät. Hitze schießt von meinen Fingerspitzen in seine Hand und er reißt überrascht die Augen auf.

Ich habe ihn zwar schon vorher berührt, aber nie bewusst. Unsere Berührungen waren immer zufällig, doch diese ist es nicht. Sein Mund ist einen Spalt geöffnet und ich kann meinen Blick nicht von seinen Lippen abwenden, die ich unbedingt küssen will.

Ich muss einen Schritt nach vorn gemacht haben, ohne es zu merken, denn Vincent geht zwischen uns, schlägt unsere Hände auseinander. »Nicht!«, ruft er laut und bringt mich dadurch wieder zur Besinnung.

Ich sacke wieder zu Boden, weil die Erdanziehung plötzlich mit zehnfacher Stärke auf mich zu wirken scheint, und Lucian lehnt sich schwer atmend an eine Säule.

Vincent baut sich vor mir auf, die Hände in die Hüfte gestützt. »Du brauchst dringend Training, Eve«, sagt er tadelnd. »Und erst dann wirst du einen von uns mit etwas anderem als deinen Fingern berühren.«

»Einen von euch?«, frage ich. Meine Worte klingen lallend und ich habe Mühe, die Augen offen zu halten.

»Hast du es noch nicht gemerkt?«, fragt Vincent und zieht spöttisch eine Augenbraue nach oben. »Zwei deiner Wächter hast du bereits gefunden, Hüterin.«

***

Ich werde von einem köstlichen Duft geweckt und bin augenblicklich hellwach. Mein Magen knurrt ohrenbetäubend und erinnert mich daran, dass ich noch nichts gegessen habe, seit ich hier bin. Dabei dürfte ich in einem Spiel gar keinen Hunger verspüren …

Ich springe aus dem Bett und registriere nur am Rande, dass ich nun ein weißes Nachthemd trage. Jemand muss mich hierhergeschafft und ausgezogen haben. Hoffentlich war das Gwen und nicht … Nein, diesen Gedanken denke ich lieber nicht zu Ende.

Ich mache mich hungrig über die Platte mit Essen her, die auf dem Tisch in meinem Zimmer steht. Gebratene Eier, Fleisch und Gemüse, das ich nicht bestimmen kann, schaufle ich in mich hinein und höre erst auf, als ich das Gefühl habe, nach dem nächsten Krümelchen platzen zu müssen.

Gerade als ich mich zurücklehne und zufrieden über meinen Bauch streiche, wird die Tür zu meinem Zimmer aufgestoßen und knallt gegen die Wand. Ich wirbele herum, die Augen vor Schreck weit aufgerissen, und sehe Lucian in der Tür stehen, der Gwen zu mir hineinschiebt.

»Zieh dich an, schnell!«, kommandiert er.

»Was? Aber …«

»Keine Zeit! Wir müssen weg. Beeil dich!« Er schließt die Tür, dennoch höre ich von draußen das Klirren von Metall.

Was zum Teufel geht hier vor? Wird da etwa gekämpft? Mein Körper ist stocksteif vor Angst und Schreck, als Gwen mir das Nachthemd abstreift und mir die Kleidung von gestern anlegt. Mit geschickten Fingern schnürt sie das Korsett und flechtet meine Haare. Ich erhasche nur kurz einen Blick auf sie, während sie um mich herumhuscht, doch das genügt mir. Sie ist blass wie ein Geist. Von der freundlichen jungen Priesterin ist nichts zu sehen.

Als das Klirren von Waffen lauter wird, flüstere ich: »Was geht da draußen vor?« Meine Stimme bebt vor Angst, doch ich schäme mich nicht dafür.

Gwen presst kurz die Lippen aufeinander, ehe sie mir antwortet. »Sie kommen, um Euch zu holen.«

Ich habe Mühe zu atmen und mein Hals fühlt sich wie zugeschnürt an. »Wer will mich holen? Wer sind *sie*?«

Gwens Blick begegnet meinem. Ihre Augen wirken panisch, die Pupillen sind fast nur stecknadelgroß.

Erneut wird die Tür aufgerissen und ich bete, dass es wieder Lucian ist, der hereinkommt. Doch ich werde enttäuscht. Für einen Moment bleibt mir das Herz stehen, während ich auf die Gestalt im Türrahmen starre.

Er sieht aus wie ein Mann – ein sehr muskulöser Mann! –, doch aus seinem Rücken ragen schwarze … Sind das Flügel? Aber nicht diese fedrigen Schwingen, wie man sie von Engelsabbildungen her kennt – seine Flügel sind dunkel, glänzend und irgendwie ledrig. Entfernt erinnern sie mich an Fledermausflügel, nur um einiges größer.

Sein Blick huscht durchs Zimmer, streift Gwen, die wimmernd am Boden liegt, und bleibt dann an mir hängen. Ein diabolisches Grinsen verzerrt sein Gesicht zu einer Fratze und nackte Angst greift nach mir.

Hau ab!, schreien mir die zitternden Muskeln in meinen Beinen zu, doch ich bewege mich keinen Zentimeter, stehe da wie festgewachsen und schaue dem Flügelmann entgegen.

Neben mir fängt Gwen an zu schreien und reißt mich dadurch aus meiner Starre.

Schwert, Schwert, wo ist mein verdammtes Schwert!? Ein Held ist schließlich nur so gut wie seine Waffe! Warum müssen mir in so einem Moment Disney-Zitate einfallen?

Nur für den Bruchteil einer Sekunde lasse ich den Flügelmann aus den Augen, um den Raum nach meinem Schwert abzusuchen. Verdammter Mist, wo hat Gwen es nur hingetan?

Mein Herz klopft so schnell, dass ich befürchte, es wird jeden Moment meinen Brustkorb sprengen.

Nun lauf doch endlich!, schreit alles in mir, doch ich kämpfe das

Verlangen nieder. Ich kann Gwen nicht hierlassen. Sie ist vollkommen wehrlos.

Außerdem ist das alles nur ein Spiel. Mir wird schon nichts passieren!

Als der Flügelmann direkt vor mir steht und ich seinen Atem auf meinem Gesicht spüren kann, bin ich mir dessen mit einem Mal nicht mehr so sicher. Seine Augen sind hell, nahezu weiß, ohne Pupillen. Erst Fledermausflügel, nun noch weiße Gespensteraugen – geht es noch gruseliger?

Ja, geht es, bemerke ich, als ich den Blick an ihm hinabschweifen lasse. Seine Beine enden in habichtartigen Krallen, die bei jeder Bewegung kreischend über den Marmorboden kratzen.

Ich beiße die Zähne zusammen und hoffe, dass mir meine Panik nicht direkt ins Gesicht geschrieben steht. Ich werde nicht zurückweichen. *Ich bin Nemesis und ich gebe niemals auf,* bete ich immer wieder herunter, während ich die Schultern straffe und beharrlich den Schweiß ignoriere, der mir zwischen den Schulterblättern den Rücken in Strömen herunterläuft.

»Eve!«

Lucians Stimme dringt durch den Kampflärm zu mir und lässt meinen Herzschlag für einen Moment aus dem Takt geraten. Hektisch drehe ich meinen Kopf, bis ich ihn endlich zwischen all den anderen Leibern entdecke. Mit seinen beiden gebogenen Dolchen bahnt er sich einen Weg zu mir, wehrt Gegner ab – wie viele von den Flügelmännern sind denn da draußen? – und ich sehe, dass seine Kleidung vor schwarzem Blut nur so trieft. *Bitte, lass das nicht sein eigenes Blut sein!*

Nun hat auch der Flügelmann vor mir Lucian entdeckt und wendet sich ihm zu. Dankbar für die Ablenkung, zerre ich Gwen auf die Füße. Halt suchend klammert sie sich an mich und ihr kleiner Körper wird von einem unkontrollierten Zittern geschüttelt.

Ich halte sie fest umschlungen und suche nach einer Lücke, durch die wir entkommen können. Lucian schenkt mir ein kaum merkliches Nicken, das ich erwidere. Er wird den Flügelmann ablenken, damit wir verschwinden können.

Pass auf, dass dir nichts passiert!, will ich ihm entgegenrufen, doch meine Zähne klappern vor Panik so sehr, dass ich es nicht wage, den Mund zu öffnen.

Ich packe Gwen fest an den Schultern und schiebe sie vor mir her, während wir aus dem Zimmer stürmen. Sobald wir es verlassen haben, werfe ich einen letzten Blick über die Schulter und sehe, wie Lucian mit seinen Dolchen auf den Flügelmann losgeht, der dem Angriff jedoch mühelos, geradezu leichtfüßig ausweicht.

Zweierlei Sorten Panik kämpfen in mir, die mich schlussendlich doch zum Stehenbleiben zwingen. Einerseits will ich sofort mit Gwen hier verschwinden und meine eigene Haut retten – Spiel hin oder her. Andererseits ... Was, wenn Lucian da drinnen etwas geschieht, weil er uns retten wollte? Kann ich das mit meinem Gewissen vereinbaren?

Scheiße, er ist nur ein NPC, ein Spielcode, und keine lebende Person! Sicherlich *kann* er nicht mal sterben!

Und doch merke ich, wie meine Beine mich zurück zum Zimmer tragen, aus dem ich das Klirren von Lucians Waffen höre.

»Hüterin!«, schreit Gwen hinter mir, die ich einfach stehen gelassen habe. Ich stocke. Sie wird es nicht allein schaffen, das weiß ich mit Sicherheit. Lucian kann sich selbst verteidigen, aber Gwen ...

Ach, verdammter Mist! Ich drehe wieder um, greife Gwens Arm und zerre sie hinter mir her. Wir springen über leblose Leiber, Flügelmänner und Priester aus dem Tempel liegen gleichermaßen blutend und sterbend auf dem Boden. Zum Glück begegnen wir keinem weiteren lebenden Flügelmann und rennen auf den Tempelhof.

Hier muss die Hölle losgebrochen sein. Überall bedecken Tote den Boden, sodass ich fast die Pflastersteine nicht mehr sehen kann. Mir wird schlecht und ich wende mich ab, um zu würgen.

Schlimmer wird es, als ich einen Blick nach oben wage. Dort schweben Gestalten mit langen Flügeln und schirmen beinahe komplett das Sonnenlicht von uns ab.

Sie umkreisen uns wie Geier und ich warte nur darauf, dass einer von ihnen hinabstößt und uns die Augen aushackt. Panisch blicke ich mich um, suche nach einem Ort, wo wir uns verstecken können. Gwen presst sich zitternd an mich und verbirgt ihr Gesicht an meiner Schulter, während sie wieder und wieder schluchzt. Sie ist mir keine Hilfe, aber ich muss auf sie aufpassen. Ich kenne mich nicht aus, aber mitten auf dem Tempelplatz können wir nicht stehen bleiben. Hier ist es, als würden wir uns selbst auf einem silbernen Tablett mit passender Leuchtreklame und blinkendem Pfeil präsentieren.

Eine Waffe! Ich brauche eine Waffe! Ich suche die umliegenden Leichen ab, finde aber nichts außer ein paar Stäbe der Priester. Mit was kämpfen denn diese geflügelten Typen?

Als plötzlich einer von ihnen hinabstößt und ich mich gerade so im letzten Augenblick ducken kann, habe ich meine Antwort: mit ihren spitzen Klauen. Seine Fußkrallen bleiben kurz an meinem Zopf hängen, doch zum Glück bekommt er mich nicht richtig zu fassen und flattert wieder ein Stück hinauf, außerhalb meiner Reichweite.

Wir müssen Deckung suchen, sofort! Ich packe Gwen am Arm, die neben mir herstolpert und dabei unverständliches Zeug brabbelt, und hechte mit ihr unter einen der großen Bäume, die den Tempelhof säumen. Buchstäblich in letzter Sekunde, denn gerade wollte ein weiterer Flügeltyp nach uns schnappen, doch er muss dem dichten Geäst ausweichen. Mit einem frustrierten Schrei schwingt er sich wieder nach oben und sucht sich ein neues Ziel.

Wenn mir nicht bald etwas einfällt, sind wir erledigt! Doch wie soll ich fliegende Gegner abwehren?

Ein hoher Schrei zieht meine Aufmerksamkeit auf die Tempelanlage. Ein ganzer Schwarm Flügelmänner stürzt sich dort auf etwas, doch nach und nach weichen sie zurück, bringen sich in sichere Distanz, um einen neuen Angriff zu starten.

Ein schwarzer Haarschopf blitzt zwischen dem Gewirr aus Flügeln und Krallen auf und ich bin im ersten Moment unendlich erleichtert, als ich Lucian erkenne, der noch immer verbissen gegen die Angreifer kämpft.

Doch an seinen Bewegungen sehe ich selbst auf diese Entfernung deutlich, dass er sich nicht mehr lange verteidigen kann. Seine Hiebe werden fahrig und seine Schultern heben und senken sich viel zu schnell.

Ich muss etwas tun!

»Du bleibst hier!« Entschlossen schiebe ich Gwen direkt an den Baumstamm und löse mich aus ihrem Klammergriff.

Ehe sie mich zurückhalten kann, springe ich über die leblosen Körper am Boden und renne auf Lucian zu. Ich muss ihm helfen, ansonsten wird er sterben!

»Hey!«, brülle ich so laut ich kann, um die Aufmerksamkeit des Schwarms auf mich zu ziehen. Wie eine Einheit drehen sie sich gleichzeitig zu mir um. Auf einmal kommt mir mein Plan – Plan? Hatte ich einen Plan? – richtig bescheuert vor und meine Stimme versagt.

»Eve, verschwinde!«, schreit Lucian, als er mich sieht.

Doch es ist zu spät. Der Schwarm setzt sich in Bewegung und fliegt direkt auf mich zu. Ich erstarre und kann nur mit weit aufgerissenen Augen diese anmutigen Bewegungen bewundern, die die Flügelmänner fast synchron ausführen.

Der erste Flügelmann ist da und greift mit seinen Klauen nach mir, bekommt mich aber nicht richtig zu fassen. Ich schreie vor Schmerz auf, als seine Krallen tiefe Kratzer an meiner Schulter hinterlassen, die sofort anfangen zu bluten.

»Verdammter Mist«, höre ich Lucian fluchen, der nun auf mich zugerannt kommt.

Wimmernd sinke ich zu Boden und umklammere mit der Hand meine pochende Schulter. So habe ich mir das nicht vorgestellt! Das ist viel zu real für ein Spiel! Ich fühle die klebrige Nässe des Blutes an meiner Hand und der pulsierende Schmerz lässt mich fast ohnmächtig werden.

Die geflügelten Angreifer haben mich eingekreist und grinsen höhnisch auf mich herab. Sie halten mich für leichte Beute – womit sie auch recht haben, das kann ich nicht bestreiten. Ich bin so dumm! Warum bin ich nur hierhergerannt?

Panik überkommt mich und ich spüre förmlich das Adrenalin, das mit Hochgeschwindigkeit durch meine Adern gepumpt wird. Was passiert mit meinem Körper, wenn ich hier sterbe? Ich meine, in der realen Welt. Der Körper, der friedlich auf einer Matratze in meinem Wohnzimmer liegt und ein Kabel im Nacken hat. Werde ich mich ausloggen können, wenn ich hier getötet werde, oder ...

Die Spitze eines Dolchs ragt aus der Brust eines der Flügelmänner und er geht gurgelnd zu Boden. Lucian springt über ihn hinweg und steht dann geduckt an meiner Seite, die Dolche vor dem Körper kampfbereit erhoben.

Was macht der Blödmann denn hier? Ich habe die Flügeltypen doch extra von ihm weggelockt, damit er verschwinden kann! Doch anstatt sich in Sicherheit zu bringen, geht er nun gemeinsam mit mir in den Tod.

Irgendwie hat dieser Gedanke etwas Tröstliches.

Die Angreifer schließen die Lücke ihres gefallenen Kameraden und kommen näher, verkleinern den Kreis um uns herum und ihre Nähe nimmt mir fast die Luft zum Atmen.

Ich drücke mich an Lucians Rücken und kneife fest die Augen zu. Es ist vorbei. Ich kann nur hoffen, dass ich in meinem richtigen Körper aufwache, wenn ich hier sterbe. Und dass es nicht allzu sehr wehtun wird. Wenn mir schon diese Kratzer an meiner Schulter vor Schmerz fast den Verstand rauben, was werde ich dann erst fühlen, wenn sich die Klauen eines Flügelmannes tief in mein Fleisch bohren?

Das Klirren von Stahl auf Stein lässt mich meine Augen wieder öffnen. Lucian hat seine Dolche weggeworfen. Er hat also auch endlich kapiert, dass es aussichtslos ist.

Alles in mir wird dunkel und schwarz. Leer. Ich bereite mich darauf vor zu sterben.

Abermals höre ich Lucians gepresstes Fluchen, ehe er sich ein Stück aufrichtet und eine Hand in mein Hemd krallt. Gerade will ich ihn anschreien, dass er das lassen soll – immerhin streift seine Hand direkt über meine Brüste –, doch da zerrt er mich schon nach oben auf die Füße und presst seine Lippen ohne Vorwarnung auf meine.

Und die Welt um mich herum verschwimmt in lodernden Flammen.

Kapitel 5

Im Nachhinein weiß ich nicht, wie viel von dem, was während des Angriffs um mich herum geschehen war, Wirklichkeit oder einem lebhaften Fiebertraum entsprungen ist.

Da war ein ... *Tier.* Groß und von Flammen umgeben. Sein Fell brannte lichterloh, doch das Tier schien es nicht zu bemerken oder sich daran zu stören. Es schnappte sich die Flügelmänner, einen nach dem anderen, die panisch versuchten zu fliehen. Ich hörte Knochen zersplittern und Flügel reißen. Hörte Schreie – so hoch und schrill, dass sie unmöglich menschlich sein konnten. Wieder und wieder stürzte sich das brennende Tier auf seine Beute, biss zu, schüttelte sie und warf sie dann achtlos hinter sich.

Und dann wurde es still. Totenstill.

Reglos blieb das Tier inmitten der Leichen auf dem Tempelplatz stehen und sah sich nach weiteren Opfern um, ehe es den Kopf in den Nacken warf und ein lang gezogenes Heulen ausstieß, das mir noch mehr durch Mark und Bein ging als die Schreie der Flügelmänner.

Ich versuche mich daran zu erinnern, was danach geschah. Oder was aus den anderen wurde, die mit mir auf dem Platz waren – Gwen und Lucian ...

Mein Kopf fühlt sich an, als hätte ich gestern Abend sieben Flaschen Wodka zu viel gekippt. Der widerliche Geschmack im Mund und auf der sich pelzig anfühlenden Zunge lässt mich beinahe würgen. *Durst.* Ich brauche etwas zu trinken.

Nach und nach verschwinden die wirren Träume und machen der Realität Platz. Wo bin ich? Hoffentlich wieder zu Hause! Hat es geklappt und ich bin endlich aus diesem merkwürdigen Spiel raus? Wenigstens reagieren meine Finger auf die Anweisung sich zu bewegen und ich ertaste den flauschigen Stoff einer Decke. Als ich jedoch kurz übers Bein fahre, sinkt meine Hoffnung ins Bodenlose. Das ist kein Jeansstoff an meinen Beinen. Da müsste aber welcher sein, wenn ich zurück in meiner Welt wäre.

»Sie wacht auf.«

Eine mir bekannte Stimme neben mir.

Verdammt.

Ich möchte weinen, schreien und auf irgendwas einprügeln, am liebsten alles gleichzeitig und sofort, doch keiner meiner Wünsche wird berücksichtigt. Ich weiß, dass ich wach bin, und doch habe ich keine Kontrolle über meinen Körper. Das Einzige, was ich bewegen kann, sind meine Finger.

»Kannst du mich hören, Eve?«

Ich kenne diese Stimme, doch ich will sie nicht hören. Wenn ich sie höre, bedeutet das, dass ich noch immer in diesem blöden Spiel festhänge.

Lucian.

Ich freue mich, dass er noch lebt und anscheinend unversehrt ist, aber dennoch ... Warum bin ich denn immer noch hier?

»Sie reagiert nicht.« Eine andere Stimme, von etwas weiter weg. »Bist du sicher, dass sie noch lebt?«

Lucian neben mir schnaubt. »Natürlich. Sie atmet und ihr Herz schlägt. Ich war vorsichtiger als du.«

Jemand gibt ein glucksendes Lachen von sich. Vincent. »*Vorsichtiger*? Das nennst du *vorsichtiger*? Du hast sie fast komplett ausgesaugt.«

Ich höre, wie Lucian mit den Zähnen malmt. Er muss wirklich nah neben mir sein. »Ich habe sie *beschützt*! Was hätte ich tun sollen? Wo warst du eigentlich?«

»Ob du's glaubst oder nicht, aber auch ich habe gekämpft.«

Ein Stuhl wird zurückgeschoben und für einen kurzen Moment wackelt das Bett ein bisschen. »Du bist ein mieser Wächter, Vinc! Sie wäre fast gestorben!«

Könnt ihr euch bitte woanders streiten? Oder zumindest leiser? Diese Kopfschmerzen bringen mich sonst doch noch um …

»Erspare mir deine Predigt! Wenn ich ein mieser Wächter bin, was bist dann du? Du hast nie daran geglaubt. Hast dich von unserer großen Göttin abgewandt, als du gemerkt hast, was dein Schicksal ist. Und nun soll sich all das geändert haben? Wegen ihr? Das glaub ich dir nicht, Luc. Das, was du da draußen gemacht hast, war einzig und allein dafür da, um deinen eigenen Hals zu retten.«

»Ich habe mich nicht im Tempel verkrochen und gewartet, bis sie wieder verschwinden! Ich habe sie da rausgeholt und gedacht, sie wäre in Sicherheit. Weißt du, was passiert wäre, wenn sie sie erwischt hätten?«

»Natürlich. Dasselbe, was seit tausend Jahren passiert.« Ein kurzer Moment der Stille tritt ein. »Wir verlieren.«

Verlieren? Ich möchte Vincent fragen, was er damit meint, doch kein Wort kommt über meine Lippen. Sie fühlen sich an wie zugekleistert.

»Und damit bist du zufrieden? Du hättest sie geopfert, nur damit alles vorbei ist und alles beim Alten bleibt? Du hättest den Willen der Göttin missachtet?« Lucian macht eine Pause und ich kann die Wut und Frustration, die in der Luft hängen, förmlich spüren. »Ein schöner Hohepriester bist du!« Seine Stimme trieft vor Verachtung und ich werde das Gefühl nicht los, dass da noch mehr ist, was zwischen den beiden Männern steht.

Vincent brummelt etwas, das ich nicht verstehe. Dann höre ich, wie er die Tür öffnet. »Ruf mich, wenn sie wach ist. Sie muss trainieren.« Die Tür schließt sich eine Spur zu laut.

Lange Zeit geschieht nichts. Völlige Stille hüllt mich ein und beinahe drifte ich wieder ab, doch dann legt sich ein Arm um meine

Schultern und richtet meinen schlaffen Körper ein Stück auf. Ich atme den süßen Duft ein, der Lucian umgibt. Jetzt weiß ich es! Er riecht wie frische Pfirsiche – oder zumindest werde ich daran erinnert, wenn ich ihn rieche. Etwas Kühles ist an meinen Lippen und Flüssigkeit läuft an meinem Kinn hinab. Wasser! Ich will trinken, doch mein Mund bewegt sich immer noch nicht.

Lucian seufzt frustriert und legt mich vorsichtig zurück in die Kissen. Seine Bewegungen sind zaghaft, als würde ich bei der kleinsten Erschütterung zerbrechen.

»Du musst etwas trinken, Eve«, flüstert er neben mir. Ich spüre seinen warmen Atem an meiner Wange. So nah … Seine Nähe und die Wärme, die von ihm ausgeht, verursachen mir eine wohlige Gänsehaut. »Bitte, nur einen Schluck.«

Ja, bitte, ich will trinken! Bitte nimm das Wasser nicht weg! Doch ich kann mich weder rühren noch sprechen. Wie soll ich mich nur verständlich machen?

Und dann passiert etwas Seltsames. Wieder ist etwas an meinen Lippen, doch es ist warm und weich. Sofort breitet sich das Prickeln, ausgehend von meinem Mund, in meinem Körper aus und meine Lippen öffnen sich ein Stück. Ein Schluck Wasser fließt in meinen Mund und ich schlucke gierig, genieße das Gefühl, wie das kühle Nass meine ausgedörrte Kehle hinunterrinnt.

Und so plötzlich, wie es da war, ist es auch wieder verschwunden und ich falle zurück in die Leere.

***

Ich wechsele zwischen Dämmerzustand und kurzen Wachphasen hin und her. Im einen Moment denke ich, dass ich wach bin, im anderen habe ich schon wieder so wirre Träume, dass ich mir sicher bin zu schlafen.

Im Nachhinein kann ich nicht mehr sagen, wie lange ich einfach nur dagelegen habe ohne mich rühren zu können. Definitiv zu lange, denn als ich meine Augen endlich dazu überreden kann, sich zu öffnen, und ich auch meine Arme ein Stück heben kann, scheint es so, als hätte ich sie jahrelang nicht benutzt.

Lucian und Gwen sind sofort bei mir, als sie sehen, wie ich mich mühsam hochquäle, und stützen meinen Rücken.

»Was ist passiert?«, murmele ich undeutlich. Es hört sich so an wie »*Washishpasrt*«, weil meine Zunge sich noch immer anfühlt wie ein pelziges kleines Wesen, das überhaupt nichts in meinem Mund zu suchen hat.

Ein Glas mit Wasser erscheint an meinen Lippen und ich schlucke hastig das kühle Nass, das mir zum größten Teil aus den Mundwinkeln und dann den Hals herunterläuft. Egal, Hauptsache, in meinem Mund herrscht ein besseres Klima als in der Wüste.

»Du warst nach dem Kampf so erschöpft, dass du zusammengebrochen und nicht mehr aufgewacht bist«, erklärt Lucian, während er mir ein paar Kissen in den Rücken schiebt, damit ich sitzen bleiben kann. Ich weiß allerdings nicht, ob das eine so gute Idee ist, denn der Raum beginnt schon verdächtig zu schwanken, obwohl ich mich nur ein Stück aufgerichtet habe.

»Ihr wart fast fünf Tage bewusstlos, Hüterin«, berichtet Gwen und schaut mich sorgenvoll an.

Fünf Tage? Kein Wunder, dass mein Körper sich so steif anfühlt.

»Wie fühlst du dich?«, fragt Lucian.

Ich drehe meinen Kopf ein Stück und hebe eine Augenbraue. Ich glaube, das ist Antwort genug. Selbst wenn ich von einem Zug überrollt worden wäre, würde ich mich besser fühlen. In meinem Kopf hämmert es und ich bin so schwach, dass es an ein Wunder grenzt, dass ich überhaupt noch atmen kann.

Ich schaue Gwen prüfend ins Gesicht. Sie sieht gesund aus. Anscheinend ist ihr nichts passiert. Ein Glück! Wenigstens konnte ich sie retten.

Aber wie genau ist mir – oder Lucian – das gelungen? Es waren so viele von den Flügelmännern ... Sie haben uns buchstäblich überrannt!

Ich schaue zu Lucian, der an meiner Bettkante sitzt und mich mustert. Auch er scheint keine Verletzungen davongetragen zu haben. Aber ich hatte welche. Die Verletzung an der Schulter, wo der Flügelmann seine Krallen in mich geschlagen hat. Leicht panisch taste ich nach meiner Schulter, wappne mich für den Schmerz, der durch die direkte Berührung gleich folgen wird. Doch da ist nichts mehr, nicht einmal ein Verband. Und auch keine Schmerzen.

Lucian folgt meinem Blick und sieht dann zu Gwen.

»Ich hole Euch etwas Brühe«, sagt sie und zieht sich taktvoll zurück.

Warum geht sie und lässt mich mit Lucian allein? Ein ungutes Gefühl beschleicht mich.

Als sie die Tür hinter sich geschlossen hat, atmet Lucian geräuschvoll aus, als hätte er die ganze Zeit die Luft angehalten. Er lässt den Kopf hängen und sieht so niedergeschlagen aus, dass ich nur mit Mühe meine Finger davon abhalten kann, durch seine schwarzen Haare zu fahren und ihm über den Kopf zu streicheln. In mir brodelt das Verlangen, ihn festzuhalten und zu trösten. Stattdessen atme ich mit geschlossenen Augen nur kurz den frischen Duft ein, der von ihm ausgeht.

»Nun frag schon«, murmelt er, wobei er noch immer meinem Blick ausweicht.

Ich habe eine Menge Fragen und weiß gar nicht genau, wo ich anfangen soll, also beschließe ich, mit der einfachsten Frage zu beginnen.

»Wer waren sie? Die Flügelmänner.«

Er hebt den Kopf und schaut mich an. Seine Augen sind dunkel wie Gewitterwolken, während er mich eine Weile mustert, als würde er den Sinn meiner Frage nicht verstehen. »Das Luftvolk«, antwortet er schließlich. »Normalerweise leben sie in ihren Städten über den Wolken und lassen sich nur selten dazu herab, auf dem Erdboden zu wandeln.«

»Was haben sie hier gemacht? Warum haben sie den Tempel angegriffen?«

Er beißt sich auf die Unterlippe und ich kann den Blick nicht davon lösen. Ich weiß genau, wie sich die Lippe anfühlt, die gerade von seinen Zähnen malträtiert wird. Weich und gleichzeitig doch fest. Dann schüttelt er den Kopf und reißt mich damit aus den Gedanken. »Ich werd's dir sagen, in Ordnung? Auch wenn Vinc mich dafür köpfen wird. Sie wollten dich – unsere Hüterin. Sie wollen dich tot sehen.«

Ich blinzele verwirrt und löse den Blick von seinen Lippen. »Aber ... warum?«

»Weil du bist, was du bist. Als Hüterin hast du die Macht über das Feuer und kannst die Göttin Gaia aus ihrem Schlaf erwecken. Dadurch würden wir, die Erdenbewohner, an Stärke gewinnen.«

»Das verstehe ich nicht. Was ist denn mit ihrem Gott?«

Er steht auf und läuft unruhig ein paar Meter durchs Zimmer. »Zu Anbeginn der Zeit entflammte ein Krieg zwischen Erde, Luft und Wasser um die Vorherrschaft unserer Welt. Die Völker bekämpften sich ohne Unterlass und am Ende waren die Götter so erschöpft, dass sie in einen tiefen Schlaf fielen. Die Völker blieben allein zurück, doch ihren Hass aufeinander konnten sie nicht begraben. Sie kämpften immer weiter und rotteten sich beinahe gegenseitig aus. Dann erschienen die ersten Hüter.«

»Moment«, unterbreche ich ihn. »*Die* Hüter? Mehrzahl?«

Lucian nickt. »Jedes Volk hat seinen eigenen Hüter. Doch da die Erde starr ist und nicht über ihr Element gebieten kann, hat unser Hüter die Macht des Feuers erhalten. Nur Hüter können die Götter wieder erwecken aber es darf nur einem von ihnen gelingen, denn sonst bräche der Krieg erneut aus.«

In meinem Kopf dreht sich alles. Das sind zu viele Informationen auf einmal für mein noch nicht ganz waches Gehirn. »Ich glaub, ich kann dir nicht folgen.«

»Pass auf. Alle hundert Jahre wählen die Götter während ihres Schlafs neue Hüter und senden sie zu uns.«

»Wie können sie, während sie schlafen, jemanden erwählen?«

Lucian zuckt mit den Schultern. »Keine Ahnung. Wahrscheinlich liegt nur ihr Körper in einer Art Schlaf und ihr Geist ist wach.«

Klingt logisch. Zumindest würde das erklären, warum mir die Göttin zu Spielbeginn erschienen ist und sich anschließend wieder in Luft aufgelöst hat.

Dann fällt mir etwas anderes auf, das Lucian gesagt hat. »Alle Götter wählen gleichzeitig ihren Hüter?«, frage ich.

»Ja. Es befinden sich neben dir gerade noch zwei weitere Hüter in unserer Welt. Der Hüter, der zuerst seine Wächter versammelt, zum Element selbst geworden ist und seine Gottheit erweckt hat, ist der Sieger.«

»Also ist das so was wie ein Wettkampf? Wer zuerst über die Ziellinie rennt, gewinnt?«

Er sieht mich stirnrunzelnd an. »So würde ich es nicht sagen, aber im Grunde hast du recht. Die erweckte Gottheit herrscht für einhundert Jahre und bringt dem jeweiligen Volk Wohlstand und Frieden.«

Ein ungutes Gefühl beschleicht mich. »Was ist mit den anderen beiden Hütern? Die, die nicht vor dem ersten ihre Gottheit erwecken konnten?«

Lucians Gesicht wird augenblicklich zu einer ausdruckslosen Maske. »Sie verlieren. Ebenso wie das Volk, für das sie stehen. Unser Volk ist bereits seit so vielen Jahren der Verlierer, dass unsere Chroniken es schon nicht mehr anders berichten. Ich glaube sogar, dass die Göttin Gaia noch nie aus ihrem Schlaf erweckt wurde. Es gewinnen immer die anderen. Wir sind der Spielball von Luft und Wasser.«

Ich runzele die Stirn, während ich nachdenke. »Was ist so schlimm daran, wenn die anderen gewinnen? Du sagtest doch, dass das Luftvolk die Erde sowieso nur selten betritt.«

»Sie machen uns das Leben schwer, Eve. Das Luftvolk weht die Wolken vor die Sonne, sodass unsere Ernten verdorren, oder lässt Wirbelstürme durch unsere Städte wüten. Das Wasservolk befiehlt den Flüssen, nicht mehr zu fließen. Wir haben kein Wasser, keine Fische. Selbst unsere Mühlen können nicht mehr mahlen.«

Das klingt tatsächlich doof. »Ihr seid also der Fußabtreter der anderen Völker. Und ich soll das ändern.«

Er sieht mich mit geneigtem Kopf an. »So in etwa, ja.«

Ich überlege eine Weile, ob ich die nächste Frage überhaupt stellen soll, entscheide mich jedoch dafür. »Was *genau* geschieht, wenn ich versage?«

Lucian wendet den Blick ab und starrt die Wand an. Er malmt erneut mit den Zähnen, sodass seine Kinnmuskeln hervortreten, während er nach den passenden Worten für eine Antwort sucht. »Du wirst sterben, genau wie deine Wächter. Die erweckte Gottheit wird alle auslöschen, die versagt haben, sofern sie nicht schon vorher im Wettstreit gefallen sind.«

Autsch. Das hätte mir Gaia aber auch gleich sagen können! Dann hätte ich bei ihrem doofen Wettstreit von vornherein nicht mitgemacht! Wobei ... das ist doch nichts weiter als ein Spiel, oder? Also kann ich gar nicht sterben! Das Schlimmste, was mir passieren könnte, ist, dass ich den *Game-over-Screen* zu sehen bekomme. Zwar widerstrebt mir selbst das, aber es wäre alle Mal besser als draufzugehen ...

Wir brauchen einen Plan! Nachdem ich fast eine Woche mehr oder weniger bei Bewusstsein herumgelegen habe, sprudele ich beinahe über vor Tatendrang. Doch wo soll ich beginnen? Ich kenne mich in dieser Welt nicht aus und auch meine beiden bisher gefundenen Wächter haben sich nicht als wirklich hilfreich erwiesen.

Seufzend nehme ich das Amulett der Gaia, das immer noch um meinen Hals baumelt, in die Hände und reibe mit dem Daumen über den roten Edelstein in der Mitte.

»Was machst du da?«, fragt Lucian, der mich beobachtet.

Ich zucke mit der Schulter. »Ich überlege, ob mir das Amulett irgendwie helfen kann.«

»Das tut es. Es reagiert, wenn einer deiner Wächter in der Nähe ist. Zumindest steht es so in unseren Chroniken«, erklärt er mir.

Jetzt, wo er es erwähnt, erinnere ich mich an ein Vibrieren, das vom Amulett ausging, als ich ihm und später Vincent zum ersten Mal begegnet bin. Doch seitdem herrscht Funkstille. Ob das blöde Ding kaputt ist?

Ich lasse das Amulett sinken und begegne Lucians Blick. »Erzähl mir, was passiert ist. Als wir auf dem Tempelplatz standen und von Flügelmännern umringt waren, meine ich. Wie sind wir da lebend rausgekommen?«

Er beginnt erneut an der Unterlippe zu kauen. Wieder erinnere ich mich daran, dass ich genau weiß, wie sich seine Lippen anfühlen, denn er hat sie auf meine gepresst, als wir so gut wie tot waren, und Hitze steigt in mir auf, die nichts mit diesem Feuerelement zu tun hat. Mit den Fingerspitzen fahre ich an meinen Lippen entlang, als könnte ich so das Gefühl wieder heraufbeschwören, und Lucians Blick folgt der Bewegung aufmerksam. Sein Kehlkopf zuckt auf und ab, als er schwer schluckt.

»Es war nicht so gemeint, verstanden?«, bricht es schließlich aus ihm heraus. »Es hatte nichts zu bedeuten. Ich musste unser beider Leben retten. Das ist alles! Ein kleines Ding wie du interessiert mich nicht im Geringsten!«

Ich zucke zusammen und lasse die Hand schnell wieder sinken, während sich ein dumpfes Gefühl der Leere in meiner Brust ausbreitet. Ich blöde Kuh fühle mich, als hätte er mir das Herz gerade mit einem Löffel herausgeschabt, und ich brauche einen

Moment, um wieder vernünftig atmen zu können. Wo kommen diese dummen Gefühle denn plötzlich her? Und warum ausgerechnet bei Lucian?

Ich weiß nicht, wie ich auf das, was er mir eben an den Kopf geworfen hat, reagieren soll. Wut und verletzter Stolz toben in meiner Brust und ich kann gerade im letzten Moment die Lippen aufeinanderpressen, ehe ich zu einer passenden Erwiderung ansetze. Was bildet dieser Kerl sich eigentlich ein?

»Hättest du dann wenigstens die Güte, mir zu erklären, *wie* du unser beider Leben gerettet hast?«, presse ich zwischen zusammengebissenen Zähnen hervor.

Die Wahrheit ist, dass dieser Kerl – ob Charakter in einem Spiel oder nicht – mich nicht kaltlässt. Klar, Helden aus Spielen, Büchern oder Filmen haben immer etwas Magisches, Anziehendes und nicht selten entwickle ich eine Schwärmerei für sie. Aber das hier ist anders. Ich kann ihn sehen, ihn fühlen, ihn riechen. Das ist so verdammt *real*, dass ich ständig vergesse, dass er eigentlich nur aus Bits und Bytes besteht. Genauso wie ich vergessen habe, dass er ja als Programm eigentlich nicht sterben kann, und ich mich todesmutig und ohne nachzudenken in den Kampf gestürzt habe, um ihn zu retten.

»Ich brauchte deine Kraft, nichts weiter.« Er fährt sich mit einer Hand durchs Haar, während sein Blick gehetzt durchs Zimmer schießt und alles anschaut, nur nicht mich. »Du kannst ... durch Berührungen ... die Kraft des Feuers an deine Wächter übertragen. Ganz einfach geschieht das über die Fingerspitzen. Aber es gibt ... Körperregionen ... die einfach mehr Nervenenden haben und ... die ...«, er schluckt sichtbar und windet sich beinahe, »Lippen und ...«

Ich hebe schnell die Hand. »Stopp, ich will es gar nicht hören!«

O Gott, echt jetzt? Ich übertrage meine Kraft, wenn ich mit ihm schlafen würde? Wobei ... Ich lasse den Blick an ihm hinauf- und hinabwandern. Mir gefällt, was ich da sehe. Eigentlich ist das gar keine so schlechte … *Nein, nein, nein!* Bits und Bytes, schon vergessen?

»Jedenfalls habe ich wohl zu viel von deiner Kraft genommen. Ich habe die nächste Stufe betreten, doch du warst noch nicht bereit dafür. Du brauchst dringend Training, um dich auf das vorzubereiten, was vor dir liegt.«

Moment, wie sind wir gerade von möglichem Sex auf Training gekommen? Oder beinhaltet das Training Sex? Wie war da gleich der Zusammenhang? Irgendwie im Mittelteil scheine ich etwas übersprungen zu haben …

Ich schüttele den Kopf, um diese Gedanken zu vertreiben. *Bleib beim Thema, Eve!*

»Welche nächste Stufe?«, frage ich dümmlich und hoffe, dass mir meine Gedanken nicht quer über die Stirn tätowiert sind.

Er schweigt wieder. Wieso ist es ihm unangenehm, mir auf meine Fragen zu antworten? »Die Verwandlung.«

Das Bild eines brennenden Tieres blitzt in meinem Kopf auf. War das etwa doch kein Traum? »Verwandlung? In was?«

Er schaut mich – endlich! – wieder an, sein Gesicht ist reglos, aber seine Iriden lodern hell wie Quecksilber. »In einen Wolf.«

Kapitel 6

»Ah, da bist du ja endlich!«, begrüßt Vincent mich, als ich am nächsten Tag, begleitet von Lucian und Gwen, in den Tempel komme. »Schön, dass du wieder aufstehen kannst. Wie fühlst du dich?«

Ich zucke mit den Schultern. »Gut, denke ich. Was soll ich hier?«

»Wir beginnen heute mit deinem Training«, verkündet er mir strahlend und seine blauen Augen glitzern dabei vor Vorfreude, was mich irgendwie beunruhigt. »Der Angriff des Luftvolkes war nur ein Vorgeschmack und ich bin mir sicher, dass sie bald erneut versuchen werden, uns zu attackieren. Bis dahin musst du lernen, deine Kraft zu beherrschen und kontrolliert an uns abzugeben.«

Erneut läuft der Angriff noch einmal vor meinem inneren Auge ab und ich muss an all die Verletzten und Toten denken, über die ich gestiegen bin, als ich Gwen in Sicherheit bringen wollte. »Gab es sehr viele Verluste? Hier im Tempel, meine ich.«

Vincents Lächeln verfliegt und zum ersten Mal sehe ich so was wie Schmerz in seiner Miene. »Es hielt sich in Grenzen. Die meisten von ihnen wollten sich beweisen und anstatt sich zu verstecken, wie ich es ihnen gesagt habe, griffen sie die Krieger des Luftvolkes mit Stäben an.«

Ich senke für einen Moment den Kopf. Gerne würde ich seine Meinung teilen, dass sie selbst schuld sind an ihrer Verletzung oder ihrem Tod, da sie nicht auf die Anweisung des Hohepriesters gehört haben, doch ich weiß es besser. Es gab nur einen einzigen Grund für den Angriff des Luftvolkes.

Mich.

Aber ich kann nun nichts mehr daran ändern. Vincent und Lucian haben vollkommen recht damit, dass ich trainieren muss. So etwas darf nie wieder passieren! Ich will nicht noch einmal an so viel Leid schuld sein.

Ich muss ein besserer Spieler werden und das funktioniert, wie in jedem Spiel, nur durch Training.

Entschlossen sehe ich zu Vincent und nicke ihm zu. Ich bin bereit für das, was mich nun erwartet. Ich habe zwar keine Ahnung, wie dieses Training funktionieren soll, aber solange es mich stärker macht und auf einen weiteren möglichen Angriff vorbereitet, bin ich dabei.

Vincent führt mich in die Mitte der vier Feuerschalen und weist auf ein Kissen, auf das ich mich setzen soll.

»Momentan gibst du uns ungefiltert deine Kraft, was weder für dich noch für uns gut ist. Du brichst dadurch zusammen, weil nicht mehr genügend Energie für dich selbst übrig bleibt, und wir können ein so großes Ausmaß an Kraft nicht richtig verarbeiten.«

Es klingt logisch, was er sagt. Ich hätte nichts dagegen, nicht mehr jedes Mal ohnmächtig zu werden, wenn ich einen meiner Wächter auch nur berühre. »Lucian hat mir schon etwas über seine Verwandlung erzählt.«

Etwas blitzt in Vincents Augen auf und für den Bruchteil einer Sekunde wankt sein Grinsen. »Ja, das war … beachtlich.« Er wirft Lucian, der wie immer teilnahmslos an einer Säule lehnt, einen Blick zu, den ich nicht deuten kann, der mir aber einen kalten Schauer über den Rücken jagt. Was läuft da zwischen den beiden?

»Kannst du das auch?«, frage ich schnell, um den Testosteron-Pegel im Raum etwas herunterzufahren.

Sein breites Lächeln ist zurück, als er sich mir gegenüber auf den Boden setzt. »Theoretisch kann ich das auch, ja. Aber wir testen das erst, wenn du es kontrollieren kannst, in Ordnung? Fürs Erste fangen wir langsam an.«

Er streckt mir seine Hand entgegen. »Nur einen Finger!«, weist er mich an, als ich gerade meine ganze Hand in seine legen will. Vorsichtig lege ich also nur meinen Zeigefinger auf seine Handfläche, auch wenn ich sie am liebsten gleich komplett gepackt und mit der Hand umschlossen hätte, nur um diese Kraft wieder durch meinen Körper rauschen spüren zu können.

Auch wenn dies nur eine kleine Berührung ist, beginnt das Feuer zu lodern und Vincent verdreht genüsslich die Augen. Ich kann nur mit Mühe ein kleines Stöhnen unterdrücken, so überwältigend sind die Gefühle, die sich in meinem Arm Stück für Stück hinaufarbeiten.

Vincent öffnet wieder die Augen, doch sie sind nicht mehr blau, sondern rotorange und flackern wie ein offenes Feuer.

»Spürst du es?«, wispert er. »Die Macht, die wir austauschen? Sie stammt von dir, fließt zu mir und verbindet uns.«

Ich unterdrücke den Drang, meine ganze Hand in seine zu legen, um das volle Gefühl auskosten zu können. *Mehr! Ich will mehr!*

»Langsam«, warnt Lucian uns.

Er hat recht, das weiß ich. Ich will nicht schon wieder tagelang lethargisch im Bett liegen müssen. Und dennoch ...

Ich schließe die Augen und balle die ganze Kraft, die durch den Arm und meine Hand fließt, zusammen. Ich brauche *mehr*!

Vincents Gestalt wird undeutlich, verschwimmt wie eine Fata Morgana und sein Grinsen wird eine Spur gefährlicher, nicht mehr so freundlich-überheblich wie zuvor. Doch ich achte nicht weiter darauf, konzentriere mich nur auf die Energie, die durch uns hindurchfließt und die mich in ungeahnte Sphären trägt.

»Stopp! Eve, hör auf!«

Nur undeutlich dringt Lucians Stimme zu mir durch und ich merke vage am Rande, dass er mich an der Schulter zurückzerrt und damit die Verbindung zu Vincent unterbricht.

Augenblicklich sacke ich zusammen und werde hochgehoben. Sein süßer Duft hüllt mich ein und ich schmiege mich an Lucians

Brust. Wie kann man nur so verboten gut riechen? Das ist selbst in einem Spiel zu viel für mich. Im wahren Leben hätte ich ihn bestimmt schon angeknabbert.

Oje, mein Gehirn scheint zu viel Feuer abbekommen zu haben, denn anders kann ich meine Gedanken nicht entschuldigen ...

»Ab morgen trainiere ich mit ihr.« Seine Stimme ist ein Knurren und meine Wange vibriert an seiner Brust.

»Warum?« Vincent ist aufgesprungen und versperrt uns den Weg. »Wage es ja nicht, dich einzumischen! Du hast die nächste Stufe bereits erreicht.«

Lucian presst mich fester an sich. Ich spüre, wie seine Hände zittern.

»Du verstehst es einfach nicht, Vinc. Es geht nicht darum, dass du so schnell wie möglich aufsteigst. Es geht darum, sie zu trainieren, damit wir endlich eine verdammte Chance haben! Sie nützt uns nichts, wenn sie nach jeder Übertragung bewusstlos wird. Dann können wir gleich aufgeben und uns von der nächsten Klippe stürzen.«

Vincent schweigt und das ist vielleicht auch besser so. Die Luft ist aufgeladen von Wut, Frustration und Testosteron. Keiner der beiden will einen Zentimeter nachgeben und so starren sie sich gegenseitig zu Boden.

»Ich bringe sie in ihr Zimmer«, sagt Lucian schließlich nach einer gefühlten Ewigkeit und seine Stimme klingt wieder beherrscht, nicht mehr aufgebracht oder wütend.

Ich werde aus dem Tempel getragen, gehalten von starken Armen. Zum ersten Mal, seit ich hier angekommen bin, fühle ich mich sicher und geborgen und vergesse für einen kurzen Moment den Wunsch, wieder in meine Welt zurückkehren zu können.

***

Das Training mit Lucian ist die Hölle und schon nach einem Tag wünsche ich mir Vincent als Lehrmeister zurück, auch wenn ich bei ihm keine wirklichen Fortschritte gemacht habe. Aber immerhin war er nicht solch ein Sklaventreiber …

Noch bevor die Sonne richtig aufgegangen ist, rauscht Gwen ins Zimmer und reißt die Vorhänge auf. Sie entwindet mir die Decke, unter der ich mich verkriechen will, und zerrt mich erbarmungslos aus dem Bett. Während sie mich anzieht, brumme ich unzusammenhängende Verwünschungen, und als sie mir die Haare flechtet, muss ich aufpassen, dass ich nicht mit dem Kopf nach vorne auf den Tisch klatsche, um dort weiterzuschlafen.

Ich bin einfach kein Morgenmensch. Und hier gibt es nicht einmal Kaffee! Wie soll man da bitte in die Gänge kommen?

Ich schlurfe also neben Gwen durch die Korridore und stehe eher schlafend als wach auf dem Tempelhof, wo die Vögel bereits freudig um die Wette singen. So viel Krach am frühen Morgen ist einfach unerträglich und mir fallen spontan einige qualvolle Todesarten für die Mistviecher ein, die ich am liebsten gleich eine nach der anderen ausprobieren würde.

Als ich es endlich schaffe, meine Augen weiter als nur einen Millimeter zu öffnen, sehe ich Lucian, der bereits an einer Art Holztrainingspuppe trainiert – die Dinger, die man aus alten Kung-Fu-Filmen kennt.

Und sein Oberkörper ist nackt. Die aufgehende Sonne lässt den Schweiß auf seiner Haut glitzern und für einen Moment fühlt sich mein Mund seltsam trocken an, während ich das Spiel seiner Rückenmuskeln beobachte.

Nein, *begaffe* wäre wohl der passendere Ausdruck für das, was ich gerade tue. Es ist schon erstaunlich, wie schnell meine Lebensgeister selbst am frühen Morgen durch solch einen Anblick geweckt werden können.

Und genau in diesem Moment dreht er sich zu mir um, registriert, wie ich ihn mit offenem Mund anstarre und wischt sich mit dem Arm den Schweiß aus dem Gesicht. Als ich noch immer dastehe wie festgewachsen, zieht er nur spöttisch eine Augenbraue nach oben.

Ich möchte auf der Stelle vor Scham im Boden versinken und nie wieder auftauchen.

Ich blinzele und schüttele den Kopf, um wieder zu Sinnen zu kommen. So viel Sexappeal am frühen Morgen bekommt meinem Gehirn anscheinend nicht.

»Du solltest den Mund schließen, sonst fliegt noch ein Käfer hinein«, ruft er mir zu.

Betont lässig wende ich den Blick ab und tue so, als wäre rein gar nichts passiert. Warum hören meine Wangen nicht auf zu brennen?

»Also«, versuche ich locker meinen peinlichen Auftritt zu überspielen. »Was steht heute an, Trainer?«

Noch immer glitzert Schweiß auf seiner Haut und das ohnehin schwarze Haar scheint noch dunkler zu sein und klebt an seiner Stirn.

Er sieht zum Anbeißen aus.

Ich zwinge meinen Blick, irgendeinen unverfänglichen Punkt neben seinem Ohr anzuvisieren, und setze ein Lächeln auf, das, wie ich hoffe, interessiert aussieht. Und nicht so grenzdebil, wie ich insgeheim befürchte.

»Setz dich«, sagt er, ohne eine Miene zu verziehen.

Ich blinzele abermals, diesmal verwirrt, und schaue auf den harten Boden. »Was? Hier?«

»Wo denn sonst?«

Okay, verstanden. Er lässt den harten Trainer raushängen. Also beschließe ich mitzuspielen, um ihn nicht weiter anzustacheln.

Vorerst zumindest.

Ich setze mich im Schneidersitz auf die Pflastersteine und schaue ihn abwartend an. Er setzt sich etwa drei Meter von mir entfernt hin und schließt die Augen.

Ich warte.

Und warte.

Und warte.

Nach gefühlten zehn Minuten reißt mir der Geduldsfaden und ich räuspere mich in der Hoffnung, irgendwie seine Aufmerksamkeit zu erregen. »Sollten wir nicht – tja, keine Ahnung – trainieren?«

Er reagiert nicht. Nicht ein Muskel zuckt. Und ich komme mir richtig verarscht vor. Was soll das hier? Das ist doch Zeitverschwendung!

Gerade als ich aufstehen will, schießt Lucians Bein vor und fegt mir das eigene Standbein weg, sodass ich unsanft auf dem Boden aufschlage.

»Autsch! Hey, was soll das?«, jammere ich und ja, es klingt wehleidig, aber verdammt noch mal, das *hat* wehgetan!

»Du musst lernen, dich zu konzentrieren! Noch mal«, kommandiert er mit ruhiger, gleichmäßiger Stimme, die mich noch mehr zur Weißglut bringt, als es vorher schon der Fall war.

»Wie, noch mal? Du spinnst doch! Ich gehe zu Vincent und sehe, was er mir beibringen kann.«

Ich komme mir so unsagbar blöd vor, dass ich diesen Idioten vor einer Viertelstunde noch angeschmachtet habe wie ein liebeskranker Teenie.

Ich rapple mich hoch und will mir gerade den Staub von der Lederhose klopfen, als mich Lucian wieder zu Fall bringt. Diesmal lande ich zwar auf dem Hintern, aber das tut nicht weniger weh. Ein scharfer Schmerz schießt mir vom Steißbein die Wirbelsäule hinauf.

»Lass das sein!«, schnappe ich, doch er quittiert meine Wut nur mit einer hochgezogenen Augenbraue.

Als ich zum dritten Mal versuche aufzustehen, bin ich auf seinen Angriff vorbereitet und blocke sein Bein mit dem Arm ab. Auch das tut weh, aber wenigstens schlage ich nicht wieder wie ein Stein auf dem Boden auf.

Ein kleines Grinsen stiehlt sich in sein Gesicht. »Das war gar nicht so schlecht.«

Das ist wohl seine Art, mich zu loben, doch es berührt mich kein bisschen, ganz im Gegenteil: Es lässt meine Wut nur noch mehr brodeln.

Und das sieht er ganz genau.

Während ich noch auf dem Boden knie, weil ich es noch nicht ganz geschafft habe aufzustehen, springt er leichtfüßig hoch und attackiert mich mit den Fäusten.

Wobei er keinerlei Rücksicht nimmt.

Ich muss einige Schläge einstecken, bevor ich es schaffe, den ersten Hieb abzublocken.

»Du musst dich mehr konzentrieren«, tadelt er mich.

»Du hast leicht reden!« Ich ducke mich unter einem weiteren Schwinger hinweg. »Ich habe keinerlei Nahkampferfahrung!«

»Erfahrung im Schwertkampf hast du auch nicht.«

Es klingt gehässig und ist wahrscheinlich auch so gemeint. Im Grunde hat er recht. Mit meiner erwählten Waffe habe ich mich in der Vergangenheit nicht gerade mit Ruhm bekleckert. Trotzdem kann er das auch netter und motivierender sagen!

Als mich ein Schlag an der Seite trifft, reißt mir endgültig der Geduldsfaden und ich gehe in die Offensive. Ich greife nach seinen nackten Armen, seiner Brust oder was ich auch sonst von seiner unbedeckten Haut zu fassen bekomme. Ich werde so viel Feuerkraft in ihn leiten, dass er innerlich verbrennt – Wächter hin oder her!

Grinsend weicht er meinen dilettantischen Versuchen aus, doch ich gebe nicht auf. Sein Das-war-mir-von-vornherein-klar-Lächeln und die spöttisch hochgezogene Augenbraue geben mir den nötigen Antrieb, es weiter zu versuchen.

Ich habe das Gefühl, dass wir uns Stunden über den Tempelplatz jagen, ohne etwas zu erreichen. Keuchend halte ich irgendwann inne und stütze mich an einer Mauer ab. Ich bin völlig erledigt und

Schweiß rinnt mir in Strömen den Rücken hinunter, obwohl ich nichts weiter getan habe, als ihn immer weiter zu verfolgen.

Lucian kommt zu mir herübergeschlendert und stellt sich mit verschränkten Armen neben mich. Ich bin so erschöpft, dass ich nicht einmal jetzt, wo meine Beute in greifbarer Nähe ist, einen Arm heben und es ihm heimzahlen kann.

»Ich glaube, jetzt können wir weitermachen.« Er wendet sich zum Gehen. »Komm mit.«

Ich schlurfe hinter ihm her in den Tempel und sinke dankbar auf einem der Kissen zu Boden. Schnell wische ich mir den Schweiß von Stirn und Schläfen, bevor ich müde die Augen schließe und den Kopf nach vorne hängen lasse. Puh, was für ein Tag! So viel habe ich mich nicht mehr bewegt seit … Keine Ahnung, seit wann. Und ich verspüre nicht den Wunsch, es bald zu wiederholen.

Gibt es nicht jemand anderen, der mich trainieren kann? Sinnvoll, wenn's geht! Mit Lucians Trainingsmethoden werde ich nie etwas lernen! Ich hebe wieder den Kopf und funkele meinen »Trainer« wütend an, in der Hoffnung, dass er allein durch meinen mörderischen Blick zu einem Häufchen Asche zerfällt.

Er setzt sich mir direkt gegenüber und streckt eine Hand nach mir aus. Die stahlgrauen Augen blicken ernst und konzentriert in mein Gesicht, als ich zögerlich auch die Hand hebe und einen Finger auf seine Handfläche lege.

Die Verbindung ist schwach und nicht so intensiv wie gewöhnlich. Nur zaghaft glimmt das Feuer zwischen uns, wie ein schwaches Licht, das kurz davor ist zu erlöschen.

Lucian greift nach meiner Hand und legt seine Finger darum. Im ersten Moment will ich sie wegziehen, um nicht wieder zu viel Energie zu verlieren, doch dann halte ich inne. Ich versorge ihn zwar mit Kraft, aber ich kann es kontrollieren.

Seine Augen leuchten in einem warmen Orange, während er meine Reaktion beobachtet. »Du machst Fortschritte.«

In seiner Stimme schwingt doch tatsächlich so etwas wie Anerkennung mit und ich freue mich sogar ein bisschen darüber. Ein leichtes Flattern macht sich in meinem Bauch breit und ich muss mich dazu zwingen, gleichmäßig zu atmen.

Er streckt nun noch seine andere Hand aus und diesmal zögere ich nicht und lege meine hinein. Das Feuer fließt von mir in ihn, wärmt unsere Körper und regeneriert unsere Energie. Ich fühle mich sofort erfrischt und bereit dazu, ihn noch weitere Stunden über den Tempelplatz zu jagen.

Dann lässt er eine und kurz darauf die zweite Hand los und ich habe Angst davor, wieder in dieses dunkle, lähmende Loch zu fallen, aber das geschieht nicht. Ich fühle mich wie zum Zeitpunkt unserer Verbindung, nur dass ich die Hitze des Feuers nicht mehr in den Adern spüre und eine leichte Kälte fühle.

»Wie hab ich das gemacht?«, frage ich verwirrt.

»Unser Training draußen war nur dazu da, um deine überschüssige Energie abzubauen. Wenn du voller Kraft bist, gibst du sie auch in größeren Schüben ab, weil sie ungehindert durch dich hindurchfließt und hinauswill. Aber wenn du dich vorher schon verausgabt hast, kannst du logischerweise weniger Energie übertragen.«

Er grinst schelmisch und ich verstehe. Er hätte mich zwar auch zwanzig Runden um den Tempelplatz laufen lassen können, aber unser Nahkampftraining war um einiges effektiver.

Ich grinse zurück, zufrieden mit mir und meinen Fortschritten.

»Wir werden das jetzt einige Tage so machen, bis du ein Gefühl für den Energiefluss bekommst. Dann drosseln wir Tag für Tag das Training davor, bis wir es ganz weglassen.«

»Aber was, wenn ich dir ganz dringend ganz schnell Energie geben muss? Wenn die Flügelmänner wieder angreifen zum Beispiel.«

»Auch das werden wir trainieren. Mach dir keine Sorgen! Ich weiß, dass du das schaffst. Heute hast du schon eine fantastische Leistung gezeigt.«

Ich erröte unter diesem Lob und eine peinliche Stille entsteht.

»Ich glaube, ich gehe mich mal in der heißen Quelle frisch machen. Danke … für das Training und bis morgen.«

Ungelenk komme ich auf die Füße und verlasse den Raum.

»Bis morgen«, höre ich Lucian noch flüstern.

***

Die Tage vergehen und werden zu Wochen und ich ertappe mich immer öfter dabei, wie ich diese Welt, dieses Spiel als meine Heimat betrachte. Die Erinnerungen an die reale Welt verblassen allmählich und ich habe schon lange nicht mehr darüber nachgedacht, wie ich die Verbindung zum Spiel trennen kann.

Oder was mein richtiger Körper macht.

Oder ob sich meine Eltern Sorgen um mich machen.

Oder ob mich überhaupt jemand vermisst.

Wahrscheinlich denken meine Eltern, ich sei irgendwo im Ausland auf einem E-Sports-Turnier. Oder ich habe wieder eine Reise von einem Sponsor geschenkt bekommen, auch das kam in der Vergangenheit vor. Da unsere Bindung nie sonderlich eng war, werden sie sich bestimmt etwas zusammenreimen, anstatt sich Sorgen zu machen.

Aber hier … Hier bin ich wichtig. Es würde jemandem auffallen, wenn ich einfach verschwinde. Ich werde geachtet … Nun ja, zumindest meistens. Ich habe eine Aufgabe und einen Sinn.

Noch dazu ist es für mich als leidenschaftliche Gamerin einfach das Nonplusultra, ein Teil, wenn nicht sogar die Protagonistin eines Spiels zu sein. Das ist für mich besser als jeder Sechser im Lotto.

Anfangs war ich noch genervt, nicht nach Hause zu können. So viele Wochen hatte ich für das entscheidende Spiel um Platz zwei der Weltrangliste trainiert und dann hing ich hier fest. Mittlerweile ist es egal – der Wettbewerb ist vorbei, meine Chance ist vertan.

Vielleicht ist das ein Wink des Schicksals und ich sollte mich auf das konzentrieren, was *hier* vor mir liegt.

Auch wenn diese Spielwelt so ganz anders ist als die wirkliche Welt, ist sie nun doch mein Zuhause. Ich habe Gwen einmal gefragt, nachdem ich schon eine ganze Weile hier war, warum denn kein Schnee fällt oder zumindest die Blätter der Bäume auf dem Tempelhof sich verfärben würden. Sie hat mich nur komisch angesehen, als würde ich nun völlig verrückt werden. Anscheinend gibt es hier keine unterschiedlichen Jahreszeiten wie in der Wirklichkeit. Da ich auch noch nirgends etwas gefunden habe, das zumindest entfernte Ähnlichkeit mit einem Kalender hat, kann ich nur schätzen, wie lange ich schon hier bin. Doch auch mit dem Schätzen und Tage zählen höre ich irgendwann auf und lasse einfach alles auf mich zukommen.

Ich beginne sogar das tägliche Training mit Lucian zu genießen und mich an das frühe Aufstehen zu gewöhnen. Manchmal muss Gwen mich nicht erst aus dem Bett zerren, weil ich schon von allein aufgestanden bin. Aber wirklich nur manchmal. Ich gelobe Besserung.

Vincent beobachtet unser Training mit Argusaugen und ich habe das Gefühl, dass er alles andere als erfreut darüber ist, wie gut Lucian und ich uns mittlerweile verstehen. Wir kommunizieren ohne Worte. Er hat mir einige Meditationstechniken gezeigt, die ich nutzen kann, um meinen Energiefluss zu lenken, und so langsam habe ich den Dreh raus, worauf ich richtig stolz bin.

Manchmal, wenn Lucian bis in die Nacht hinein seine Kampfkunst trainiert, gehe ich zu ihm und berühre ihn kurz an der Schulter, um ihm so wieder mehr Energie geben zu können. Er dankt es mir mit einem kleinen Lächeln, das eine ganze Horde von Schmetterlingen in meinem Bauch heraufbeschwört, über die ich keinerlei Kontrolle habe.

Auch ertappe ich mich immer öfter dabei, wie ich ihn einfach nur beobachte. Zwar sage ich mir dann ständig, dass diese dummen

Gefühle sinnlos und falsch sind und nur daraus resultieren, weil ich in dieser Welt gefangen bin. Und dann begegnet der musternde Blick aus seinen silbernen Augen meinem und all meine rationalen Gedanken sind gelöscht, einfach – *Puff!* – weg. Ich will mich in seinem Blick verlieren, will ihn fragen, was er denkt, wenn er mich sieht, doch seine Miene ist starr und nicht zu deuten, während sein Blick meinen Körper entlangwandert.

Ich liebe diesen Blick. Am liebsten möchte ich mich darunter winden wie eine schnurrende Katze, doch das würde ich niemals zugeben. Ich traue mich nicht etwas anderes zu tun, als ihn – halbwegs – heimlich zu beobachten und im Stillen anzuschmachten.

Als die Tage vergehen, kommt mir das Gefühl seiner weichen Lippen auf meinen immer mehr wie ein Traum vor. Er war sehr deutlich, als er sagte, dass dieser Kuss nichts zu bedeuten hatte, sondern einzig und allein dem Zweck diente, meine ungefilterte Kraft zu bekommen. Und dennoch verzehre ich mich nach diesem Augenblick und möchte ihn auf der Stelle erneut erleben, doch ich habe Angst davor, zurückgewiesen zu werden. Von einer verdammten Computerfigur. *Wie erbärmlich.*

Und doch habe ich nur Augen für ihn. Während unseres Trainings und den Stunden, in denen ich ihn aus einem Versteck heraus anhimmele, vernachlässige ich sträflich meinen anderen Wächter, der das gar nicht lustig findet.

Eines Tages – ich weiß nicht, wie lange ich schon hier in dieser Spielwelt bin – nimmt Vincent mich zur Seite, als ich gerade den Tempelplatz verlassen und ins Bett gehen will.

Im ersten Moment bin ich erschrocken, da ich ihn im fahlen Mondlicht nicht sofort erkenne – zu sehr steckt mir noch die Angst des Flügelmänner-Überfalls in den Knochen –, und fasse mir an die Brust, um mein wild schlagendes Herz zu beruhigen.

»Was willst du?«, frage ich, nachdem er den Griff um meinen Arm nicht lockert.

»Wie läuft dein Training, *Hüterin*?«

Der grollende Unterton in seiner Stimme lässt mich aufhorchen und auf der Hut sein. »Gut. Danke der Nachfrage.« Ich warte ein paar Sekunden und als er sich nicht rührt, füge dann noch an: »Ich würde jetzt sehr gerne schlafen gehen, denn ich bin echt erledigt. Kann unsere Unterhaltung bis morgen warten?«

Als Vincent mich noch immer nicht loslässt, sehe ich mich verstohlen nach Lucian um. War er nicht eben noch hier?

Der Hohepriester tritt näher an mich heran und blickt zu mir hinab. Er ist zwar nur eine Handbreit größer als ich, aber selbst dieser kleine Unterschied wirkt plötzlich einschüchternd auf mich. Ein begehrliches Funkeln liegt in seinen blauen Augen und ich schlucke trocken.

»Glaubst du im Ernst, dass ich nicht mitkriege, wie du mich meidest?«, zischt er leise. »Wie du *ihn* mir vorziehst?«

»Ich ziehe niemanden vor.« Eine glatte Lüge, aber sie kommt mir erstaunlich leicht über die Lippen. »Wir trainieren zusammen, nichts weiter.«

Wo ist denn nur Lucian, wenn ich ihn mal brauche?

»Du lügst.« Vincents Stimme vibriert vor unterdrückter Wut und sein Griff um meinen Arm verstärkt sich.

Ich verziehe vor Schmerz das Gesicht und versuche, mit der anderen Hand seinen Griff zu lockern, aber er packt meinen Unterarm knapp über der freien Haut und hält auch diesen fest. Unfähig, mich zu wehren, starre ich ihm trotzig ins Gesicht.

»Du wirst es mir geben, hier und jetzt, Hüterin!« Er beugt sich so weit zu mir nach vorne, dass ich seinen Atem auf dem Gesicht spüren kann.

Mein Herz klopft bis zum Hals, als ich hervorwürge: »Ich habe keine Ahnung, wovon du redest!« Und das ist die Wahrheit. Ich habe keinen blassen Schimmer, warum er mir hier im Dunkeln auflauert, mir wehtut und mir eine Heidenangst einjagt.

Lucian, jetzt wäre ein verdammt guter Zeitpunkt, endlich aufzukreuzen!

Vincents Mund verzeiht sich zu einem Grinsen, das seinem sonstigen überheblichen Lächeln überhaupt nicht ähnlich sieht. »Das Gefühl, was sonst? Das Brennen des Feuers. Ich brauche es, auf der Stelle! Ich … Ich werde sonst …«

Als er den Abstand zwischen uns noch weiter verringert und sein Gesicht langsam zu meinem herunterbeugt, dämmert mir endlich, was er meint. Er will meine Feuerkraft. Er ist danach offenbar genauso süchtig wie ich – wie ein Junkie, der ohne den nächsten Schuss keine weitere Sekunde überstehen kann. Nach dem Gefühl der unbeschreiblichen Macht, des Feuers im eigenen Körper, das sich wie Lava durch die Adern frisst.

Wie eine Droge steht meine Kraft zwischen uns. Ein Teil von mir will ebenfalls, dass ich sie freilasse. Beim Training mit Lucian lerne ich nur Zurückhaltung, Zurückhaltung und immer wieder Zurückhaltung. Ich weiß fast gar nicht mehr, wie gut es sich tatsächlich anfühlt, wenn mein Körper lichterloh in Flammen steht. Dabei will ich es wieder wissen.

Sofort!

Panisch überschlägt sich mein Gehirn beim Versuch, die Vor- und Nachteile abzuwägen. Die rationale Logik kämpft gegen das rohe Verlangen und die unbändige Sucht, die in mir brodeln und die ich nun nicht mehr unterdrücken kann.

»Hör auf, Vincent!«, beschwöre ich ihn, doch er hört mir gar nicht zu.

Wieder und wieder weiche ich zurück, reiße an seiner Umklammerung, ohne sie auch nur ein winziges bisschen lösen zu können.

Als ich mit dem Rücken gegen eine Mauer schlage und keinen Fluchtweg mehr habe, kneife ich die Augen zu und öffne meinen Mund zu einem hohen und – wie ich hoffe – lauten Schrei.

Das muss doch jemand hören! Wo ist Lucian, wenn man ihn einmal braucht, verdammt noch mal? Er war doch vorhin noch an dieser Trainingspuppe und nun ist er wie vom Erdboden verschluckt!

Es ist mir zuwider, um Hilfe zu rufen, aber ich weiß mir nicht mehr anders zu helfen. Ich stehe kurz davor nachzugeben und gegen die Sucht zu verlieren, von der ich dachte, ich hätte sie im Griff. Aber sie war stets unterschwellig da und nun, da ich mich einem anderen Süchtigen gegenübersehe, kreischt sie in meinem Inneren lauter denn je um Beachtung.

»Shht. Ich bin vorsichtig«, murmelt Vincent siegesgewiss, als er den Kopf abermals zu mir herunterbeugt. Sein Atem geht keuchend und fegt über meine Haut hinweg, während ich meinen eigenen Herzschlag in den Ohren höre.

Der kleinere Teil in mir jauchzt vor Freude darüber, endlich wieder das ungezügelte Feuer zu spüren, doch ich bringe ihn rigoros zum Schweigen.

Etwas reißt an meinem Arm, gefolgt von einem dumpfen Schlag. Ich öffne ein Auge einen Spaltbreit und sehe einen verschwitzten Rücken, der sich über eine Gestalt am Boden beugt.

Erst nach und nach begreife ich, dass Lucian vor mir steht und Vincent zu Boden geschlagen hat. Ich verstecke mich hinter Lucian, als Vincent, der erstaunlich schnell wieder auf die Füße gekommen ist, drohend mit dem Zeigefinger auf ihn zeigt. »Misch dich nicht ein, Luc! Das geht nur sie und mich etwas an!«

Einen Moment lang habe ich Angst, dass Lucian auf ihn hören und mich wieder mit Vincent allein lassen wird, doch mein Retter strafft nur die Schultern und schiebt mich langsam ein Stück weiter hinter sich, sodass mich Vincent nicht mehr sehen kann. »Da liegst du falsch, Vinc. Ich bin genauso ein Wächter wie du. Es ist unsere heilige Pflicht, die Hüterin zu beschützen, und nicht, sie auszunutzen und fast zu Tode zu ängstigen!«

Kurz zögert der Hohepriester, als würde er über Lucians Worte nachdenken, doch von einer Sekunde auf die andere verfinstert sich Vincents Miene wieder, während er den anderen Wächter fixiert und versucht, um ihn herum an mich heranzukommen.

Ehe die beiden erneut aufeinander losgehen können, verliere ich die Geduld. Ich kann mich nicht ewig hinter Lucian verstecken, schließlich bin ich die Hüterin! Ich bin dafür verantwortlich, dass es zu keinem Streit innerhalb meines Teams kommt.

Mit vorgerecktem Kinn trete ich hinter Lucians Rücken hervor, stemme beide Hände in die Hüften und sehe jedem meiner Wächter abwechselnd fest in die Augen, ehe ich frage: »Worum genau geht es hier?«

Beide schweigen einen Moment, bevor sich Vincent räuspert. »Es tut mir leid, Eve. Wirklich! Ich ... wollte dir keine Angst einjagen. Ich war nur ... Ich fühlte mich so ... leer. Und jeden Tag, wenn ich ihn sehe«, er wirft einen abwertenden Blick zur Seite auf Lucian, »werde ich daran erinnert, was ich verpasse. Er strotzt vor Energie, während ich ... nichts habe. Ich fühle mich ... ausgegrenzt.«

Lucian bleckt die Zähne und ich sehe ihm an, dass er zu einer passenden Erwiderung ansetzen will. Doch das kann ich nicht zulassen! Ich muss das Problem allein regeln können.

Ich strecke Vincent meine Hand entgegen, während ich Lucian mit Blicken dazu bringe, den Mund zu halten. Eigentlich habe ich damit gerechnet, dass Vincent sich wie ein Ertrinkender an meine Hand klammern wird, doch er schüttelt den Kopf.

»Versteh mich nicht falsch, Eve. Danke, dass du mir entgegenkommen willst, aber das ist nicht das, wonach ich mich sehne.« Als er meinen verwirrten Blick sieht, fährt er fort: »Ich will mehr. Ich will die nächste Stufe der Feuerkraft.«

»Die Verwandlung«, murmele ich und verstehe endlich, was er meint. Wegen Vincents blöden Minderwertigkeitskomplexen habe ich vorhin Blut und Wasser geschwitzt? Warum hat er es mir nicht gleich erklärt?

»Blödsinn«, knurrt Lucian und rollt mit den Augen, doch ich bringe ihn mit einem scharfen Blick zum Schweigen. Das Letzte, was ich will, ist, dass die Situation zwischen den beiden wieder eskaliert. Beide sind meine Wächter und ich brauche beide, um dieses Spiel zu beenden. Da kann ich mir keine inneren Grabenkämpfe leisten.

»Wenn ich dich verwandle«, beginne ich vorsichtig und sehe sofort das begehrliche Glitzern in Vincents Augen, »wirst du dann aufhören, mich zu bedrängen, und deine Aufgaben als Wächter wieder ernst nehmen?«

Lucian öffnet den Mund, um zu protestieren, doch ich hebe eine Hand und er klappt ihn wieder zu. Nicht ohne kurz zu knurren und erneut mit den Zähnen zu knirschen. Er hat sich da rauszuhalten, verdammt noch mal! Am liebsten würde ich ihn wegschicken, doch ich traue mich nicht, allein mit Vincent zu sein, nach allem, was vorhin geschehen ist.

Vincent legt die Faust auf Höhe seines Herzens und senkt den Kopf. »Ich schwöre bei der großen Göttin, dass ich mich nie wieder ungebührlich dir gegenüber verhalten werde. Doch ich kann die Leere in mir nicht selbst heilen. Dazu brauche ich deine Kraft, Hüterin.«

Ich nicke. Irgendwie kann ich ihn verstehen. Seit Wochen sieht er Lucian und mir dabei zu, wie wir Fortschritte beim Training machen, während er selbst kein Teil davon ist. Auch die Rivalität zwischen den beiden ist mir von Anfang an aufgefallen. Ihn wurmt es unwahrscheinlich, dass Lucian sich bereits verwandelt hat, während er nicht einmal mehr meine Hand halten und wenigstens einen kleinen Teil der Feuerkraft spüren kann, weil ich den ganzen Tag nur mit Lucian trainiere und abends nur fix und fertig ins Bett falle.

Wäre ich so lang von der Feuermacht abgeschnitten, die in mir wütet, stünde ich auch am Rande eines Nervenzusammenbruchs.

Die Kraft ist wie eine Droge, nach der wir alle drei lechzen, und ich glaube, dass sie der einzige Grund ist, warum die beiden mich beschützen. Ohne die Kraft des Feuers bin ich nichts anderes als ein langweiliges Mädchen. Sie brauchen nicht mich, sondern die Energie, die ich liefere, und das, wofür ich stehe. Sosehr mich das verletzt, so wenig kann ich ihnen einen Vorwurf daraus machen.

Ich mache einen Schritt auf Vincent zu, wappne mich für das, was nun kommt. Nachdem ich den ganzen Tag mit Lucian trainiert habe, werde ich trotz der Fortschritte keine Verwandlung durch bloße Berührung der Hände hervorrufen können. Kurz frage ich mich, warum der Gedanke, ihn zu küssen, mich plötzlich abschreckt. Es ist schließlich nicht das erste Mal.

Aber er ist eben nicht Lucian.

Ich werfe einen schnellen Seitenblick auf meinen dunkelhaarigen Wächter neben mir, der stur die Lippen zu einem schmalen Strich zusammenpresst und in eine andere Richtung starrt. Die Adern an seinem Hals treten hervor und seine Hände sind zu Fäusten geballt.

Warum versetzt mir sein gequälter Anblick so einen Stich ins Herz? Er hat keinerlei Ansprüche auf mich und ich nicht auf ihn. Da war er sehr deutlich und ich erinnere mich noch zu genau an den Schmerz, den ich verspürte, als er mir klipp und klar sagte, dass unser Kuss nichts zu bedeuten hatte. Warum interessiert es mich also, wie er sich fühlt?

Wahrscheinlich interpretiere ich zu viel hinein. In dieser Welt und zwischen mir und meinen Wächtern ist ein Kuss nichts weiter als ein Weg, um unsere Kraft auszutauschen. Es ist nichts Romantisches, nichts Sinnliches und muss keinerlei Bedeutung haben. Ich klammere mich an diesen Gedanken, als ich mich wieder auf Vincent konzentriere und die verstörenden Gefühle wegsperre, die mein anderer Wächter in mir auslöst.

Sanft umschließt Vincent mit den Händen mein Gesicht. Diesmal liegt ein warmes Funkeln in seinen blauen Augen, als er sich langsam zu mir herunterbeugt. Doch ich spüre keinerlei Kribbeln, kein aufgeregtes Flattern in meinem Bauch. Ich schaffe es, Vincents vorsichtigen, fast schüchternen Kuss als reines Mittel zum Zweck anzusehen. Obwohl er sich so sehr nach meiner Macht verzehrt, gibt er mir die Möglichkeit, mich zurückziehen zu können. Das macht es mir noch leichter, mich zu entspannen und die Feuerenergie, die sich in mir aufstaut, ungehindert aus mir herausfließen zu lassen. Zwar bemühe ich mich, sie in mir zu bündeln und nur Stück für Stück abzugeben, so wie Lucian es mich gelehrt hat, doch es ist beinahe unmöglich. Sobald unsere Lippen sich berühren, schlagen die Flammen zwischen uns lichterloh empor und ich will nichts mehr, als dieses Gefühl weiter auszukosten.

Vincent scheint es nicht anders zu ergehen. Sein Kuss wird von Sekunde zu Sekunde fordernder, verlangend, nehmend.

Von mir aus. Denn das ist auch das, was ich will.

Brodelndes Feuer schießt durch mich hindurch und lässt mich nur noch helle Sterne vor den geschlossenen Lidern sehen.

Als unsere Zungen sich endlich berühren, reißen Vincent und ich gleichzeitig die Augen auf. In seinen Iriden scheint ein prasselndes Feuer zu tanzen und augenblicklich beginnt sein Körper sich zu verwandeln. Er fällt auf alle viere, unsere Verbindung wird gekappt, die Kälte greift nach mir und lässt mich ebenfalls zu Boden gehen. Doch anders als die Male zuvor, bleibe ich bei Bewusstsein und beobachte die Verwandlung meines Wächters mit großen Augen.

Es ist wunderschön.

Lucian steht noch immer neben uns, doch ich habe ihn fast vollständig vergessen. Viel zu gefesselt bin ich von dem Schauspiel, das sich vor meinen Augen abspielt.

Vincents Körper wird größer, seine Hände und Füße werden zu riesigen Tatzen und aus seinem Rücken schlagen Flammen.

Echte Flammen. Ich kann ihre Hitze auf meiner Haut spüren und bin mir sicher, wenn ich die Hand danach ausstrecken würde, würde ich mich verbrennen, so heiß sind sie. Aber ich glaube nicht, dass sie mir tatsächlich schaden würden. Vielmehr locken sie mich, rufen nach mir und necken mich, endlich die Finger nach ihnen auszustrecken, um sie zu berühren.

Sein Gesicht wird länger, die Feueraugen bleiben. Aus dem Mund, den er zu einem Brüllen aufreißt, wachsen Fangzähne, die größer sind als meine Hand. Schneeweiß blitzen sie im Licht der lodernden Flammen, die sich nun auch um seinen Kopf ausbreiten und eine Art Mähne bilden.

Ich rutsche ein Stück zurück, um mir meinen verwandelten Wächter genauer anzusehen, und blicke in seine glühenden Augen und das zufriedene Grinsen, das sein Raubtiermaul umspielt. Er reckt die gedrungene Schnauze und lässt erneut ein triumphierendes Brüllen ertönen, das die Stille der Nacht zerreißt.

Dann setzt er eine Pranke vor die andere, bis er direkt vor mir steht, und neigt den massigen Kopf vor mir.

Lächelnd strecke ich die Hand nach ihm aus und streiche über seine Schnauze und zwischen seinen Ohren entlang. Das Feuer ist heiß, jedoch verbrennt es mich nicht. Ganz im Gegenteil, es lädt meine eigene Energie, die ich ihm zur Verwandlung gegeben habe, wieder auf, sodass ich schneller auf die Füße komme.

Fast bis zur Schulter reicht er mir in seiner neuen Gestalt.

Und er ist eine wahrlich imposante Erscheinung: Ein Löwe mit einer Mähne aus züngelnden Flammen.

Wir grinsen uns an – bei ihm sieht es etwas gruselig aus –, beide froh über das, was wir geschafft haben. Er konnte sich verwandeln und ich habe herausgefunden, dass die Verwandlung meiner Wächter mich selbst zwar eine Menge Kraft kostet, ich sie mir aber zurückholen kann, sobald ihre Transformation abgeschlossen ist.

Ich blicke zu Lucian, möchte mir ein paar lobende Worte abholen, dass ich die Energieübertragung so gut gemeistert habe, doch er ist verschwunden.

Eine dumpfe Leere breitet sich in mir aus und dämpft die Freude, die ich eben noch empfunden habe.

Vincent rennt ein Stück über den Tempelplatz, zerfetzt mit seinen Pranken und Klauen ein paar Bäume und eine von Lucians Trainingspuppen – dafür wird es morgen garantiert mächtig Ärger geben! –, ehe er sich wieder neben mich setzt.

»Wie lange bleibst du jetzt so?«, frage ich ihn, doch er schüttelt nur den Kopf. »Kannst du so nicht sprechen?« Wieder ein Kopfschütteln.

Ich setze mich neben ihn auf den Boden und lehne mich mit dem Rücken an seine massige Gestalt, genieße die Wärme des Feuers und schaue in den Nachthimmel hinauf.

Die beiden Monde am Firmament erinnern mich nach langer Zeit des Vergessens und Verdrängens schmerzhaft daran, dass dies nicht meine Welt ist. Dass all das hier nur ein Spiel ist und die Gefühle, die ich zu empfinden glaube, nur simuliert sind.

Die Freude über Vincents Verwandlung, der Schmerz durch Lucians Zurückweisung, all das existiert nicht wirklich. Es sollte mich nicht so mitnehmen.

Wütend wische ich mir die Tränen von der Wange, ohne auf Vincents besorgten Blick zu reagieren.

»Alles gut«, lüge ich und er scheint sich damit zufriedenzugeben.

Flammenlöwen-Vincent rückt näher und legt sein Kinn auf meinen Kopf. Bei jedem anderen wäre diese Geste dümmlich gewesen, doch heute Nacht bin ich dankbar über seine Gesellschaft, ganz egal, was vorhin zwischen uns passiert ist. Er hat sich dafür entschuldigt und ein Stück weit kann ich sein Verhalten verstehen. Zumindest von meiner Seite aus ist zwischen uns alles geklärt.

Ich schmiege mich ein Stück nach hinten an seine weiche Brust und bin innerhalb von Sekunden eingeschlafen, begleitet vom weichen Glimmen unserer Energien.

Kapitel 7

Die Schmerzen in meinem Rücken bringen mich um. Egal, wie ich mich drehe und wende, es fühlt sich an, als würde ich auf einem mit Nägeln gespickten Holzbrett liegen. Oder auf hartem Steinboden mit einzelnen Steinchen, die mir in den Rücken piksen. Dabei ist doch mein Bett so weich und bequem! Aber irgendwie scheine ich nicht auf meiner gemütlichen Matratze zu liegen, anders kann ich mir diesen harten Untergrund nicht erklären. Es sei denn, Gwen hat heimlich die weiche Matratze gegen ebendiese Holzbretter ausgetauscht, die mir den Rücken malträtieren.

Ein Fluchen reißt mich endgültig aus dem Land der Träume. Ich reibe mir grummelnd über die Augen, während ich mich aufsetze und den Rücken durchdrücke, bis die einzelnen Wirbel knacken.

»Was soll das werden?«, fragt eine Stimme schneidend in die Stille hinein, sodass es in meinen Ohren gellt. Wer veranstaltet denn am frühen Morgen solchen Krach? Etwas Rücksicht wäre nicht schlecht …

Ich blinzele gegen die Sonnenstrahlen an und brauche einen Moment, bis ich den dunklen Schemen über mir Lucian zuordnen kann, der sich zu mir hinabbeugt. Was macht er in meinem Zimmer? Habe ich unser Training verschlafen? Und wo ist Gwen? Sie ist es doch, die mich morgens weckt und mir zur Hand geht.

Etwas regt sich neben mir und ich taste schlaftrunken danach. Sofort spüre ich den Energiefluss und reiße erschrocken die Hand zurück. Mit einem Schlag bin ich hellwach.

Ich blicke an mir hinab und sehe einen nackten Arm, der quer über meinem Schoß liegt. Wo kommt der denn her?

Verwirrt blicke ich mich um. Ich liege mitten auf dem Tempelhof. Kein Wunder, dass sich mein Rücken anfühlt, als hätte ich auf einem Steinboden gepennt, schließlich *war* es ja auch so!

Ich schaue nach links und spüre förmlich, wie mein Gehirn krampfhaft versucht, seine normale Tätigkeit aufzunehmen. Aber das, was ich sehe, kann es nicht verarbeiten. Ich kann förmlich die Zahnrädchen, die sich verkanten und dann mit einem Knirschen ihren Geist aufgeben, spüren.

Neben mir liegt Vincent, wieder als Mensch, und er ist vollkommen nackt. Sein Arm liegt über meinem Schoß, eines seiner Beine hat er zwischen meine geschoben und sein ganzer Körper presst sich eng an mich. Dem Sabberfleck auf meiner Schulter nach zu urteilen, lag dort sein Kopf, bis ich mich aufgerichtet habe.

Ach. Du. Heilige. Scheiße.

Ich schiebe seinen Arm von mir herunter, krieche rückwärts von ihm weg, bringe so viel Abstand wie möglich zwischen uns, schaffe es aber nicht, auf die Füße zu kommen.

»Was soll das, Eve?«, zischt Lucian, der mich aus zu Schlitzen verengten Augen mustert. »Was habt ihr die ganze Nacht hier draußen getrieben?«

Die Art, wie er *getrieben* betont, jagt mir einen eiskalten Schauer über den Rücken. Schnell blicke ich erneut an mir hinab. Puh, ich trage noch alle meine Klamotten, ein Glück!

Ich versuche, mich an das Letzte zu erinnern, was ich noch von gestern Abend weiß. Vincent hat sich in einen Flammenlöwen verwandelt und dann haben wir beide uns die Sterne angeguckt, ehe ich eingeschlafen bin. Und im Laufe der Nacht hat er sich anscheinend zurückverwandelt und ist ebenfalls eingeschlafen.

Eigentlich ganz harmlos.

Aber Lucians mörderischem Blick nach zu urteilen, sieht es für jemanden, der nicht dabei war, alles andere als harmlos aus.

»Eve!«

Lucians Grollen schreckt mich hoch und erst jetzt bemerke ich, dass ich die ganze Zeit Vincents nackten Körper angestarrt habe. Ziemlich genau angestarrt. Bestimmte Stellen.

Ähm … wie war die Frage noch mal?

Das Blut schießt mir in die Wangen und ich wende hastig den Blick ab, während auch Vincent nun langsam aufwacht und sich schlaftrunken mit der Hand durch das lange blonde Haar fährt, das in der Sonne glänzt und die Silhouette seines Körpers sanft umspielt. Seines durchaus sehnigen und festen Körpers … Das habe ich unter seinen weiten Gewändern gar nicht so wahrgenommen …

Der Hohepriester wirft Lucian nur einen kurzen Blick zu und verzieht die Lippen anschließend zu einem trägen Grinsen. Das allein reicht aus, um Lucians Geduldsfaden reißen zu lassen. Er ist buchstäblich auf hundertachtzig.

Und das lässt auch mich wütend werden.

»Was regst du dich so auf?«, frage ich, während ich an ihm vorbeilaufe und peinlich genau darauf achte, nicht noch einmal einen Blick auf Vincents wirklich gar nicht mal so üblen Körper zu werfen. Anders als Lucian besitzt er kaum definierte Muskeln, aber dafür sehr ansehnlich lange Gliedmaßen und eine perfekt geformte Statur. Wenn man auf so was steht natürlich.

Ungeniert sitzt er auf den kalten Pflastersteinen, ohne sich zu bedecken. Es wäre doch wirklich Verschwendung, wenn ich nicht mal ganz kurz … *Nein, stopp!*

Ich drehe mich demonstrativ zu Lucian um und schaue ihm fest in die Augen, auch wenn ich bei seinem Gewittersturmblick am liebsten woanders hinsehen würde. Aber die Versuchung wäre zu groß … Wie groß eigentlich …? *Nein, nicht hinsehen!*

Gott, Eve, du bist eindeutig untervögelt!, tadele ich mich selbst in Gedanken. Aber ist das ein Wunder? Wie lange bin ich schon hier? Einen Monat? Zwei? Und jeden Abend bin ich nach dem Training so erledigt, dass ich nicht einmal an etwas anderes denke als zu schlafen. Fast wehmütig denke ich an Ben, meinen Vibrator, der daheim in meiner Nachttischschublade liegt. Der arme Kerl kommt sich sicherlich auch schon vernachlässigt vor.

Ich weiß nicht, ob mir meine Gedanken auf der Stirn geschrieben stehen, doch Lucians Miene verdüstert sich noch mehr. *Ups.*

»Warum ich mich so aufrege?«, presst er hervor. »Tja, wer weiß? Vielleicht, weil die Hüterin und mein Bruder nackt mitten auf dem Tempelhof liegen, wo jeder sie sehen kann?«

Bruder? Die beiden sollen *Brüder* sein? Nie im Leben!

»Ich habe meine Klamotten noch an, falls dir das entgangen sein sollte! Es ist nicht so, wie es aussieht.«

Die dümmste Ausrede seit Menschengedenken. Und so dermaßen abgedroschen! Aber was soll ich sonst dazu sagen? Immerhin ist es ja wirklich nicht so, wie es aussieht … Im Zweifel für den Angeklagten, oder? Aber davon scheint Lucian noch nichts gehört zu haben.

Mit erhobenem Haupt stolziere ich an ihm vorbei. Zwar brennt mir die Frage, ob er und Vincent tatsächlich Brüder sind unter den Nägeln, aber ich fühle mich nicht in der Lage dazu, mich auf ein weiteres Wortduell mit Lucian einzulassen.

Warum musste mich ausgerechnet Lucian neben einem nackten Vincent erwischen? Hätte es nicht irgendeiner der Priester sein können? Oder von mir aus auch Gwen? Nein, *natürlich* muss es Lucian sein! *Grrr!*

Vor Frust würde ich am liebsten gegen die nächstbeste Mauer treten, verkneife es mir aber schnell. Ich will nur weg hier, raus aus dieser verqueren Situation und etwas ruterkommen, bevor ich mir überlege, wie ich den beiden das nächste Mal gegenübertreten soll, ohne an … *das eben* zu denken. Ich befürchte, immer wenn ich Vincent von jetzt an ansehe, werde ich daran denken, wie sein Arm mich näher an sich gezogen hat und wie sein sehniger Körper neben mir …

Dieses *gottverdammte* Kopfkino treibt mich noch in den Wahnsinn!

Kurz bevor ich die rettende Tür erreicht habe, packt mich jemand an der Schulter und wirbelt mich herum. Das wütende Schnauben und die breite männliche Brust, gegen die ich beinahe mit der Nase donnere, verraten mir, dass es sich zweifellos um Lucian handelt, auch ohne dass ich nach oben sehen muss.

»Was?«, knurre ich, ehe ich schnell etwas Abstand zwischen uns bringe. Kann er mich nicht einfach gehen lassen?

»Hör auf wegzulaufen, wenn ich mit dir rede!«, schnauzt er und nun ist meine Geduld endgültig am Ende.

»*Du* hast nicht mit mir geredet! *Du* hast mir Vorhaltungen an den Kopf geworfen, die überhaupt nicht stimmen!« Ich mache nun doch den Fehler, nach oben zu sehen, und begegne dem düsteren Blick aus seinen stahlgrauen Augen, in denen es gefährlich blitzt. Doch ich ignoriere es, denn ich bin gerade dabei, mich so richtig in Rage zu reden. »Und selbst *wenn* – was nicht der Fall ist, was ich betonen möchte! –, selbst *wenn* ich etwas mit Vincent hätte, könnte es dir vollkommen egal sein! Du hast mir nichts vorzuschreiben!«

»Ist das so, ja?« Für einen kurzen Moment fletscht er die Zähne. »Ich bin ein Wächter. Es ist sehr wohl meine Aufgabe, dafür zu sorgen, dass die Hüterin sich nicht aufführt wie ein billiges Hafenflittchen!«

Das Klatschen meiner Hand auf seiner Wange hallt über den sonst totenstillen Tempelhof. Lucians Kopf ruckt ein Stück zur Seite und ich muss mich beherrschen, um nicht gleich noch einmal auszuholen.

Wie kann er es *wagen?! Niemand* redet so mit mir!

Während meiner Zeit als Profizockerin musste ich mir einige anzügliche Bemerkungen anhören, immerhin war ich der einzige weibliche Gamer in den Top fünfzig. Ich kann gar nicht mehr zählen, wie oft die anderen mir vorgeworfen haben, ich hätte meine guten Rankings nur dem Umstand zu verdanken, dass ich mich nach oben schlafen würde. Und das gute Equipment hätte ich auch nur bekommen, weil ich regelmäßig wie diese Twitch Fails meine Möpse in die Kamera halten würde.

Nun, das war, bevor ich sie nach allen Regeln der Kunst vom Platz gefegt habe. Niemand bei klarem Verstand wagte es, ein zweites oder gar drittes Mal gegen mich anzutreten, so endgültig habe ich sie vernichtet. Ihre dummen Sprüche sind ihnen schnell im Hals stecken geblieben, als sie mein Können mit eigenen Augen gesehen haben.

Mit Lucian ist das jedoch etwas anderes. Ihn kann ich nicht besiegen oder vom Platz fegen. Es gibt nichts, worin ich besser bin als er. Egal, ob Nah- oder Schwertkampf, er würde mich ungespitzt in den Boden rammen. Auch mit weiteren Wochen Training werde ich nie gut genug sein, um ihn besiegen zu können.

Mein Hals fühlt sich an wie zugeschnürt als mir aufgeht, dass dieses verdammte Spiel fast meiner Realität gleicht. Niemand erinnert sich an die Nummer zwei, geschweige denn an die Nummer drei, wie ich es bin. Ich habe trainiert und trainiert, aber ich war trotzdem nie gut genug.

Vielleicht werde ich nie gut genug sein ... Weder für mich noch für jemand anderen.

Ich habe noch nie die Geduld verloren, nur weil man mich beschimpft hat. Damit kann ich für gewöhnlich umgehen. Vor allem, wenn diese Beschimpfungen auf haltlosen Anschuldigen und Unterstellungen beruhen. Normalerweise würde ich den Kopf in den Nacken werfen und darüber lachen.

Warum treffen mich also Lucians Worte so tief, als würde er mit einem Messer direkt in mein Herz schneiden?

Nur mit Mühe kann ich die Tränen zurückhalten, die mir in den Augen brennen.

Ich weine nicht. Niemals. Okay, gestern Abend war eine Ausnahme, da hat's auch niemand gesehen. Aber ich werde definitiv nicht vor *ihm* weinen!

Meine Hand brennt und an seiner Wange kann ich die Abdrücke meiner Finger erkennen. Wir starren einander an, während ich verbissen gegen die Tränen anblinzele.

»Na, na, ihr beiden.« Plötzlich steht Vincent neben mir, doch weder Lucian noch ich wenden den Blick voneinander ab.

Vincent legt die Hand auf Lucians Arm. Die Geste soll beruhigend sein, doch sie stachelt Lucians Wut noch mehr an. »Nimm deine Hände von mir, Vinc!«, knurrt er, immer noch den Blick auf mich gerichtet. »Leg sie doch lieber an *sie*, das kannst du doch so gut!«

Er wirbelt herum und stapft mit großen Schritten über den Tempelhof davon.

Ich spüre, wie die riesige Anspannung von mir abfällt, nachdem ich seine direkte Gegenwart nicht mehr ertragen muss. Wie eine zentnerschwere Last, die von meinen Schultern genommen wird.

Herrgott, diese Alphamännchen-Präsenz, die er ausstrahlt, ist wirklich erdrückend!

Erst nachdem er außer Sichtweite ist, wage ich wieder, tief einzuatmen und werfe einen schnellen Blick zu Vincent. Er hat sich ein Priestergewand übergeworfen und ich weiß nicht, ob ich froh oder traurig darüber sein soll.

Er lächelt mich gewinnend an. Von dem getriebenen Mann von gestern Abend, der nach meiner Kraft gegiert hat und beinahe den Kampf gegen die Sucht verloren hat, ist nichts mehr zu sehen. Ich bin froh darüber. Auch in mir ist der Ruf der Sucht zu einem leisen Flüstern verkommen. Ein paar Tage werden wir beide Ruhe haben, ehe sie uns wieder zu Handlungen zwingt, die wir hinterher möglicherweise bereuen.

Ich reibe die Fingerspitzen aneinander. Sosehr ich diese unbändige Kraft genieße, die während der Berührung meiner Wächter durch mich hindurchströmt, sosehr fürchte ich mich vor den Momenten, wenn keiner von ihnen in meiner Nähe ist. Ich habe das Gefühl, mir selbst nicht mehr trauen zu können.

»Trag es ihm nicht nach«, sagt Vincent mit einem Kopfnicken in die Richtung, in die Lucian verschwunden ist. »Er kann manchmal ein ganz schöner Idiot sein, wenn er sich in eine Sache verrennt.«

Dankbar über die Ablenkung stoße ich lang gezogen den Atem aus.

»Er hat mir nicht einmal zugehört«, murmele ich.

»Ich rede mit ihm, wenn er sich ein bisschen beruhigt hat. Vorher hat das keinen Sinn.« Er legt seine Hand auf meine Schulter und schiebt mich sanft zum Nebengebäude, in dem mein Zimmer ist. »Gwen wartet bestimmt schon auf dich. Für heute lassen wir das Training lieber ausfallen.«

Das Augenzwinkern, das er mir schenkt, zaubert ein kleines Lächeln auf mein Gesicht.

»Würdest du … ab morgen mit mir trainieren?«, frage ich schüchtern.

Von Lucian habe ich erst einmal die Nase voll. Soll er doch weiter auf seine dämlichen Puppen eindreschen!

»Wenn du das möchtest, gerne.«

Seine Antwort lässt mich aufatmen. Ich verabschiede mich von ihm und mache mich auf den Weg in mein Zimmer, um mich den Rest des Tages unter meiner Bettdecke zu verkriechen. Vielleicht kann Gwen mir irgendetwas, das wenigstens entfernt Ähnlichkeit mit Schokolade hat, besorgen.

***

Natürlich schaffe ich es nicht, Lucian komplett aus dem Weg zu gehen. Beim Essen sitzt er zwangsläufig mit am Tisch – ich sollte wieder dazu übergehen, die Mahlzeiten in meinem Zimmer einzunehmen – und während des Trainings mit Vincent steht er wie zufällig auf dem Tempelhof herum.

Mehrere Male erwische ich ihn dabei, wie er uns aus zusammengekniffenen Augen beobachtet, und widerstehe nur knapp dem Drang, ihm die Zunge herauszustrecken wie ein schmollendes Kind.

Dieser Kerl bringt wirklich meine schlechtesten Eigenschaften zum Vorschein! Ich ärgere mich über mich selbst und ihn gleichermaßen.

Das Training mit Vincent ist anders, aber nicht weniger anstrengend. Da ich mittlerweile die Energieübertragung ganz gut im Griff habe, zeigt er mir, wie ich sie für mich selbst einsetzen kann.

Anders als ich bisher angenommen habe, bin ich nicht völlig schutzlos oder nur auf meine Wächter und ihre beeindruckenden Tiergestalten angewiesen. An Tag drei unseres Trainings schaffe ich es bereits, eine kleine Flamme für ein paar Sekunden über meiner Hand tanzen lassen.

»Nicht mehr lange und du wirst richtige Feuerbälle schießen können!«, ermutigt Vincent mich lächelnd.

Ich grinse übermütig zurück. Endlich habe ich etwas gefunden, das ich zumindest im Ansatz beherrsche. Nicht so wie dieses vermaledeite Einhandschwert, das immer noch irgendwo unbeachtet in der Ecke liegt, in die Gwen es geräumt hat. Wenn ich es wirklich hinkriege, Feuerbälle zu erschaffen und mit diesen auch umgehen kann – wozu brauche ich dann noch so ein läppisches Schwert? Das Ding ist in etwa so hilfreich wie ein Löffel bei einer Messerstecherei …

Seit dem Abend seiner Verwandlung ist meine Beziehung – wenn man sie denn so nennen möchte – zu Vincent inniger geworden. Wir gehen gelöster miteinander um und können uns teilweise allein nur durch Blicke verständigen. Anders als Lucian gibt er nicht vor perfekt zu sein. Wir teilen eine Sucht, die nur andere Hüter und deren Wächter verstehen. Mit Gwen könnte ich niemals darüber reden, aber bei Vincent gelingt es mir.

So ganz werde ich jedoch nicht schlau aus ihm. Manchmal ertappe ich ihn dabei, wie er mich von der Seite mit einem Blick mustert, den ich nicht genau zuordnen kann. Als warte er darauf, dass etwas geschieht, wovon ich lieber nichts wissen will. Ich gehe nicht weiter darauf ein, aber ich bin froh, dass die Beziehung zwischen uns nicht mehr so kompliziert wie früher ist.

Über Lucian sprechen wir nie. Ich habe ihn nicht gefragt, ob oder was Vincent zu ihm gesagt hat, nachdem er noch mal mit ihm gesprochen hat. Es ist mir auch egal. Zumindest rede ich mir das ein. Aber am liebsten würde ich Lucian anschreien und wissen wollen, was sein verdammtes Problem ist, doch ich schweige und tue so, als wäre er Luft, wenn wir uns zwangsläufig begegnen. Dennoch spüre ich immer, wenn er in meiner Nähe ist. Es ist, als wäre die Luft wie kurz vor einem Gewitter elektrisch aufgeladen. Jedes Mal prickelt es auf meiner Haut und in meinem Nacken, wenn Lucian nicht weit entfernt ist. Dieses Gefühl hilft mir nicht dabei, mich zu konzentrieren.

Als unser Training für heute vorbei ist, bringt Vincent mich wie jeden Abend zu meinem Zimmer.

»Wir sollten bald aufbrechen«, sagt er, als ich gerade »Gute Nacht« sagen will, und ich verstehe nicht, was er meint. Als er mein fragendes Gesicht sieht, fährt er mit dem Zeigefinger über das Amulett der Göttin, das ich immer trage. »Schließlich müssen wir noch die beiden letzten Wächter finden.«

Sein Blick schießt hoch zu mir und ich ertrinke fast im tiefen Blau seiner Augen, die mich zu verschlingen drohen. Die Luft zwischen uns knistert vor Anspannung und ich habe keine Ahnung, was ich tun soll.

»J–Ja … Natürlich. Die anderen Wächter … Um die Göttin zu erwecken …«

Mein Mund bewegt sich von ganz allein und ich weiß, dass nur Schwachsinn herauskommt. Irgendwie scheint sich mein Gehirn verabschiedet zu haben und meine Körperfunktionen sind auf das Nötigste beschränkt. Wenigstens atme ich noch, das ist schon mal ein gutes Zeichen.

Vincent zieht einen Mundwinkel nach oben. »Was ist los, Eve? Du zitterst ja.«

Seine Finger ruhen noch immer auf dem Amulett, während sein Blick mein Gesicht abtastet. Sicherlich bemerkt er, wie hektisch ich atme. Oder er hört mein klopfendes Herz.

Schnell weiche ich einen Schritt zurück.

»Danke für das Training heute! Gute Nacht!« Ich knalle ihm die Tür vor der Nase zu und sinke mit dem Rücken daran zu Boden.

Von der anderen Seite höre ich ein leises Lachen, dann seine Schritte, die sich entfernen.

Mein Atem geht flach und schnell, während mein Herz fast den Brustkorb sprengt. *Mist*, was war *das* denn?

Langsam scheine ich wirklich die Nerven zu verlieren. Kein Wunder. Wie viele Wochen lebe ich nun schon mit diesen extrem heißen Kerlen zusammen? Zu viele, ohne dass etwas passiert, zumindest laut meinem Körper. Ich muss mir dringend etwas einfallen lassen, bevor ich völlig den Verstand verliere.

Doch leider hat Lucian recht: Ich bin die Hüterin. Soweit ich das verstanden habe, schauen die Menschen dieser Welt zu mir auf, denn nur ich bin in der Lage, sie aus dem Klammergriff der anderen Völker zu befreien. Wie sähe das denn aus, wenn ich mich meinen Wächtern an den Hals werfen würde?

Nein, das kann ich nicht machen! Das ist auf keinen Fall das Bild, das sich in den Köpfen der Menschen festsetzen soll, wenn sie an mich denken.

Ich nehme mir fest vor, gleich morgen beim Frühstück klare Verhältnisse zu schaffen, schließlich möchte ich nicht noch einmal in eine Situation wie eben laufen. Nicht auszudenken, wenn sie eskaliert wäre! Ich schiele zu meinem großen Bett, zu den weißen Laken, die straff darüber gezogen sind, und sofort läuft mein Kopfkino wieder auf Hochtouren.

Verdammt. An Schlaf ist wohl erst mal nicht zu denken …

***

»Was ist nur los mit Euch, Hüterin?«, fragt Gwen am nächsten Morgen.

Ich zucke erschrocken zusammen und schaue sie im Spiegel an. Ihre Augenbrauen sind zusammengezogen und sie schüttelt tadelnd den Kopf.

»Ich habe Euch nun schon dreimal eine Frage gestellt, aber Ihr reagiert gar nicht auf das, was ich sage. Seid Ihr krank?« Ihr Blick mustert mich besorgt, als suche sie nach ersten Anzeichen einer ernsthaften Krankheit. Was kann man sich denn hier in dieser Spielwelt alles einfangen? Will ich das so genau wissen?

»Was? Nein! Alles okay«, sage ich daher schnell, um sie und auch meine Nerven zu beruhigen.

Einigermaßen besänftigt fährt sie fort, mein Haar zu kämmen, aber nicht, ohne mir immer wieder einen prüfenden Blick im Spiegel zuzuwerfen.

Doch nichts ist okay. Ich habe die ganze Nacht wach gelegen und bin alle möglichen Szenarien durchgegangen, die heute beim Frühstück passieren können. Wie soll ich diese knisternde Spannung zwischen uns dreien am besten zur Sprache bringen? *Soll* ich sie überhaupt zur Sprache bringen? Wenn wir aufbrechen, um die verbleibenden zwei Wächter zu suchen, verschwindet diese seltsame Anziehungskraft möglicherweise von ganz allein.

Aber was, wenn nicht?

Ich kann nicht ewig so weitermachen. Irgendwann werde ich nachgeben. Und was dann passiert, will ich mir lieber nicht vorstellen. Ich bin auch nur ein Mädchen mit normalen Bedürfnissen!

Oder interpretiere ich da zu viel hinein? Was, wenn nur ich diese Anziehung spüre und mich nachher bis auf die Knochen blamiere, weil ich ihnen vorwerfe, sie würden mir an die Wäsche wollen?

Ich kann Vincent schon förmlich vor mir sehen, wie er sich vor Lachen den Bauch hält, und Lucian, wie er feuerrot anläuft und zu Boden starrt.

Gwen ist endlich fertig mit mir und entlässt mich zum Frühstück. Ich habe die kleine Priesterin mittlerweile ins Herz geschlossen. Sie ist unkompliziert, fröhlich und einfach nur zum Knuddeln. Am liebsten würde ich den Tag mit ihr zusammen verbringen, doch gleich muss ich mich wieder in einen Raum, der vor Testosteron nur so kocht und mir die Luft zum Atmen nimmt.

Mit schnellen aber schweren Schritten überquere ich den Tempelhof. Einige Novizen kreuzen meinen Weg und verbeugen sich artig, während ich ihnen zuwinke. Alle hier sind nett und zuvorkommend zu mir, bis auf meine Wächter, die mir noch mit ihrer Art und ihren Launen graue Haare bescheren. Warum können die beiden nicht genauso unkompliziert wie die anderen Bewohner dieser Spielwelt sein? Ist das ein besonderes Feature? *Überlebe einen weiteren Tag mit deinen Wächtern, ohne einen von ihnen zu erwürgen, und du bekommst tausend Erfahrungspunkte extra!* Ja, schön wär's!

»Guten Morgen«, rufe ich etwas zu laut und überdreht, als ich den Saal betrete.

Bravo, Eve, noch auffälliger geht es wohl kaum.

»Morgen«, murmeln Vincent und Lucian unisono zurück und widmen sich wieder ihrem Frühstück, ohne zu mir aufzusehen, als wäre ich völlig uninteressant.

»Also«, fahre ich fort, während ich mich auf meinen Stuhl gleiten lasse, »wann machen wir uns denn auf den Weg, um die restlichen Wächter zu suchen? Und wie genau wollen wir sie finden?«

Das ist mein Antrieb: schnell weg von hier. Obwohl es mir im Tempel gut gefällt, macht mich diese ganze Umgebung rastlos. Ich fühle mich, als trete ich nur auf der Stelle. Das ist nicht meine Art. In der Realität habe ich jahrelang tagein, tagaus hart für meinen Traum gearbeitet und mir kaum Pausen gegönnt. Hier nun – abgesehen vom täglichen Training zur Beherrschung meiner Kraft – zum Nichtstun verdammt zu sein, geht gegen mein Naturell. Ich habe stets das Gefühl nicht genug zu tun. Als müsste ich mich noch viel mehr anstrengen. Das tägliche Zusammensein mit Lucian und Vincent tut sein Übriges, um mich vollkommen unruhig zu machen.

»Mit deinem Amulett«, antwortet Vincent und schenkt mir ein schiefes Grinsen, das mich sofort an gestern Abend erinnert. Ich spüre meine Wangen rot werden und senke den Blick. Das läuft nicht wie geplant, verdammt!

»A–Aber das reagiert doch nur, wenn der Wächter direkt in der Nähe ist, oder?« Ich versuche krampfhaft, das Gespräch am Laufen zu halten und in unverfänglichere Bahnen zu lenken. Irgendetwas, was meine wilden Fantasien nicht noch zusätzlich anfeuert.

»Richtig.« Es ist Lucian, der mir antwortet, und ich bin fast froh, Vincents Grinsen nicht mehr sehen zu müssen. Obwohl Lucians Anblick alles andere als ungefährlich für meine Nerven ist. »Deshalb werden wir durchs ganze Land reisen. Wir werden als deine Wächter immer in deiner Nähe sein, damit dir nichts geschieht.«

»Also suchen wir blind nach den restlichen Wächtern? Quasi auf gut Glück?«

Die beiden Männer nicken.

»Wissen die anderen Wächter denn, dass sie Wächter sind? Ihr beide wusstet es auch. Vielleicht können wir … keine Ahnung … Flugblätter oder so was verteilen?«

Lucian und Vincent sehen mich stirnrunzelnd an.

»Sie müssen nicht zwingend darüber Bescheid wissen, wozu sie bestimmt sind«, antwortet Vincent und übergeht meinen Flugblatt-Kommentar. »Wir wussten es auch nur, weil ich zum nächsten Hohepriester geweiht wurde und den Willen der Göttin empfing.

Ansonsten wären wir ganz gewöhnliche Männer, die ganz alltäglichen Arbeiten nachgehen würden.«

Was er sagt, klingt einleuchtend, aber das macht die Suche nicht einfacher. Wenn die beiden anderen Wächter nichts von ihrer Bestimmung wissen, wird es schwer sein, sie zu finden. Wir müssen quasi durch jeden Ort, durch jedes Dorf und an möglichst vielen Menschen vorbei und hoffen, dass das Amulett irgendwann anschlägt.

Langsam kriege ich einen regelrechten Hass auf die schlafende Göttin und ihre blöde Mission. Wäre es nicht möglich gewesen, gleich alle Wächter zu informieren? *Hallo, du bist einer meiner Wächter. Bitte komm zum Tempel.* Aber nein, sie lässt uns ja lieber quer durchs ganze Land latschen, in der Hoffnung, irgendwo auf die richtigen Menschen zu treffen. Das wird *verdammt* lange dauern, wie ich mein Glück kenne ...

»Wann brechen wir auf?«, frage ich.

Je eher, desto besser. Vom Rumsitzen und Däumchen drehen werde ich die Wächter nicht finden und dieses Spiel beenden können. Dann säße ich auf ewig hier fest.

»Morgen«, verkündet Vincent. »Frag Gwen, ob sie mitkommen möchte.«

Im ersten Moment freue ich mich über dieses Angebot. Es wäre wundervoll, nicht allein mit Lucian und Vincent umherzustreifen, aber dann besinne ich mich eines Besseren. »Wird die Reise gefährlich?«

Vincent wiegt den Kopf hin und her, ehe er mir antwortet. »Wenn wir Pech haben, müssen wir nah an den Grenzen vorbei. Einfach wird es dann sicherlich nicht.«

Das habe ich befürchtet. »Dann bleibt Gwen hier. Ich möchte sie keiner Gefahr aussetzen. Anders als wir, ist sie nicht auf einen Kampf vorbereitet.« Ich erinnere mich noch gut daran, wie verängstigt sie beim Angriff der Flügelmänner war.

Vincent schenkt mir ein verschmitztes Lächeln, das ich zögerlich erwidere. Ich weiß, dass ich die richtige Entscheidung getroffen habe, auch wenn mir Gwen fehlen wird, schließlich kann mir keiner sagen, wie lange wir unterwegs sein werden. Vielleicht finden wir die restlichen Wächter innerhalb eines Tages – was natürlich sehr, sehr unwahrscheinlich ist –, vielleicht sind wir aber auch Wochen oder gar Monate unterwegs.

»Lucian«, sage ich, und zum ersten Mal an diesem Morgen sieht er mir ins Gesicht. Seine Miene ist verschlossen, beinahe völlig emotionslos, und ehe ich einen Rückzieher machen kann, fahre ich fort: »Ich würde mich freuen, wenn du mir heute ein paar Grundlagen für den Schwertkampf beibringen könntest.«

Ich muss meinen verletzten Stolz hinunterschlucken, denn als Hüterin bin ich auf den Rückhalt all meiner Wächter angewiesen. Sicher, am liebsten würde ich ihm dafür die Augen auskratzen, dass er sich nicht einmal die Mühe gemacht hat, sich meine Version anzuhören, nachdem er über Vincent und mich auf dem Tempelhof gestolpert ist, aber das darf ich nicht zulassen. Ich brauche ihn, ob es mir nun passt oder nicht.

»Natürlich, Hüterin«, erwidert er nach einer gefühlten Ewigkeit, in der wir uns abschätzend angesehen haben, und widmet sich wieder seinem Frühstück.

»Schön«, antworte ich unterkühlt und stehe auf. »Dann bis später.« Ich rausche schnell aus dem Saal, damit niemand sieht, wie schwer mich die Distanziertheit, mit der er mich behandelt, trifft.

Blödmann!

Kapitel 8

»Hüterin, bitte segnet meinen Sohn!«

»Hüterin, bitte lasst das Getreide wachsen!«

»Schenkt uns Regen, Hüterin, damit unsere Ernte nicht verdorrt!«

Mein Kopf schwirrt immer noch von den vielen Bitten, die die Menschen an mich richteten, sobald ich die schützenden Tempelmauern verlassen hatte. Ohne Unterlass prasselten ihre Worte und Ersuche auf mich ein, die teilweise so abwegig waren, dass ich dachte, ich hätte mich verhört. Wie soll ich denn Getreide wachsen lassen?

Ich hätte doch auf Lucian hören und meine Haare verstecken sollen. So wussten alle beim Anblick meiner feuerroten Mähne sofort, wen sie vor sich hatten, denn die Kunde, dass eine neue Hüterin aufgetaucht sei, hat sich schon vor Wochen unter der Bevölkerung verbreitet, wie Gwen mir wispernd erzählte.

Am liebsten hätte ich sofort kehrtgemacht und wäre zurück in mein Zimmer geflüchtet. Doch ich muss das hier durchziehen, und ein paar Leute würden mich nicht davon abhalten. Wenn ich mich weiter im Tempel verkrieche, werde ich nicht nur wahnsinnig, sondern werde dieses Spiel niemals verlassen können. Also straffte ich die Schultern und begegnete all diesen Bewohnern mit einem höflichen aber distanzierten Lächeln.

Wir kommen nur sehr langsam voran. Die Menschen säumen unseren Weg und drängen sich immer wieder nach vorn, sodass unser Karren nicht weiterfahren kann.

Vincent lächelt den Umstehenden ebenfalls zu und verteilt ein paar Segen, während Lucian innerlich kocht, wie mir seine malmenden Kieferknochen verraten. Wenn es nach ihm gegangen wäre, wären wir mitten in der Nacht aufgebrochen. Ich hatte ihm widersprochen, weil ich nach unserem Training mit dem Schwert, was erstaunlich zivilisiert ablief, hundemüde war. Die Entscheidung stellt sich nun natürlich als Fehler heraus und ich bin mir sicher, dass er mir das bei passender Gelegenheit vorhalten wird.

Die Sonne ist mittlerweile untergegangen und wir haben es gerade einmal aus der Stadt heraus geschafft. Wenn das so weitergeht, bin ich eine alte Frau, bis ich die anderen beiden Wächter gefunden habe …

Lucian lässt die beiden Zugtiere mitten im Wald halten und springt vom Kutschbock.

»Bleiben wir etwa über Nacht hier?«, frage ich und blicke mich nach allen Seiten um. Die Geräusche des Waldes erscheinen mir auf einmal so laut und Furcht einflößend und ich ziehe den Umhang fester um mich.

»Bei der Dunkelheit können wir nicht weiterfahren. Oder möchtest du, dass wir einen Abhang hinunterstürzen?«, hält Lucian dagegen, während er die Zugtiere abschirrt, die sich sofort ein paar Meter vom Karren entfernen, um zu grasen.

Dieser Idiot! Kann er so was nicht netter sagen? Frustriert knirsche ich mit den Zähnen, während ich versuche, ihn mit bloßen Blicken zu erdolchen. Der Kerl hat so viel Feingefühl wie eine verdammte Abrissbirne!

»Komm, Eve«, reißt Vincent mich aus meinen Mordgedanken und streckt mir eine Hand entgegen. Ich lege meine zögerlich hinein, gebe mir aber Mühe, nur einen Bruchteil Energie an ihn abzugeben. Wie ein Gentleman hilft er mir vom Wagen und ich danke der Göttin, dass es auch noch normale Menschen in ihrer Welt gibt.

Er führt mich ein Stück weg vom Wagen und schichtet ein paar

Äste zusammen. »Jetzt zeig mal, was wir zusammen trainiert haben. Entzünde ein Feuer, damit wir die Nacht über nicht frieren müssen.«

Ich knie mich vor den Asthaufen und rufe die Kraft, die in mir fließt, in meine Hände. Nach ein paar Sekunden fangen sie an, golden zu glühen, und eine kurze Zeit später tänzelt eine kleine Flamme über meiner rechten Handfläche.

»Und jetzt?«, frage ich unsicher. Im Training habe ich bereits einige Flammen hervorgerufen, aber sie haben meine Hand niemals verlassen.

Vincent kniet sich hinter mich. Seine Stimme ist auf einmal ganz nah und ich kann seinen Atem an meinem Ohr spüren, während er spricht. »Lass den Energiestrom nicht abbrechen. Schick ihn weiter durch deine Hand und stell dir vor, wie die Flamme dann darüber schwebt.«

Ich spüre seinen Händedruck an meiner Schulter, wo sie sich langsam zu meinem Unterarm vorarbeitet, und plötzlich schlägt mein Herz wie nach einem Dauerlauf.

»Nun bewege deine Handfläche nach unten.« Er übt leichten Druck auf meinen Arm aus und dirigiert mich so zu den aufgeschichteten Ästen. »Und jetzt lass es los.«

Ich stelle mir vor, wie die Flamme meine Hand verlässt und – tatsächlich! – sie springt auf die trockenen Äste über, die sich sofort entzünden, und nach wenigen Augenblicken prasselt ein angenehmes Feuer vor mir.

»Gut gemacht!«, lobt Vincent mich mit einem ehrlichen Lächeln.

Seine Nähe wird mir mit einem Schlag wieder bewusst und ich rücke ein Stück von ihm ab, tue so, als würde ich mich anders hinsetzen wollen, doch er merkt es natürlich. Genau wie Lucian, der die ganze Zeit am Wagen gelehnt und uns beobachtet hat.

Wahrscheinlich war es doch keine so gute Idee, allein mit den beiden auf Reisen zu gehen …

***

Nach dem dritten Tag unserer Reise kann ich die beiden dazu überreden, an einem See haltzumachen.

Meine Glieder schmerzen von der rumpelnden Fahrt im Karren und ich wünsche mir die heißen Quellen des Tempels herbei, aber ich würde mit jeder Art von Wasser vorliebnehmen, um mir den Staub der Straße vom Leib zu waschen. Ich bin der festen Überzeugung, dass meine Klamotten von allein stehen bleiben würden, so starr sind sie vor Dreck.

»Ihr bleibt hier«, weise ich meine Wächter streng an, bevor ich die Büsche durchquere und das Stück zum See laufe, der fast direkt an der Straße liegt. Zuvor haben sowohl Lucian als auch Vincent die Umgebung erkundet, damit ich nicht in einen Hinterhalt gerate.

Idyllisch umgeben von Bäumen, glitzert das Wasser einladend in der Sonne, und ich beeile mich, meine Kleider abzustreifen. Ich habe zwar keine Ahnung, wie ich ohne Gwens Hilfe wieder in dieses Korsett kommen soll, aber darüber mache ich mir jetzt keine Gedanken. Erst mal muss ich mich wieder wie ein Mensch fühlen.

Herrlich erfrischend umspült das klare Wasser meine Haut und ich tauche mit einem Seufzen unter. Schade, dass es mir nur bis zu den Schultern reicht, aber es ist immerhin besser als nichts.

Ich rubble über meine Haut, bis sie rot ist und brennt, doch ich habe immer noch das Gefühl, als würden Tonnen von Straßenstaub und verkrusteter Schlamm an mir kleben. Also beschließe ich ein bisschen zu schwimmen. Vielleicht löst sich ja dann all der Dreck. Außerdem wird es meinen verkrampften Muskeln guttun, wenn ich mich ein bisschen bewege.

Als ich etwa die Mitte des Sees erreicht habe, höre ich eine Stimme. Wundervoll tief und voll singt sie in einer Sprache, die ich nicht verstehen kann, die mich aber restlos in seinen Bann zieht. Ich könnte Stunden damit verbringen, einfach nur der Stimme zu lauschen. Wer hier wohl mitten im Wald singt? Und dann auch noch so wunderschön! Ich drehe mich nach allen Seiten, kann aber niemanden sehen.

»Hallo?«, rufe ich und verschränke vorsorglich die Oberarme vor dem Körper, um mich zu bedecken. »Ist da jemand?«

Doch ich bekomme keine Antwort. Ich wate in die Richtung, aus der diese herrliche Stimme kommt, und als ich beinahe den Rand des Sees erreicht habe, sehe ich ihn. Er sitzt am Ufer, das Wasser umspült seine Beine und die Nässe auf seinem nackten Oberkörper glänzt in der Sonne. Seine Augen sind geschlossen, nur sein Mund bewegt sich und enthüllt diese fremdartigen, aber wundervollen Töne, die mich zu ihm zu rufen scheinen.

Ich wate weiter und als ich fast direkt vor ihm stehe, öffnet er die Augen und nickt mir zu, ohne jedoch seinen Gesang zu unterbrechen. Seine Musik ist so einladend, so beruhigend, dass ich mit einem Mal all meine Sorgen und Ängste vergesse und mich nur darin verlieren will.

Meine Arme hängen schlaff am Körper herunter und mein Kopf fühlt sich herrlich leer und unbeschwert an. Nur eine kleine, fiese Stimme im Inneren fragt, was ich hier eigentlich mache. Ich stehe splitterfasernackt vor einem völlig Fremden. Schutzlos. Doch als er eine neue Strophe anstimmt, schweigt auch die Stimme endlich und ich kann mich voll und ganz in diesem unvergleichlichen Gesang verlieren.

Der junge Mann streckt eine Hand nach mir aus und ich will sie ergreifen, will näher zu ihm und ganz nah bei dieser wundervollen Musik sein, die mein Herz erwärmt und meinen Körper leicht wie eine Feder werden lässt.

Der Wind trägt seinen frischen Duft nach Meer und Salz zu mir, den ich gierig einsauge wie die Luft zum Atmen, und seine dunklen Haare schimmern bläulich im Sonnenlicht. Als ich ihm so nahe bin, dass ich seine Hand beinahe mit meiner ergreifen kann, lächelt er mich an.

Und ich erstarre.

Aber es ist bereits zu spät.

Wie ein verängstigtes Reh starre ich auf die doppelten Reihen spitzer Fangzähne, die seinen Mund säumen. *Wie bei einem Hai*, schießt es mir durch den Kopf, doch da ist er bereits aufgesprungen, hat mich gepackt und unter Wasser gedrückt.

Ich strample und schreie stumm, wodurch immer mehr Wasser in meine Lungen dringt und die noch vorhandene Luft als Blase nach oben steigt. Mit eisernem Griff hält er mich an den Schultern fest und drückt mich rücklings auf den Grund des Sees. Ich wirbele Erde auf, schlage nach ihm, doch er ist glitschig wie ein Fisch und weicht geschickt jedem meiner Angriffe aus.

Panik greift nach mir und lähmt mich. *Luft, ich brauche Luft!* Meine Lungen schmerzen, drohen zu bersten, und meine Bewegungen werden langsamer und fahriger. Über mir sehe ich die Sonne durch das Wasser scheinen. So nah ist die Wasseroberfläche und doch so unerreichbar für mich. Ich strecke die Arme aus, um den Sauerstoff, nach dem mein Körper schreit, mit den Händen einzufangen.

Der Fremde versenkt seine Zähne in meiner Schulter und ich öffne erneut den Mund zu einem stummen Schrei. Wie tausend Nadeln bohrt sich sein Haigebiss in meine Haut, reißt an meinem Fleisch, und der Schmerz vernebelt mir das letzte bisschen Verstand.

Als die Ränder meines Sichtfeldes bereits schwarz werden und ich immer mehr dunkle Punkte vor den Augen tanzen sehe, werde ich ganz ruhig, verabschiede mich von dieser Welt und hoffe, beim Aufwachen wieder in der Realität sein. Mein Körper hat bereits begriffen, dass jede Gegenwehr sinnlos ist, und gibt auf, benutzt den letzten Rest Sauerstoff, der noch durch meine Adern gepumpt wird, dazu, um alle lebenserhaltenden Funktionen aufrechtzuerhalten. Doch daran, mich zur Wehr zu setzen, ist nicht mehr zu denken. Jede Bewegung grenzt an körperliche Schmerzen. Das

Wasser brennt in meinen Lungen, die nach Luft schreien, sodass der pochende Schmerz an meiner Schulter, an der der Typ noch immer kaut, beinahe unbedeutend wirkt.

Das war's also, denke ich, während vor meinen Augen alles schwarz wird.

Ein lautes Platschen neben mir erhält die letzte Aufmerksamkeit, die ich aufbieten kann, und ich spüre, wie der Haifischzahn-Mann mit einem Zischen zurückweicht und von mir ablässt.

Leblos treibe ich auf dem Grund des Sees, als plötzlich Lucians Gesicht vor mir auftaucht. Nur am Rande spüre ich, wie er seine Lippen auf meine presst, meine schmerzenden Lungen mit Luft vollpumpt und gleichzeitig das Feuer in mir weckt, das sofort beginnt, meinem halb toten Körper wieder Leben einzuhauchen. Dann legt er seine Arme um mich und zerrt mich mit einem Ruck an die nicht allzu weit entfernte Wasseroberfläche.

Ich schnappe keuchend nach Luft. Meine Lungen sind überfordert und mir wird schwindelig, doch Lucian hält mich aufrecht und ich lehne mich dankbar gegen ihn, um nicht wieder unter Wasser zu landen, weil mich meine Beine kaum tragen.

Sein Körper versteift sich unter meinen Berührungen. »Eve«, flüstert er. Ich bin viel zu sehr damit beschäftigt, einfach nur zu atmen, als mich wegen meiner Nacktheit zu schämen. »Ich brauche deine Kraft.«

Erst jetzt höre ich das Zischen. Es kommt von überall um uns herum und ich spähe vorsichtig an Lucian vorbei. Meine Augen brauchen eine Weile, um ihre gewohnte Arbeit wieder aufzunehmen, und ich blinzele gegen die Sonne an, die sich auf der Wasseroberfläche spiegelt.

Wir sind umzingelt. Sie schwimmen im Wasser oder sitzen am Ufer, haben die Zähne gebleckt und zischen wie hundert Schlangen.

Eine Gänsehaut zieht sich über meinen ganzen Körper. »Was ... Wer ...?«, stammele ich.

»Fischmenschen. Sirenen. Zu viele, als dass ich sie allein bezwingen könnte.« Er nimmt mein Gesicht in beide Hände und schaut auf mich hinab. »Ich brauche deine Kraft. Bitte, Eve!«

Ich kralle mich in sein nasses Hemd, ziehe mich ein Stück nach oben und drücke meine Lippen fest auf seine. Augenblicklich öffnet sich sein Mund und als unsere Zungen sich berühren, schicke ich all meine verbleibende Kraft an ihn. Es ist nicht viel, nur ein kläglicher Rest, der meinen Überlebenskampf überstanden hat, doch ich bete, dass es genug ist, um ihn zu verwandeln, denn ansonsten sind wir beide verloren.

Das Feuer wärmt meinen Körper, belebt mich, und ich spüre, dass Lucians Körper unter meinen Fingern zu schrumpfen scheint. Für einen Moment verschwindet er unter der Wasseroberfläche und ich habe schon Angst, er würde ertrinken, doch dann verdampft zischend das Wasser um uns herum und grelle Flammen lodern direkt vor mir auf.

Ich schaue in orangefarbene Augen, in denen ein Feuer zu brennen scheint. Würde ich nicht wissen, dass es Lucian ist, der vor mir steht, hätte ich ihn nicht erkannt.

Seine verwandelte Gestalt ist genauso groß wie Vincents und mindestens genauso eindrucksvoll, wenn nicht gar angsteinflößend.

Er hat mir zwar bereits erzählt, dass er sich in einen Wolf verwandeln würde, aber es nur zu hören oder es wahrhaftig vor mir zu sehen, sind zwei Paar Schuhe. Ich kann gar nicht genau sagen, welche Farbe sein Fell hat. So viele verschiedene Schattierungen von Gelb, Orange und Rot spiegeln sich im Sonnenlicht, dass es aussieht, als würde ich direkt in ein Feuer schauen. Die Flammen, die aus seinem Rücken und seinem Schweif emporschießen, tun ihr Übriges, um seine Gestalt noch eindrucksvoller erscheinen zu lassen. Nicht nur seine Größe, sondern auch seine rohe Ausstrahlung verleihen ihm etwas Animalisches, das mich am liebsten auf Abstand gehen lassen würde.

Lucian setzt eine Tatze nach vorn und schiebt mich mit seinem Körper hinter sich. Ich lege schnell eine Hand auf seinen Rücken, aus dem Flammen emporschießen, und tanke genügend Kraft auf, um allein auf den Beinen bleiben zu können. Ein Grollen lässt seinen Körper unter meiner Hand vibrieren und augenblicklich verstummt das Zischen der Fischmenschen. Die spitzen Ohren angelegt, rennt er durch den See, und die Fischmenschen, die sich im Wasser befanden, versuchen nun, sich ans Ufer zu retten.

Während ich noch immer benommen das Schauspiel beobachte, erinnere ich mich daran, was Vincent mir über die Feuerkraft erzählt hat. Sie hätte selbst die Kraft, das Wasser verdampfen zu lassen. Damals habe ich mich darüber lustig gemacht und es für maßlose Übertreibung gehalten – heute bin ich restlos begeistert.

Ich bleibe allein im schwindenden Wasser zurück, das mir vorhin noch bis zu den Schultern gereicht hat und nun nur noch knapp meine Waden umspült, und beobachte, wie Lucian in seiner Feuerwolfgestalt Jagd auf die Fischmenschen macht. Sie brauchen eine Weile, um an Land zurechtzukommen, und das nutzt Lucian für sich. Sie stoßen ein Fauchen aus, versuchen, mit ihren spitzen Zähnen nach ihm zu schnappen, doch er weicht ihnen spielend aus, zerreißt ihre Körper mit seinen kraftvollen Kiefern, sodass das Splittern der Knochen mir einen Schauer nach dem anderen über den Rücken jagt.

Ich weiß nicht, wie lange der Kampf dauert und gegen wie viele er kämpft, denn mein Verstand ist noch zu beschäftigt damit, den Sauerstoffverlust von vorhin und den Kraftverlust für Lucians Verwandlung auszugleichen.

Als die Fischmenschen besiegt und einige von ihnen in den Wald geflohen sind, dreht sich der flammende Wolf zu mir um und mustert mich. Ich erwidere wie gebannt seinen Blick, bis mir einfällt, dass ich hier splitterfasernackt stehe, und augenblicklich schießt mir das Blut in die Wangen. Schnell wende ich ihm den

Rücken zu, bahne mir auf wackeligen Beinen einen Weg zurück ans Ufer, wo ich meine Kleidung zurückgelassen habe, greife als Erstes nach dem Umhang und werfe ihn mir über.

Als der raue Stoff meine verletzte Schulter berührt, unterdrücke ich nur mit Mühe einen Schrei.

Ein Arm legt sich um meine Mitte und sofort hüllt mich Lucians vertrauter Duft ein. Ich erstarre und mein Mund ist staubtrocken, obwohl ich vorhin unfreiwillig literweise Wasser getrunken habe, gleichzeitig pocht mir das Herz bis zum Hals. Lucian, mittlerweile wieder ein Mensch, hält mich mit einem Arm fest und schiebt mit dem anderen den Umhang von der verletzten Schulter. Meine Hände verkrampfen sich vorn um den Umhang, während der Rest von mir unkontrolliert zu zittern beginnt. Ich fühle mich seltsam entblößt und es kommt mir so vor, als würde er auf den Grund meiner Seele blicken können, obwohl er nur die verletzte Schulter vor sich hat.

Er lässt die Finger über die empfindliche Stelle an meiner Halsbeuge bis hin zu der Bissverletzung gleiten, wobei sie eine heiße Spur hinter sich herziehen. Ich weiß nicht, ob es die Feuerkraft oder einfach nur seine Berührung ist, die meine Haut brennen und meinen Körper erbeben lässt.

Als er die Finger auf die offene Wunde legt, schnappe ich nach Luft. Verdammt, tut das weh! Er reibt fest über die Bissmale, bis sie wieder anfangen zu bluten.

»Entschuldige«, wispert er und seine Stimme ist dabei so nah, dass sich all die kleinen Härchen in meinem Nacken aufstellen und ich Probleme habe zu atmen.

Und dann sind da plötzlich seine Lippen an meiner Schulter, die einen Schauer nach dem anderen durch mich hindurchjagen.

Es fühlt sich an, als stehe mein gesamter Körper vom Scheitel bis zum kleinen Zeh unter Strom. Ich ziehe scharf die Luft ein. Mehrmals nacheinander saugt Lucian an der Wunde und spuckt kurz darauf das Blut zu Boden, um wieder von vorn zu beginnen. Jedes Mal, wenn er seine Lippen auf meine Haut legt, zucke ich erneut zusammen. Die Hitze, die von seinen Berührungen ausgeht, lässt meinen ganzen Körper in Flammen aufgehen.

Ich seufze genüsslich auf und schließe die Augen, während die Anspannung von mir abfällt und ich völlig vergesse, dass ich vor nicht einmal einer halben Stunde dem Tode näher war als dem Leben.

Von mir aus kann er mir das ganze Blut aussaugen, wenn er nur nicht damit aufhört, mich zu berühren.

Ich bin selbst zu schwach, um mich für diesen Gedanken zu schämen. Tief in mir weiß ich, dass es die Wahrheit ist, und ich versuche nicht, sie zu leugnen, wie die ganzen letzten Wochen über.

»Ich denke, das reicht«, murmelt er nach einer Weile und greift nach meiner Hand, die zwar noch immer die Öffnung des Umhangs umklammert, aber immerhin aufgehört hat zu zittern.

Weil ich darauf nicht vorbereitet und gerade mit den Gedanken ganz woanders bin, trifft mich der Kraftaustausch, der über die Hände sehr viel schneller und intensiver ist, wie ein Schlag, und auch Lucian zieht zischend die Luft zwischen den Zähnen ein.

»Langsam«, mahnt er mich und ich gebe mir die größte Mühe, das Feuer in mir zu zügeln, das nur darauf wartet, freigelassen zu werden, nachdem es die ganze Zeit immer wieder durch Lucians kurze Berührungen angestachelt wurde. An der Schulter habe ich zwar die Kraft gespürt, aber ich musste mich nicht so stark darauf konzentrieren, sie in Schach zu halten.

Lucian haucht mir über die Schulter und mein ganzer Körper erschaudert unter dem Gefühl seines warmen Atems auf meiner noch feuchten Haut. Doch dieses schöne Gefühl wird von einem anderen, etwas unangenehmeren abgelöst. Am ehesten ist es eine Mischung aus Ziehen und Reißen. Nicht direkt schmerzhaft, aber auch nicht wohltuend. Ich beiße die Zähne zusammen, als ich den

Auslöser dafür gefunden habe: Dank Lucians Behandlung schließt sich die Wunde an meiner Schulter innerhalb weniger Augenblicke.

Dann lässt mein Wächter mich plötzlich los und ich muss gegen die Kälte ankämpfen, die augenblicklich mit eisigen Krallen nach mir greift. Zähneklappernd schiebe ich den Umhang wieder über die mittlerweile geheilte Schulter, presse die Lippen fest aufeinander und starre zu Boden. Ich kann Lucians Körper hinter mir spüren, doch ich wage nicht, mich umzudrehen. Mit jeder Faser meines Körpers lechze ich nach seinen Berührungen, doch ich kann nicht differenzieren, ob es nur die Kraft ist, nach der ich hungere, oder ob tatsächlich er diese Sehnsucht in mir auslöst.

Wie soll ich ihn ansehen, ohne an das zu denken, was eben passiert ist? Diese Nähe, die mich bis tief in mein Innerstes erschüttert hat. Seine Lippen auf meiner Haut, die ein Feuer in mir entfacht haben, das einfach nicht wieder abklingen will und heißer brennt als die Kraft der vorherigen Verbindungen.

Ich hätte es nie für möglich gehalten, dass Lucian zu so sanften Berührungen fähig ist. Nicht nur, dass er mich vor dem sicheren Tod gerettet hat, sondern auch die Art, wie er danach mit mir umgegangen ist. So zwanglos und intim. Anders. Innig. Wie oft habe ich seine starren Blicke und die emotionslose Miene verflucht, doch nun hat er mir gezeigt, dass da auch ein ganz anderer Lucian unter der harten Schale steckt. Ein Lucian, der mich noch viel mehr für sich einnimmt, als sowieso schon, und dem ich mich weder entziehen kann noch will.

Aber er hat mehrmals deutlich gemacht, dass diese Gefühle nur von mir ausgehen. Dass ich nichts weiter für ihn bin als die Hüterin, die er dummerweise beschützen muss.

»Du solltest dich anziehen, damit du dich nicht erkältest«, sagt Lucian nach einer Weile des Schweigens und seine Stimme ist noch so nah wie vorhin. »Ich drehe mich solange um und helfe dir dann, wenn du so weit bist.«

Ich höre das Gras rascheln, als er sich einige Meter entfernt, und nach einem Blick über die Schulter beginne ich, mit steifen Fingern die Kleidung vom Boden aufzulesen. In die enge Lederhose zu schlüpfen gestaltet sich schwieriger, als ich es für möglich gehalten hätte. Sie klebt an der noch teilweise nassen Haut und ich brauche ein paar Anläufe, bis ich sie endlich über den Hintern bekomme.

Hinter mir höre ich, wie Lucian ebenfalls mit Stoff hantiert. War er eben etwa ... Bei der bloßen Vorstellung werden meine Wangen heiß. Natürlich, er war ja vorhin ein Wolf. Wie soll er da nach seiner Rückverwandlung Kleidung am Leib haben?

Als ich mir das Hemd über den Kopf gezogen habe und das Korsett locker um meine Mitte hängt, sage ich: »Ich bin so weit.« Meine Stimme ist nur ein heiseres Krächzen und jedes einzelne Wort brennt im Hals und den Lungen.

Er kommt näher und schiebt mir die Haare nach vorn über die Schulter, wobei seine Finger federleicht über meinen Nacken streichen, was die kleinen Härchen erneut in helle Aufregung versetzt. In meinem Bauch kribbelt es, als würde eine ganze Horde Schmetterlinge Amok laufen, und ich halte die Luft an, damit er nicht hört, wie schnell ich atme.

Doch Lucian scheint das sowieso nicht zu kümmern. Mit flinken Fingern schnürt er das Korsett und ist dabei fast so geschickt wie Gwen. Danach fährt er mir mit den Fingern durchs Haar und kämmt die nassen Strähnen so gut es geht, bevor er sie zu einem dicken Zopf flechtet.

Obwohl Gwen mir schon unzählige Male beim Anziehen geholfen und mir die Haare gemacht hat, ist das hier mit Lucian etwas ganz anderes. Es ist so viel intimer. All diese kleinen, fast beiläufigen Berührungen lassen meine Synapsen aus allen Rohren feuern. Ich will, dass er mich berührt, und zwar bewusst, nicht nur beiläufig. Ich will mich in seine Berührungen lehnen und sie erwidern, doch ich wage nicht, mich zu bewegen, aus Angst, dass er damit aufhört und mich wieder der Kälte überlässt.

Als er fertig ist, legt er mir wieder den Umhang um die Schultern und mein Blick fällt auf das Blut am Boden, das er ausgespuckt hat.

»Sie sind giftig«, sagt er, als er meinem Blick folgt. »Ich weiß nicht, ob es ihr Speichel ist, aber Wunden, die von Fischmenschen verursacht werden, entzünden sich und verursachen starke Schmerzen und manchmal auch den Tod. Ich hoffe, ich konnte das ganze Gift heraussaugen, bevor ich die Wunde verschlossen habe.«

Ich brauche eine Weile, um diese Info zu verdauen. »D–Danke«, stammele ich schließlich. Er hat mir also heute zweimal das Leben gerettet und alles, was ich zustande bringe, ist ein gestottertes *Danke? Bravo, Eve.*

»Komm, lass uns zurück zum Wagen gehen.« Er legt eine Hand an meinen Rücken und schiebt mich sanft Richtung Straße. »Vinc wartet sicher schon auf uns.«

Ich nicke und lasse mich von ihm durch den Wald führen.

***

»Da seid ihr ja endlich!«, ruft Vincent, als wir auf den Wagen zulaufen. »Ich dachte schon, ich müsste selbst los, um euch zu suchen. Aber das wolltest du ja übernehmen.«

Seine Worte klingen sorglos, spielerisch, doch der Blick, mit dem er Lucians Hand auf meinem Rücken und meine besorgte Miene mustert, ist mehr als aufmerksam.

Lucian zieht die Hand zurück, als hätte er sich verbrannt, und bringt einen Meter Abstand zwischen uns. Ohne seine Stütze gerate ich augenblicklich wieder ins Wanken, da ich nach der Nahtoderfahrung und der verbrauchten Energie noch nicht wieder auf der Höhe bin.

Gerade jetzt könnte ich Lucians Hilfe gebrauchen, doch wieder bleibt er distanziert, als müsse auch er sich in Erinnerung rufen, dass er Abstand zu wahren hat.

Dieser Abstand tut verdammt weh.

»Alles in Ordnung«, sagt Lucian leichthin und macht sich am Geschirr der Zugtiere zu schaffen.

Hin und wieder wirft er mir einen besorgten Blick zu, doch den kann er sich schenken! Ich schnaube durch die Nase und hoffe, dass meine Nachricht angekommen ist: *Blödmann!*

Ich klettere mit Vincents Hilfe auf die Ladefläche des Karrens, lehne mich mit einem dankbaren Seufzen an die Bretterwand und schließe kurz die Augen. Es tut so gut, endlich nicht mehr stehen oder laufen zu müssen.

»Was ist passiert?«, will Vincent wissen. »Du bist so blass wie die Monde.«

»Es geht mir gut«, nuschele ich. Natürlich ist es gelogen und das wissen auch meine beiden Wächter, doch Vincent ist klug genug, nicht weiter nachzufragen.

Alles, was ich jetzt tun möchte, ist, die Augen zu schließen und zu schlafen. Mein Körper fühlt sich so schwer an, als würde Beton anstatt Blut durch meine Adern fließen und mich mit zehnfacher Erdanziehungskraft zu Boden drücken.

Wenn ich darüber nachdenke, ist meine Aufgabe hier nicht schwer: Finde die vier Wächter und erwecke die Göttin. *Punkt.* Dürfte eigentlich nicht so dramatisch sein.

Wären da nicht diese dämlichen, aber unwahrscheinlich realen Features, die mich immer wieder von der Erfüllung meiner Aufgabe abhalten. Ich sollte mich nicht zu meinen Wächtern hingezogen fühlen. Ich sollte auch keinen Schmerz empfinden oder beinahe sterben, aber trotzdem passiert es, ohne dass ich es verhindern kann.

Wieder beginne ich zu zittern, ohne zu wissen warum, und ziehe den Umhang enger um mich.

Ich spüre ihre Blicke, merke, wie meine Wächter mich mit Argusaugen beobachten, und gebe mir Mühe, keine Schwäche zu zeigen. Ich bin die Hüterin. Und mir ist nichts passiert, alles ist okay.

Doch es hilft nichts. Tränen fließen meine Wangen hinab und meine Schultern heben und senken sich, während ich krampfhaft versuche, die Schluchzer, die in meiner Kehle aufsteigen, zu unterdrücken.

Vincent und Lucian setzen sich zu mir, jeder an eine Seite, und lehnen sich wortlos an mich. Ohne zu wissen, wer wo sitzt, lehne ich meinen Kopf auf die Schulter des Rechten und lege meine Hand auf den Arm des Linken. Für den Moment fühle ich mich geborgen in dieser fremden Welt und meine ungewisse Zukunft scheint auf einmal nicht mehr ganz so dunkelgrau zu sein.

Getröstet und beschützt durch meine ungleichen Wächter, falle ich in einen unruhigen Schlaf.

Kapitel 9

»Das hat doch alles keinen Zweck«, murre ich und lehne mich an die Hauswand hinter mir.

»Immer noch nichts?«, fragt Vincent und deutet auf mein Amulett.

Ich schüttele niedergeschlagen den Kopf. »Nein. So wie jedes verdammte Mal.«

Seit Tagen sind wir mittlerweile unterwegs, klappern ein Kaff nach dem anderen ab und finden … nichts. Absolut gar nichts.

Langsam glaube ich, dass dieses blöde Amulett kaputt ist oder die Göttin keinen Wert darauf legt, erweckt zu werden. Dass das alles hier nichts weiter als ein wirklich mieser Scherz ist.

»Wie viele Ortschaften haben wir noch vor uns?«, frage ich lustlos, während ich Lucian und Vincent durch das Gedränge der Stadt folge, die wir gerade durchkämmen.

Seit dem Vorfall am See verlief unsere Reise ruhig und da ich immer eine Kapuze über meinen roten Haaren trage, werden wir auch nicht mehr behelligt. Wir sind Reisende auf dem Weg durchs Land, von denen niemand Notiz nimmt. Obwohl meine Wächter hin und wieder einige anerkennende Damenblicke ernten, die ich mit einer grimmigen Miene schnell unterbinde.

Lucian bleibt stehen und runzelt die Stirn. »Im Grunde ist das die letzte große Stadt. Wenn wir hier keinen der Wächter finden, weiß ich auch nicht weiter.«

»Es gibt sicher noch ein paar Häuser an den Flüssen, aber Luc hat recht: Nach dieser Stadt gibt es keine weiteren großen Siedlungen mehr«, pflichtet Vincent bei, dem ich ansehe, dass auch er langsam entmutigt ist.

Na großartig. Irgendwie habe ich mir das alles einfacher vorgestellt. Ich meine, wie schwer kann es schon sein, zwei Leute zu finden und die Welt zu retten? Langsam komme ich mir vor wie in Super Mario, als an jedem Levelende Toad steht und sagt »*Sorry Mario, deine Prinzessin ist nicht mehr hier*«. Genau so fühlt es sich an und es ist einfach nur nervig. Irgendwo müssen diese anderen beiden Wächter doch sein!

Plötzlich kommt mir ein unangenehmer Gedanke. »Was ist eigentlich, wenn einer der Wächter zwischenzeitlich stirbt, während wir ihn suchen? Gibt es dann einen Ersatz?«

»Nein«, antwortet Vincent. »Wir werden als Wächter geboren. Wenn einer von uns stirbt, kannst du deine Aufgabe nicht beenden.«

»Und ich habe automatisch verloren«, schließe ich.

Das sind ja rosige Aussichten … Seufzend reibe ich mir mit der Hand über die Stirn und setze dann meinen Weg durch die Stadt fort. Wenn ich hier rumstehe, finde ich die Wächter auch nicht.

Ich darf nicht trödeln. Jeder Tag hier ist ein verlorener Tag in der realen Welt, also sollte ich alles daransetzen, so schnell wie möglich meine Aufgabe zu erfüllen. Es gab schon genug Ablenkungen. Ich bin hier, um das Spielziel zu erfüllen, und als passionierter Gamer ist es meine Pflicht, dies zu schaffen. Niemals werde ich mich den gegnerischen Wächtern ergeben oder gegen sie verlieren. Auch wenn ich mich in dieser Spielwelt langsam aber sicher wohlfühle, darf ich doch nicht vergessen, dass ich irgendwann zurückgehen muss, und wenn es so weit ist, will ich es als Siegerin tun, so, wie ich es gewohnt bin.

Ich lasse mich weiter in dem unaufhörlichen Strom aus Menschen mittreiben und befinde mich nach einer Weile auf einem großen Platz.

»Ist das ein Schloss?«, frage ich, während ich mit großen Augen das riesige Gebäude vor mir betrachte.

»Der König des Erdvolkes lebt hier«, erklärt Lucian, der neben mich getreten ist und meinem Blick folgt. »Das ist sein Palast.«

Ich mache einen Schritt weiter vor und erschrecke beinahe zu Tode, als ich ein leichtes Vibrieren an meinem Bauch spüre.

»Das Amulett!«, rufe ich und winke Lucian und Vincent ungeduldig zu mir. »Es schlägt an!«

»Du meinst, der nächste Wächter ist ... da drin?« Lucian mustert stirnrunzelnd die bis an die Zähne bewaffneten Wachen um uns herum. »Das ist ein Problem.«

»Wir müssen da rein!«, sage ich entschieden und strebe bereits auf den Eingang zu.

Vincent packt mich am Arm und hält mich zurück. »Bist du wahnsinnig? Du kannst doch nicht einfach durch den Vordereingang hineinmarschieren!«

»Aber wir müssen doch ...«

»Wir werden uns etwas überlegen.« Vincent zerrt mich zurück und wir verschwinden im Getümmel. »Lass uns nach einem anderen Weg suchen und uns bei Nacht ins Schloss schleichen.«

»Das dauert mir zu lange.« Dann kommt mir eine Idee und ich tippe mit dem Zeigefinger gegen Vincents Brust. »Du bist doch der Hohepriester. Kannst du nicht um eine Audienz oder so was bitten?«

Vincent wiegt den Kopf hin und her. »Kann ich schon, aber wie wollen wir dann zusammen nach dem Wächter suchen? Vielleicht ist er nur einer der Diener und arbeitet in der Küche. Dort komme ich auch als Hohepriester nicht hinein. Und auch ein Hohepriester muss sich an die Audienzzeiten halten. Ich werde dort auch nicht ohne Weiteres vorgelassen.«

Ich knirsche mit den Zähnen und starre auf den Palast, während das Amulett um meinen Hals nur noch dumpf pulsiert. Der dritte Wächter ist so nah! Ich habe das Gefühl, dass ich nur die Hand nach ihm ausstrecken müsste, und doch stehe ich hier und kann nichts tun. Frustriert stoße ich den Atem aus.

Herumstehen und Nichtstun sind nicht meine Art. Ich habe nicht tausende Kämpfe auf dem Spielfeld gewonnen, indem ich einfach nur abgewartet habe. Ich habe meinen Gegnern das Fürchten gelehrt, indem ich wie eine Seuche über sie hergefallen bin, während sie noch nicht einmal ihre Standorte gefestigt hatten.

Das hier ist ein Spiel. Also werde ich auch so vorgehen, wie ich in Spielen normalerweise vorgehe.

Ich reiße mich von Vincent los und marschiere wieder auf die Wachen vor dem Palasteingang zu, zwänge mich ohne Rücksicht durch die Menschenmassen hindurch.

»Eve, bleib stehen!«, höre ich Lucian hinter mir rufen, doch ich ignoriere ihn.

Mit gestrafften Schultern und erhobenem Kopf stehe ich vor den Wachen, die mich mit hochgezogenen Augenbrauen mustern, ehe ich mit einer theatralischen Geste die Kapuze vom Kopf reiße und mit lauter Stimme sage: »Ich bin die Hüterin der Göttin Gaia und ich verlange Einlass in den Palast!«

Augenblicklich herrscht Totenstille um uns herum, wenn man vom kollektiven Nach-Luft-schnappen einmal absieht. Den Wachen fallen beinahe die Augen aus dem Kopf, als sie meine roten Haare anstarren, und ich kann mir ein siegessicheres Grinsen nicht verkneifen.

»Bist du übergeschnappt?«, zischt Lucian, der zusammen mit Vincent zu mir geeilt ist.

Doch ich lasse mich nicht beirren, blende meine Wächter komplett aus und mache einen Schritt auf die Wachen zu, die ängstlich nach hinten weichen.

»Ich will mit dem König sprechen. *Auf der Stelle!*« Meine Stimme wird über den mucksmäuschenstillen Platz getragen.

Jetzt nur nicht zurückweichen! Angriff war schon immer die beste Verteidigung und dieses Konzept werde ich auch jetzt beibehalten.

Nun, wo der dritte Wächter in greifbarer Nähe ist, werde ich nicht abwarten. Ich werde *machen.* Ich werde dafür sorgen, dass mein Volk gewinnt, und wenn ich dafür diesen verdammten Palast stürmen muss, dann soll es eben so sein!

»Das geht niemals gut«, murmelt Vincent neben mir und bedeckt sein Gesicht mit den Händen.

Aber mein Plan funktioniert. Einer der Wachen dreht sich um und rennt in den Palast. Derweil kommt auch wieder Leben in die Menschen um uns herum, die aufgeregt durcheinanderreden und sich immer enger um uns drängen.

Lucian und Vincent haben Mühe, sie mir vom Leib zu halten. Hände greifen nach mir, wollen mein Haar berühren, verlangen nach meinem Segen und meinem Schutz vor den anderen Völkern, doch ich tue so, als würden sie nicht existieren. Stur starre ich den verbliebenen Wachmann nieder, der nach wenigen Sekunden meinem Blick ausweicht und den Kopf senkt.

Der zweite Wachmann kommt zurückgerannt, bleibt vor mir stehen und schnappt einen Moment lang nach Luft. Er keucht, als wäre er mehrere Kilometer weit gerannt, und muss seinen vorgebeugten Oberkörper abstützen. Ungeduldig tippe ich mit der Fußspitze auf den Boden.

»Verzeiht die Wartezeit, Hüterin«, sagt er hastig, um schnell wieder nach Atem zu ringen.

Ich trete unterdessen von einem Fuß auf den anderen. *Nun sag schon, dass ich in den Palast darf!*, beschwöre ich ihn mit Blicken. *Hör auf zu atmen und sprich endlich!*

Er tritt zur Seite und steht stramm. »Der König empfängt Euch jetzt, Hüterin.«

Na bitte! Ich werfe einen triumphierenden Blick nach hinten zu meinen Wächtern, ziehe eine Augenbraue im Sinne von *»Hab ich es euch nicht gesagt?«* nach oben und trete zwischen den beiden Wachmännern hindurch, die die Lücke hinter mir jedoch sofort schließen. Augenblicklich gerate ich ins Stocken und drehe mich wieder um.

»M–Moment! Meine Wächter …«, will ich protestieren, doch einer der Wachmänner schneidet mir das Wort ab: »Wir haben Befehl, nur Euch durchzulassen, Hüterin.«

Was? Ich soll allein da rein? Ich werfe Lucian und Vincent einen hilflosen Blick zu, doch sie scheinen genauso verdattert zu sein wie ich. Ich habe in dieser Welt noch nie etwas ohne einen der beiden unternommen und nun soll ich allein zum König? Ich habe doch keine Ahnung von der Etikette dieser Welt! Wenigstens Vincent, der als Hohepriester in solchen Dingen sicher viel mehr Erfahrung hat als ich, sollte mich begleiten.

»Ihr könnt uns nicht hier draußen lassen!«, donnert Lucian, der sich aus der Menge befreit hat und nun versucht, einen der Wachmänner mit bloßem Blick zu töten. »Wir sind ihre *Wächter!* Wo sie hingeht, da werden auch wir hingehen!« Vincent stellt sich neben ihn und sieht genauso bedrohlich aus. Mir entgeht auch nicht die Handbewegung, mit der er nach hinten zu seinen tödlichen Karten greift, die er immer im Gürtel bei sich trägt.

Mein Herz quillt über bei so viel Ehrgefühl, doch als die Wachmänner ihre Speere auf meine Wächter richten, schreite ich ein. »Genug!«, rufe ich und habe sofort die Aufmerksamkeit aller. Ich nicke Lucian und Vincent leicht zu, die widerwillig die Hände von ihren Waffen nehmen. »Führt mich zu eurem König«, befehle ich den Wachen und lächele meinen Wächtern kurz zu.

Natürlich wäre es mir tausendmal lieber, sie bei der Suche nach dem dritten Wächter um mich zu haben, aber ich werde nicht riskieren, dass einer von ihnen verletzt wird, weil ich es nicht allein schaffe. Ich werde den dritten Wächter finden und Vincent und Lucian werden stolz auf mich sein. Ich muss nur dem Vibrieren des Amulettes folgen und er wird sich uns anschließen.

Was soll schon passieren?

***

Doch seit ich einen Fuß in den prunkvollen Palast gesetzt habe, weiß ich: Es kann *eine Menge* passieren.

Das Schloss ist angelegt wie ein Labyrinth. Hinter jeder Ecke gibt es eine Abzweigung und schon nach drei Abbiegungen habe ich hoffnungslos die Orientierung verloren.

Die Schritte der Wachmänner hallen laut durch die Gänge und ich husche ihnen hinterher, damit ich sie nicht verliere. Hier würde ich niemals wieder allein hinausfinden. Ich kann mich an kein Spiel erinnern, bei dem ich je so planlos umhergeirrt bin.

Diener tuscheln hinter vorgehaltener Hand, als ich an ihnen vorbeilaufe, doch ich beiße die Zähne zusammen und halte den Kopf hoch und lasse mich davon nicht verunsichern.

Das Vibrieren des Amuletts wird stärker, je länger wir durch die endlosen Gänge laufen, die sich gleichen wie ein Ei dem anderen. Es gibt keine Markierungen, keine Schilder, nicht einmal andersfarbige Türen oder Wände. Der Inneneinrichter hat sich hier wirklich nicht selbst übertroffen …

Vor einer riesigen Doppeltür mit Goldgriffen bleiben wir stehen.

»Der König wird Euch jetzt empfangen, Hüterin«, teilt mir einer der Wachmänner mit und ich nicke möglichst huldvoll, während ich mir innerlich fast vor Angst in die Hose mache. Ich stand noch nie einem König gegenüber, schon gar nicht allein. Also, in Spielen vielleicht schon, aber das hier fühlt sich nun mal überhaupt nicht an wie ein Spiel. Ich habe nicht die entfernteste Ahnung, wie ich mich verhalten oder nach dem Wächter fragen soll, der hier irgendwo sein muss.

Am besten bleibe ich ganz direkt, so wie immer. Ich schlucke also meine Nervosität hinunter und gehe durch die Tür, die die Wachmänner für mich geöffnet haben.

Der Saal, in dem ich mich nun befinde, hat hohe Decken mit Malereien und wird von hohen Säulen gestützt.

Und natürlich sind wir nicht allein. Der Weg zum Thron, der auf einem kleinen Podest steht, ist von unzähligen Menschen gesäumt, die mich mit ihren Blicken zu durchbohren scheinen.

Nur nicht die Nerven verlieren, Eve!, mahne ich mich selbst, straffe den Rücken und gehe auf den König zu, ohne nach links oder rechts zu blicken. Schmerzlich vermisse ich Lucian und Vincent, die mir sonst wie zwei Schatten folgen und mir allein durch ihre Anwesenheit Kraft geben. Bisher ist mir das gar nicht so aufgefallen aber nun wird mir bewusst, wie sehr sie mich unterstützt haben, indem sie einfach nur bei mir waren. Nun bin ich allein inmitten all dieser Menschen, die ich nicht kenne und nicht einschätzen kann. Ich gebe mir zwar Mühe, sie auszublenden und mich nur auf den König und das Vibrieren des Amuletts zu konzentrieren, doch es fällt mir schwer, denn ihre Blicke registrieren jede noch so kleine Bewegung von mir. Diese abschätzenden Blicke kenne ich von meinen Eltern zur Genüge, doch jedes Mal bringen sie mich aus der Fassung.

Ich hasse es, so beobachtet zu werden. Es macht mich nervös, und wenn ich nervös bin, mache ich Fehler.

Irgendwann habe ich endlich diesen endlosen Gang überwunden und stehe direkt vorm Thron. Kurz überlege ich, ob ich mich hinknien soll, entscheide mich jedoch dagegen. Ich bin die Hüterin und die Auserwählte der Göttin. Ich knie vor niemandem. Also bleibe ich stehen, verschränke die Arme und schaue möglichst emotionslos hoch zum König, obwohl es in mir brodelt. Nicht vor Angst oder Wut, sondern vor Unsicherheit, aber ich werde einen Teufel tun und ihn oder einen der anderen das merken lassen! Schwäche zu zeigen bedeutet in jedem Spiel den sicheren Lose.

Als sich unsere Blicke begegnen, erstarre ich. Ich habe mit einem alten Tattergreis gerechnet, dessen weißer Bart fast bis zum Boden reicht und auf dessen grauem Haupt eine goldene Krone sitzt. Was ich jedoch sehe, verschlägt mir fast die Sprache. *Das* soll der König sein? Wo kann ich mich als Untertan für dieses Land bewerben? Ich würde sofort unterschreiben, auch wenn ich dazu zusätzlich eine sinnlose Waschmaschine kaufen müsste.

Er sieht aus wie die perfekte Mischung aus Lucian und Vincent. Fein dosierte weibliche Züge gerade um die Augenpartie, die jedoch die männliche Form seines Gesichts unterstreichen. Sein braunes Haar fällt ihm leicht ins Gesicht. Normalerweise würde ich diese Farbe langweilig finden, aber an ihm strahlt sie Würde aus.

Als er mein Stocken bemerkt, verziehen sich seine Lippen zu einem einseitigen Grinsen und seine Augen glitzern schalkhaft. Er stützt den Ellenbogen auf die Lehne des Throns und legt den Kopf auf die Hand.

»Du bist also die Hüterin, ja?«, fragt er.

Seine Stimme ist tief und dennoch weich. Die vertrauliche Anrede stört mich kein Stück, obwohl ich als Hüterin etwas dagegen haben sollte, aber, hey, mir ist absolut egal, was er da von sich gibt. Es reicht mir vollkommen, ihn nur weiter anzuschauen.

Als ich nicht reagiere, zieht er eine Augenbraue nach oben und ich blinzele mehrmals, um aus den Tiefen meiner Gedanken wieder aufzutauchen. »Ähm, ja, freut mich, Eure Bekanntschaft zu machen, Eure hohe Heiligkeit.«

Ach. Du. Scheiße. Ich sollte wirklich lernen, die Klappe zu halten, wenn mein Gehirn gerade im Urlaub ist. Und es *ist* verdammt noch mal gerade im Urlaub!

Ich räuspere mich, in der Hoffnung, dass mein Gefasel nicht aufgefallen ist. »Es freut mich, dass Ihr mich empfangt, Majestät.«

»Was verschafft mir die Freude deines Besuchs?«

Er beugt sich ein Stück vor und für einen weiteren Moment verliere ich mich darin, ihn einfach nur anzustarren. Der würde in der richtigen Welt sicherlich jeden Vertrag bei jedem Modelabel bekommen. Wobei ich die bevorzugen würde, bei denen er sich möglichst weit entkleiden muss. Er trägt zwar weite, kostbare Gewänder, doch ich bin mir sicher, dass darunter …

»Hüterin?«, fragt er erneut.

Kein Kopfkino vor dem König, Eve!

»Wie Ihr sicher wisst, ist es meine Aufgabe, den Schlaf der Göttin zu beenden, und dazu brauche ich die Hilfe der vier Wächter. Dank des Amulettes, das mir die Göttin Gaia verliehen hat«, ich halte kurz das Amulett an der Kette nach oben, »gehe ich davon aus, dass sich der dritte Wächter in diesem Palast befindet.«

Und so, wie das Amulett ausschlägt, ist er höchstwahrscheinlich sogar in diesem Raum. Ich grinse diebisch vor Vorfreude.

Der junge König macht ein nachdenkliches Gesicht und fährt beim Überlegen mit dem Zeigefinger über seine Lippen. Wie gebannt folge ich dieser Bewegung.

»Und wie gedenkst du, den Wächter hier zu finden?«, fragt er.

»Durch eine Berührung«, erkläre ich. »Der Wächter wird auf die Kraft des Feuers reagieren, die ich in mir trage.«

Bitte lass es den König sein!, bete ich stumm. *Bitte lass den dritten Wächter der König sein!*

Ich habe zwar keine Ahnung, wie ich mit drei solchen Männern um mich herum einen kühlen Kopf bewahren soll, aber – Himmel noch mal! – ich *will*, dass der König der dritte Wächter ist! Einfach nur, damit ich ihn um mich haben kann. So ein Gesicht und so einen Körper darf man doch nicht in einem Palast verstecken!

Er winkt mich mit einer Geste näher zu sich heran und ich folge dieser Einladung liebend gern.

»Majestät«, sagt eine Stimme hinter dem Thron. »Meint Ihr nicht …«

Doch der König bringt die Stimme zum Schweigen, indem er die Hand hebt. Als ich den Blick von dem jungen Monarchen vor mir lösen kann, sehe ich auch, wer da gerade gesprochen hat. Hinter dem Thron steht eine Kriegerin in voller Montur, die mich aus zusammengezogenen dunklen Augen mustert und jede meiner Bewegungen genau beobachtet. Als würde ich gleich einen Dolch aus meinem Gewand hervorziehen und dem König ins Herz stoßen.

Sicherlich, es ist ihre Aufgabe, den König zu bewachen, aber die Art, wie sie mich anstarrt, lässt mich frösteln. Es hat etwas Raubtierhaftes, Animalisches, etwas, was weit über normales Pflichtgefühl hinausgeht. Und die Art, wie sie da steht, den Körper angespannt und jederzeit bereit einzuschreiten, wirkt bedrohlich auf mich.

»Hör auf, die Hüterin so anzustarren, Narissa!« Sofort senkt die Kriegerin ihren Blick, aber ich sehe deutlich, wie sie die Lippen zu einem schmalen Strich zusammenpresst. Auch ihr angespannter Körper löst sich kein bisschen, sondern ist noch immer jederzeit bereit, sich auf mich zu stürzen.

Was ist ihr Problem? Sehe ich wirklich aus wie eine Serienkillerin? Ja, gut, die wochenlange Reise auf den staubigen Straßen und ohne die geschickten Hände von Gwen hat mit Sicherheit ihre Spuren bei mir hinterlassen. Ich blicke an mir hinunter auf das fleckige Hemd und die strähnigen Haare, die als Zopf über meiner Schulter hängen. Wirklich kein passender Aufzug, um vor einem König zu stehen, doch ich wollte dieses Treffen nicht weiter hinauszögern. Irgendwo hier in diesem Raum ist der dritte Wächter, der mich einen Schritt näher nach Hause bringt. Vielleicht sitzt er sogar direkt vor mir auf diesem prunkvollen Thron und hat ein schiefes Grinsen im Gesicht, das ich nur zu gern erwidere.

Es gäbe wirklich Schlimmeres, als den König als dritten Gefährten zu haben. Diese Kriegerin da, zum Beispiel. Nicht auszudenken, wenn ich sie die ganze Zeit um mich haben müsste! Da würde ich sicherlich eines Morgens mit einem Messer im Rücken aufwachen … oder eben *nicht* mehr aufwachen, so wie sie drauf ist.

Der König streckt die Hand nach mir aus und mein Herz klopft bis zum Hals vor Aufregung, als ich vorsichtig meine Finger in seine Handfläche lege. Ich warte auf das Feuer, das durch meine Adern rauscht, doch ich spüre – *nichts*.

Ich blinzele verwirrt, ziehe meine Hand zurück und lege die andere in seine, aber wieder stellt sich die Hitze nicht ein.

Mist. Mist. Mist!

Er ist es nicht! Warum ist er es nicht, verdammt?!

»Hätte jetzt etwas passieren müssen?«, fragt der König, als er mein Unbehagen bemerkt.

Ich bringe nur ein schwaches Nicken zustande, während ich bereits den Raum nach einem weiteren Kandidaten scanne. Mein Blick huscht über die Menschenmenge, die ich bis jetzt vollkommen ausgeblendet habe und die mich mittlerweile misstrauisch mustert. Einige tuscheln mit ihren Nachbarn, während sie mit den Fingern auf mich zeigen. Die alte Unsicherheit kommt wieder in mir hoch und ich muss den Drang, den Kopf zwischen die Schultern zu ziehen, niederkämpfen. Ich bin die Hüterin. Ich muss mich nicht verstecken. Ich bin hier, um meine Aufgabe zu erledigen. Einer von diesen Leuten muss mein dritter Wächter sein, wenn ich das wilde Pulsieren des Amuletts richtig deute. Jeder hier käme infrage! Ich werde also nicht darum herumkommen, jeden Einzelnen zu berühren.

Ich wende mich wieder dem König zu und sage: »Mit Eurer Erlaubnis werde ich jetzt die Suche nach dem dritten Wächter fortsetzen.«

Er vollführt eine huldvolle Geste mit der Hand, wie ich sie oft bei der englischen Queen gesehen habe, und ich beginne damit, die Menschen zu berühren, die sich im Saal versammelt haben. Jedem Einzelnen sehe ich prüfend ins Gesicht, bevor ich nach seiner Hand greife. Manche wollen sich mir entziehen, doch ich lasse keinen aus.

Nach gefühlten Stunden habe ich selbst die Alten und Kleinkinder angefasst und rein gar nichts gespürt. Das kann doch nicht sein! Ist dieses blöde Amulett kaputt? Ich rüttele an dem silbernen Schmuckstück, doch das Pulsieren bleibt genauso stark wie zuvor. Vielleicht ist es einer der Wachen oder Diener? Die habe ich bisher nicht beachtet. Ob ich …?

»Gibt es Probleme, Hüterin?«, reißt mich die Stimme des Königs aus meinen Überlegungen und ich drehe mich zu ihm um. »Kannst du denjenigen nicht finden, für den du hergekommen bist?« Sein Grinsen wirkt plötzlich verschlagen und verwandelt sein schönes Gesicht in eine Fratze. »Oder bist du eine Hochstaplerin, die nur behauptet, die Hüterin zu sein? Die sich die Haare rot gefärbt hat, um uns alle hier zu täuschen und mich zu töten?«

Ähm, wie bitte? Mein Gehirn hat Schwierigkeiten, dem Gesagten zu folgen. Ich soll *was* gemacht haben?

»N–Nein, ich ...«, stammele ich, immer noch darum bemüht, meine Suche in die richtigen Worte zu fassen.

»Schweig, Schwindlerin!«, fährt er mich an und ich zucke zusammen. »Wachen! Nehmt sie fest und sperrt sie ein!«

»Aber ich ... Ich *bin* die Hüterin! Und der dritte Wächter muss hier irgendwo sein. Ihr *müsst* mir glauben!«

Doch die Wachen haben sich bereits in Bewegung gesetzt und mich umzingelt. Gehetzt blicke ich mich nach allen Seiten um, suche verzweifelt nach einer Fluchtmöglichkeit. Mein Herz trommelt wie wild in meiner Brust und mein Atem geht flach.

»Wagt es ja nicht mich anzufassen!«, fauche ich, als sich der Ring um mich immer enger schließt. Krampfhaft versuche ich, einen Feuerball zu beschwören, doch ohne meine Wächter besitze ich nicht genügend Macht und bin vollkommen hilflos. Und natürlich habe ich das nutzlose Schwert keines Blickes mehr gewürdigt, seitdem ich wenigstens ein bisschen Macht über das Feuer habe. Nun bereue ich diese Entscheidung, denn ich stehe vollkommen schutzlos einer Übermacht gegenüber.

Mir muss etwas einfallen und zwar schnell!

Es ist die Kriegerin, die plötzlich vor mir steht und auf mich herablächelt. Sie ist fast einen halben Kopf größer als ich, das allein wirkt schon ziemlich einschüchternd. Ihre Nase ist eine Spur zu breit, als wäre sie mindestens einmal gebrochen worden und schlecht zusammengewachsen, doch das tut der habichtartigen Gesichtsform keinen Abbruch. Das dunkelbraune Haar ist zu einem straffen Zopf nach hinten gebunden. Durch das Grübchen im Kinn wirkt sie herber, burschikoser, und mir ist klar, dass sie nicht nur aus Spaß in Rüstung herumläuft. Ein freudiges Glitzern liegt in ihren dunklen, fast schwarzen Augen, und mein Magen sackt herab, als ich merke, dass sie meine Angst in puren Zügen genießt.

Sie greift nach meinem Unterarm und verdreht ihn auf den Rücken. Nur mit Mühe kann ich ein Winseln unterdrücken.

»Vorwärts«, knurrt sie und stößt mich zur Tür.

Die Menschen säumen unseren Weg, zeigen mit den Fingern auf mich und tuscheln erneut.

Ich winde mich unter dem eisernen Griff ihrer Handschuhe, deren kleine Metallplättchen sich schmerzhaft in meine Haut schneiden, und stemme die Füße in den Boden. »Ich bin keine Betrügerin!«, rufe ich immer wieder, doch niemand scheint mir zuzuhören oder es hören zu wollen. »Lass mich los, *Xena*!«, fauche ich über die Schulter, doch meine Häscherin verzieht nur verächtlich den Mund. Wahrscheinlich hat sie noch nie von der berühmten Kriegerprinzessin gehört und hält es für eine Beleidigung.

Mit einem Ruck kann ich endlich meinen Arm befreien und wirbele zu der Kriegerin herum, hole aus und schlage ihr mit der flachen Hand ins Gesicht.

Ich weiß nicht genau, was mich zu dieser Tat treibt. Eigentlich bin ich nicht gewalttätig, zumindest nicht im wirklichen Leben, aber diese bizarre Situation lässt alle meine schlechten Eigenschaften nach oben kochen. Ich bin hier, um den verdammten dritten Wächter zu finden, und was passiert? Ich werde als Betrügerin hingestellt und gefangen genommen! Dass ich mir das nicht ohne Gegenwehr bieten lasse, ist doch logisch!

Es ist ein richtig befriedigendes Gefühl, als meine flache Hand mit voller Wucht auf die Wange der Kriegerin klatscht und das mörderische Funkeln in ihren abgrundtief dunklen Augen erlischt.

Augenblicklich erstarren wir beide und auch alle um uns herum scheinen die Luft anzuhalten.

Es war zwar nur ein sehr kurzer Moment, den ich sie berührt habe, doch er hat absolut ausgereicht.

Ich habe es gespürt.

Das Feuer.

Sie ist es. Sie ist der dritte Wächter.

Die Göttin möge mir beistehen.

Kapitel 10

Ich sitze inmitten der Zelle und habe den Kopf auf meine angewinkelten Knie gelegt, während ich versuche, das ohrenbetäubende Knurren meines Magens zu ignorieren. Seit Tagen habe ich nichts zu essen bekommen und langsam aber sicher treibt mich der Hunger in den Wahnsinn. Mein Bauch fühlt sich an wie ein Loch, das immer größer und größer wird und mich schlussendlich zu verschlingen droht. Es dauert nicht mehr lange und ich verdaue mich noch selbst vor Hunger ...

Keine angenehme Vorstellung.

Den Überblick darüber, wie lange ich schon hier bin, habe ich schon vor einer gefühlten Ewigkeit verloren, da es keine Fenster und kein Licht gibt. Ich sitze in fast völliger Dunkelheit, wenn man einmal von der Fackel absieht, die draußen im Gang einige Meter entfernt hängt und unheimliche Schatten an die Wand wirft.

Apropos Wand: An die habe ich mich zu Anfang gelehnt. Als ich jedoch meine Hand daran entlangfahren ließ, bin ich schnell dazu übergegangen, mich einfach mitten in die kleine Zelle zu setzen. Nicht nur, dass die Wand feucht und kalt war, nein, sie war auch irgendwie ... *pelzig*. Ich erschaudere immer noch, wenn ich daran denke, und will gar nicht wissen, warum sie sich so anfühlt.

Einmal am Tag kommt Narissa, des Königs Kriegerin mit der krummen Nase, und bringt mir einen Becher Wasser. Das ist alles. Ich stehe kurz davor, sie auf Knien anzuflehen, mir doch endlich etwas zu essen zu geben oder mich hier rauszulassen. Bisher verbietet es mir mein Stolz, aber wer weiß, wie es in ein paar Tagen aussieht. Mein Stolz ist so schon auf die Größe einer getrockneten, runzligen Traube geschrumpft.

Ich habe schnell gelernt, das bisschen Flüssigkeit, das sie mir bringt, gut einzuteilen. Meine Lippen sind aufgesprungen und rissig und mein Hals fühlt sich an, als hätte ich mit einem Reibeisen und anschließend mit Rasierklingen gegurgelt.

Was Lucian und Vincent wohl gerade tun? Ob sie an einem Plan arbeiten, wie sie mich hier herausholen können? Das will ich ihnen geraten haben, denn ich halte es hier wirklich nicht mehr lange aus.

Aber was dann? Ich kann ohne Narissa nicht gehen, denn sie ist der dritte Wächter. Ohne sie ist unser ganzes Vorhaben sinnlos. Wenn ich nur wüsste, wie ich sie überreden kann, sich uns anzuschließen, doch sie redet nicht ein Wort mit mir, wenn sie mir meine Wasserration bringt. Ich bin mir sicher, dass sie das Feuer auch gespürt hat. Sie weiß, dass ich keine Betrügerin bin.

Ich habe keinen Schimmer, wie ich zu ihr durchdringen kann. Wie ich ihr verständlich machen kann, dass ich sie brauche, um die Göttin zu erwecken und endlich nach Hause gehen zu können, bevor meinem Körper in der wirklichen Welt etwas passiert.

Aber ich muss versuchen sie zu überzeugen! Wenn Lucian und Vincent kommen, um mich hier rauszuholen – was ich wirklich ganz, ganz stark hoffe –, muss ich Narissa so weit haben, dass sie ihren Posten beim König hinter sich lässt und uns folgt.

Das Klappern von Metall auf Stein lässt mich aufhorchen. Es ist also wieder so weit. Das Licht der Fackel, die Narissa in einer Hand trägt, kommt näher und brennt in meinen Augen, die an fast gänzliche Dunkelheit gewöhnt sind. Direkt vor mir bleibt Narissa stehen und schaut mit einer Mischung aus Abscheu und Zufriedenheit auf mich herab.

Na, das sind ja tolle Voraussetzungen ... Trägt die Frau eigentlich auch mal etwas anderes als ihre Rüstung? Darin sieht sie aus wie eine Sardine in der Büchse. Und sie trägt um die Hüften herum ganz schön auf. Das sollte ihr mal jemand sagen – aber dieser Jemand möchte nicht ich sein, denn noch immer wirkt ihre bloße Anwesenheit einschüchternd auf mich.

Wortlos wie immer schiebt sie den Becher durch die Gitterstäbe und wendet sich wieder zum Gehen.

»Narissa«, hauche ich kraftlos.

Die Ritterin bleibt stehen und dreht sich mir halb zu. Ihre Augen sind leicht zu Schlitzen verengt, aus denen sie mich herablassend mustert. Fieberhaft überlege ich, was ich zu ihr sagen könnte, um sie für mich zu gewinnen, doch einen wirklichen Plan habe ich nicht, also plappere ich wild drauflos.

»Du weißt doch, dass ich nicht lüge, oder? Du weißt, dass ich die Hüterin bin. Du hast es gespürt. Warum werde ich dann hier festgehalten? Bitte, ich muss meine Aufgabe erfüllen. Es ist doch auch zum Wohle eures Volkes, wenn ich die Göttin erwecke.«

Beim letzten Satz wirbelt sie zu mir herum. Ihre schwarzen Augen glitzern gefährlich, als sie mich anstarrt. »Du hast keine Ahnung von meinem Volk! Wie wir gelitten haben unter den anderen beiden Völkern. Wie wir unterdrückt und ausgebeutet wurden! Und dann kommt ein kleines Mädchen wie du daher und denkt, es könnte das ändern? Dass ich nicht lache! Nichts kannst du! Sieh dich doch an! Wenn ich wollte, könnte ich dich in diesem Loch verhungern und verdursten lassen, und niemanden würde es interessieren.«

»Aber die Menschen …«

»Das Erdvolk ist schon so lange der Verlierer, dass niemand mehr an die Hüterin glaubt.«

Ich zucke unter ihren Worten und ihrem Blick gleichermaßen zusammen. So viel Schmerz und Leid sehe ich plötzlich darin, gut versteckt hinter der Wut, die sie nach außen hin zeigen will.

»Ich weiß nicht, was dir passiert ist, Narissa, und ich bin auch nicht hier, weil ich mich um den Job beworben habe, aber ich versuche, das Beste daraus zu machen. Und das Beste ist, die Göttin zu erwecken und den Menschen den Wohlstand zu bringen, auf den sie seit so vielen Jahren verzichten mussten.«

»Und du glaubst, das würde die ganzen Jahrhunderte in Knechtschaft vergessen lassen? Bist du wirklich so naiv?«

»Ich bin nicht naiv!«, fauche ich. »Aber es wird sich nie etwas ändern, wenn du nur die Hände in den Schoß legst und nichts tust. Deshalb bist du eine Wächterin – damit du etwas änderst!«

Sie wendet sich schnaubend ab und ballt ihre Hände, die wie immer in metallischen Handschuhen stecken, zu Fäusten, was ein knirschendes Geräusch verursacht, bei dem sich mir die Nackenhaare aufstellen.

»Ich baue auf meinen König«, sagt sie, aber es ist nicht mehr als ein Flüstern. »Er wird die Menschen aus ihrem Elend befreien.«

»Und wie will er das tun? Indem er den anderen Völkern Versprechungen macht? Wir haben nichts, das wir ihnen geben könnten. Sie haben doch schon alles. Sie müssen nur die Hände danach ausstrecken und …«

Wahrscheinlich habe ich damit direkt einen wunden Punkt erwischt, denn noch bevor ich Luft für das nächste Wort holen kann, wirbelt Narissa zu mir herum und stemmt die Hände gegen das Gitter. Schnell rutsche ich ein paar Meter nach hinten, um auf sicheren Abstand zu gehen. Egal, wie sehr ich mich bemühe, es ist mir nicht möglich, diese Frau zu durchschauen oder zu ahnen, was sie als Nächstes sagen oder tun wird.

»Du weißt gar nichts, Mädchen! Wage es ja nicht, schlecht über meinen König zu sprechen!«, knurrt sie und bleckt die Zähne wie ein Tier.

Doch anstatt noch mehr Angst vor ihr zu haben und meine Klappe zu halten, komme ich jetzt erst so richtig in Fahrt. »Wenn dein König so toll ist, warum zittert ihr Menschen dann vor Angst vor den Flügelmännern oder Fischwesen? Warum seid ihr nicht schon längst eigenständig? Warum lasst ihr euch weiterhin unterdrücken und rumschubsen? Was tut dein ach so toller König dagegen?«

»Sei still!«, schreit sie so laut, dass es von den kahlen Wänden widerhallt, und ich zucke erneut zurück.

Obwohl ich meinen eigenen Herzschlag in den Ohren höre und weiß, dass ich lieber den Mund halten sollte, um sie nicht noch weiter zu reizen, räuspere ich mich und sage zu ihr: »Wir könnten zusammen so viel mehr schaffen, wenn wir die Göttin erwecken. Aber dazu brauche ich deine Hilfe, Narissa. Ohne dich geht es nicht.«

»Ich werde dir niemals folgen.« Ihr Gesicht verzieht sich bei diesen Worten so angewidert, als hätte sie in zehn Zitronen auf einmal gebissen.

Das ist keine gute Ausgangsbasis. Mir gehen langsam die Argumente aus.

Narissa dreht sich und verlässt mit langen Schritten den Zellentrakt, ehe ich irgendwas erwidern kann, und lässt mich wieder allein im dämmrigen Licht der einzelnen Fackel zurück.

Verdammt, das verlief nicht nach Plan! Ich kaue am Daumennagel, während ich mir eine neue Strategie überlege. Ohne Narissa brauche ich gar nicht nach dem vierten Wächter suchen, vorausgesetzt, ich komme jemals aus diesem Loch heraus.

Die Stunden vergehen, kriechen dahin, während ich vorsichtig an meinem Becher nippe, obwohl ich ihn am liebsten in einem Zug leeren würde, um die Trockenheit in meinem Mund wenigstens für eine kurze Zeit zu lindern. Doch ich halte mich zurück, denn ich weiß, dass es einen weiteren Tag dauern wird, bis ich neues Wasser bekomme. Bisher ist mir noch nichts eingefallen, womit ich Narissa zum Umdenken bewegen könnte. Es ist offensichtlich, dass sie die anderen Völker hasst. Bestimmt ist etwas vorgefallen, was sie zu diesem Hass bewegt, und irgendwie muss ich das doch für mich nutzen können! Aber wie soll ich an diese Informationen kommen?

Normalerweise redet sie nicht ein einziges Wort mit mir. Das vorhin war quasi eine Premiere und wahrscheinlich hat sie mehr Worte als sonst in einem ganzen Monat gesagt.

Licht, das plötzlich den Zellentrakt erhellt, lässt mich den Kopf heben. Narissa war doch erst vor Kurzem hier. Bekomme ich vielleicht endlich etwas zu essen? Allein bei dem Gedanken daran gibt mein Magen ein lautes Knurren von sich. Oder sind es vielleicht sogar Lucian und Vincent, die endlich gekommen sind, um mich hier rauszuholen?

Ich blinzele gegen die Helligkeit an und kann die Gestalt, die sich vor mir aufbaut, nicht richtig erkennen, doch es ist eindeutig nicht Narissa.

»Hallo, Nemesis.«

Sofort stellen sich alle Härchen in meinem Nacken und meinen Armen auf. Ich kenne diese Stimme. Ich habe sie schon tausendmal gehört, beinahe täglich.

Krampfhaft versuche ich, gegen die Enge im Hals anzuschlucken und ruhig ein- und auszuatmen, doch es will mir nicht so recht gelingen. In meinem Kopf wirbeln unzählige Fragen durcheinander, doch die wichtigste von ihnen lautet: Was zum Teufel macht *er* hier?

»Killswitch«, hauche ich, denn ich weiß genau, wer da vor mir steht. Ich kenne seine Stimme so gut wie meine eigene, schließlich habe ich sie jahrelang täglich über das Headset gehört.

Vor mir steht niemand anderes als Platz zwei auf der Gamer-Weltrangliste. Der zweitbeste Zocker der Welt – genannt *Killswitch*.

***

»Was machst du hier?«, presse ich hervor, nachdem ich endlich meine Stimme wiedergefunden habe. Ich hebe die Hand und schütze so meine Augen vor der Helligkeit, die plötzlich im Zellentrakt herrscht, während ich mein klopfendes Herz in den eigenen Ohren höre. Es ist so abwegig, dass er hier ist. So unwirklich. Und ich bin mir noch nicht sicher, ob ich mich darüber freuen oder davor fürchten soll.

»Dasselbe wie du, würde ich sagen«, antwortet er und kommt ein Stück näher.

Erst jetzt bemerke ich, dass etwas mit seiner Gestalt nicht stimmt.

Blinzelnd versuche ich angestrengt, die Konturen auszumachen. Als es mir schließlich gelingt, weiche ich mit einem schlecht unterdrückten Aufschrei zurück.

Aus seinem Rücken ragen zwei riesige schwarze Fledermausflügel.

»D–Du bist einer von *denen!*«, stammele ich, als die Erinnerungen an den Angriff des Luftvolkes und der damit verbundene Schrecken wieder über mich hereinbrechen.

»*Denen?*« Er runzelt für einen Moment die Stirn und folgt meinem Blick zu seinem Rücken, wo die ledrigen Schwingen aus seinem Körper ragen. »Ach, du meinst das Luftvolk. Na klar, schließlich bin ich ihr Hüter.«

Er? Ein Hüter? Aber … Ich bin doch …

Augenblicklich fällt mir wieder ein, was Vincent einmal zu mir gesagt hat. Dass jedes Volk seinen eigenen Hüter hat und alle drei gemeinsam auftauchen. Demnach müsste auch das Wasservolk gerade einen Hüter haben und wenn mich nicht alles täuscht und ich eins und eins richtig zusammengezählt habe, müsste das …

»Thunderstrike«, hauche ich. »Ist er auch hier?«

Killswitch nickt. »Richtig, Rotschopf. Unsere Numero Uno ist der Hüter dieser stinkenden Fischköpfe.« Er lässt den Blick durch die Zelle schweifen. »Scheinst dich ja nicht sonderlich beliebt bei deinen eigenen Leuten gemacht zu haben.«

Seine Worte treffen mich und der lauernde Unterton in seiner Stimme lässt mich wachsam werden. Ich versteife mich und recke das Kinn. »Was geht dich das an? Was machst du überhaupt hier?

Wenn ich mich recht erinnere – und davon gehe ich aus –, herrscht zwischen unseren Völkern Krieg. Wie kannst du einfach so hier in meine Zelle spazieren, ohne dass dir eine Horde Wachen auf den Fersen ist?« Apropos Fersen: Ich schaue auf seine Füße, die ebenfalls wie bei den Flügelmännern, die uns im Tempel überfallen haben, geformt sind wie übergroße Hühnerbeine. »Pardon, *auf den Krallen*, meine ich natürlich.«

Das gehässige Grinsen verschwindet aus seinem Gesicht. »Sei bloß vorsichtig, Nemesis«, knurrt er. »An deiner Stelle würde ich nicht so große Töne spucken.« Er macht eine ausladende Geste mit der Hand und schließt die Zelle und womöglich auch die Gesamtsituation mit ein.

Ich zucke nur mit den Schultern, spiele die Unbeteiligte, obwohl ich innerlich vor Angst zittere. »Eine vorübergehende Unpässlichkeit, nichts weiter«, sage ich, winke ab und versuche, schnell das Thema zu wechseln. »So, dich haben sie also zu ihrem Hüter gemacht. Das arme Luftvolk. Wissen sie, wie schlecht du als Anführer bist?«

Killswitch bleckt die Zähne. »Halt's Maul! Was weißt du denn schon?«

Ah, der Ball ist also wieder in meinem Feld. »Oh, ich erinnere mich sehr gut an das eine Spiel, als du unser Anführer warst und uns geradewegs in den Hinterhalt des Gegners geführt hast. Wie viele Minuspunkte hat uns das gebracht? Fünfzig? Vom anschließenden Shitstorm ganz zu schweigen, schließlich wurde der Kampf live auf Twitch übertragen. Wir haben uns tagelang nicht getraut uns einzuloggen, weil du solchen Mist gebaut hast.«

Ich weiß genau, wie ich Killswitch zur Weißglut bringen kann, und es tut gut, nach so langer Zeit wieder mit einem normalen Menschen zu reden.

Wir zwei können nicht miteinander – konnten es nie – und es artet bei uns immer aus, bis wir uns virtuell an die Gurgel gehen.

Dummerweise konnte ich ihn nie besiegen. Bis jetzt. Ich habe das Gefühl, dass ich ihn in diesem Spiel schlagen kann, weil er kein Anführer ist und noch nie einer war. Er verkörpert in keinem Fall eine Person, zu der man aufblickt, oder der man gar das Schicksal eines ganzen Volkes anvertrauen sollte.

Er wird scheitern, da bin ich mir sicher.

Und diesmal werde ich es sein, die triumphiert.

Sein Gesicht ist mittlerweile puterrot angelaufen und ich sehe seine Kiefer arbeiten. Ein siegessicheres Lächeln stiehlt sich auf meine Lippen, ohne dass ich es verhindern kann.

»Ich wollte dir eigentlich einen Vorschlag machen«, presst er hervor, »aber ich glaube, das lasse ich doch lieber bleiben.«

Sofort werde ich hellhörig. »Was soll das für ein Vorschlag sein?«

In der Vergangenheit waren Killswitchs Vorschläge ein Fall für die Tonne. Es ist mir unbegreiflich, wie dieser Typ besser als ich sein soll! Er hat keine Ahnung von Taktik und keinen Sinn für den richtigen Zeitpunkt und doch gewinnt er immer wieder.

Vielleicht, weil er auch für seine Gegner – einschließlich mich – so unvorhersehbar ist. Eine gehörige Portion Glück und diese Unvorhersehbarkeit, die ihm zu eigen ist, machen ihn besser als mich. Und das wurmt mich gewaltig!

Er streicht sich mit der Hand durch sein stoppeliges dunkles Haar, das selbst hier in diesem Spiel raspelkurz geschoren ist. Beinahe militärartig. Bei Lucian sah diese Geste weitaus besser aus. Na ja, Lucian sieht *allgemein* wesentlich besser aus als Killswitch, daher dürfte das nicht allzu verwunderlich sein.

»Ich schlage dir einen Deal vor.«

»Einen Deal?«, frage ich verwirrt.

Einerseits hoffe ich, dass es einer ist, mit dem ich etwas anfangen kann, andererseits weiß ich, dass es höchstwahrscheinlich nicht der Fall sein wird. Wie immer bei Killswitch und seinen Ideen.

»Verbünde dich mit mir, um Thunderstrike und seine Fischköpfe zu besiegen.«

Gerade so kann ich ein ungläubiges Lachen unterdrücken. »Killswitch«, murmele ich tadelnd, »du hast aber schon begriffen, dass das hier kein Gruppenspiel ist? Wir können nicht zusammen paktieren. Nur eine Seite kann gewinnen.« Ich schweige kurz und mustere ihn. »Du weißt das alles, stimmt's? Aber du brauchst meine Hilfe, um Thunderstrike zu besiegen, weil du es allein nicht schaffst. Und wenn er besiegt ist, wirst du mir in den Rücken fallen und mich töten. Ist es nicht so?«

Das gehässige Grinsen kehrt in sein Gesicht zurück. »Hübsch *und* schlau. Wer hätte das gedacht?«

»Die dummen Sprüche kannst du dir sparen! Meine Antwort lautet Nein! Ich werde weder mit dir noch mit Thunderstrike zusammenarbeiten, sondern das Spiel allein gewinnen.«

»Und wie willst du das tun? Von dieser Zelle aus? Mach dich doch nicht lächerlich! Ich habe die besseren Argumente, kleine Nemesis.«

Ich *hasse* es, wenn er mich ›klein‹ nennt, und das weiß er genau! Ich bin nicht klein! Ich bin fast genauso groß wie er, doch ich schlucke den Köder nicht. »Und wie willst du mich hier rausholen? Falls es dir entgangen sein sollte, ich bin hier eingesperrt.«

»Kein Problem«, erklärt er und tippt sich mit dem Daumen auf die stolzgeschwellte Brust. »Ich habe bereits alles mit deinem König geklärt. Er lässt dich gehen, wenn ich im Austausch dem Luftvolk befehle, die Menschen in Ruhe zu lassen. Und dann wirst du mir mit deiner Kraft und deinen Wächtern helfen, Thunderstrike zu besiegen.«

Ich blinzele mehrmals, während ich das eben Gesagte zweimal in Gedanken wiederhole. »Und der König hat sich darauf eingelassen?«, frage ich ungläubig. Wie kann er nur so dumm sein? Selbst wenn – und dieses ›Wenn‹ ist ein sehr unsicherer Faktor – sich

Killswitch wirklich an sein Wort hält, besteht noch immer die Gefahr, dass Thunderstrike und seine Fischmenschen das Spiel gewinnen.

Ich kenne Thunderstrike schon mindestens genauso lang wie Killswitch, und er ist nicht umsonst die Nummer eins der Gamer. Der Junge hat's wirklich drauf! In einem offenen Kampf ist er unbesiegbar. Der einzige Weg, ihn zu schlagen, wäre, wenn ich meine Wächter finde, bevor er seine versammelt hat, und die Göttin erwecke, ehe er die Gelegenheit hat, einen Angriff zu planen. In einem direkten Kampf wäre ich ihm unterlegen, das weiß ich mit Sicherheit, schließlich hab ich's oft genug versucht.

Und Killswitch weiß das auch. Als Nummer zwei mag er vieles sein, aber dumm ist er nicht. Ich bin mir außerdem ziemlich sicher, dass er dieses unmoralische Angebot bereits Thunderstrike unterbreitet hat, bevor er zu mir gekommen ist. Ich bin die zweite Wahl, der Notnagel. *Toll, was auch sonst?*

»Euer König ist so leicht zu beeinflussen«, säuselt Killswitch. »Ich brauchte nur mit ein paar Edelsteinen vor seiner Nase zu wedeln und schon hat er mir aus der Hand gefressen wie ein hungriger Straßenköter. Erst viel später fiel ihm ein, dass er ja auch ein Volk hat, dem er irgendwie verpflichtet ist. Also, Kleines«, er beugt sich ein Stück hinab und breitet seine unheimlichen Schwingen aus, die fast das gesamte Licht der Fackel abschirmen, »auf wessen Seite möchtest du stehen? Die der Gewinner oder die der Verlierer? Wobei du dich mit Letzterem ja besser auskennst.«

Was er sagt, ist wahr. Ich habe weder gegen ihn, geschweige denn gegen Thunderstrike jemals gewonnen. Doch das heißt nicht, dass ich eine Verliererin bin. Und mit Sicherheit heißt es nicht, dass ich mich mit dem Feind verbünde. Wo kämen wir denn da hin?

»Nur ein Wort von dir, Rotschopf, und ich lasse dich aus diesem dunklen Loch frei. Das möchtest du doch, oder? Gemeinsam besiegen wir Thunderstrikes Fischköpfe.«

»Und dann? O Mann, Killswitch, du bist echt der größte Idiot, der mir je untergekommen ist!« Ich stütze die Stirn in meine Hand und schüttele den Kopf. »Glaubst du im Ernst, ich falle auf deine Versprechen herein? Was nützt es dir, nur einen von zweien zu vernichten? Um das Spiel zu gewinnen, musst du alle anderen besiegen. Und ich weiß, dass du dich jederzeit gegen mich wenden wirst, wenn du denkst, dass es dir zum Vorteil gereicht. Ich mag zwar unter dir stehen, aber ich bin nicht blöd. Um diesem Spiel zu entkommen, musst du sowohl mich als auch Thunderstrike besiegen, und das kannst du nicht. Und genau dasselbe wird dir Thunderstrike auch gesagt haben, als er dich ausgelacht und weggeschickt hat. Hab ich recht?«

Killswitch knirscht wieder mit den Zähnen, bis die Sehnen an seinem Hals hervortreten. Dennoch beschließe ich, noch einen draufzusetzen.

Ich schiebe trotzig das Kinn vor und verschränke die Arme vor der Brust. »Also, Nummer zwei: Ich lehne ab. Was hast du jetzt vor?«

Er braucht einen Moment, bis er sich gefangen hat. »Na schön, ganz wie du willst! Du wirst in dieser Zelle verrotten, dafür werde ich sorgen! Ich werde deinem König erzählen, welch falsches Spiel du spielst, und du wirst das Tageslicht nie wiedersehen. Schade um dich, aber du hast es ja nicht anders gewollt!«

Mit einem Geräusch, als würde man Papier zerschneiden, faltet er seine Flügel am Rücken zusammen, nimmt die Fackel und verschwindet aus dem Zellentrakt.

Ein Teil in mir will ihm nachrufen, stehen zu bleiben und mich hier rauszuholen. Ein Teil von mir würde nahezu alles tun, um aus diesem feuchten, dunklen Loch zu entkommen und endlich etwas zu essen zu kriegen.

Doch ich beiße die Zähne fest zusammen, um die Worte, die sich in meiner Kehle bilden, daran zu hindern, aus meinem Mund zu schlüpfen. Diese Blöße werde ich mir nicht geben. Eher verhungere ich hier!

Laut grummelnd protestiert mein Magen gegen dieses Vorhaben und ich presse meine Faust dagegen, um das nagende Hungergefühl etwas zu dämpfen. Viel erreiche ich damit nicht.

Das Gespräch mit Killswitch hat an meinen Kräften gezehrt. Müde lasse ich den Kopf zurück auf meine angewinkelten Knie sinken und schlinge die Arme darum, um das Zittern zu dämpfen. Warum ist mir nur so kalt? Liegt es an dieser Zelle oder daran, dass ich so lange von meinen Wächtern getrennt bin? Ich vermisse die beiden so sehr und fühle mich so einsam.

Wütend wische ich die Tränen von meinen Wangen. Ich habe keine Zeit und keine Kraft für Sentimentalitäten!

»Tränen, Hüterin?«, fragt eine Stimme von der Treppe.

Erschrocken reiße ich den Kopf hoch. »Narissa«, murmele ich verwirrt und schaue schnell woanders hin. »Was willst du? Du hast mir meine Wasserration doch schon gebracht.«

Narissa, die sich an meinem Elend ergötzt – das hat mir gerade noch gefehlt. Nach dem Gespräch mit ihr und dem folgenden mit Killswitch sind mir sämtliche schlagfertige Antworten ausgegangen. Ich wünschte, sie würde einfach verschwinden und mich wieder allein lassen, aber diesen Gefallen tut sie mir nicht, das entnehme ich den Schritten, die näher kommen.

Narissa stellt sich direkt vor die Gitterstäbe und nur am Rande registriere ich das fehlende Scheppern ihrer Rüstung, das sonst jede ihrer Bewegungen begleitet. Ohne den Kopf zu bewegen schiele ich zu ihr. Tatsächlich, sie hat ihre Stahlrüstung abgelegt und trägt eine enge dunkelbraune Lederrüstung, die sich an sie schmiegt wie eine zweite Haut. An ihrer Hüfte hängt ein Schwert, das zum Großteil durch einen weiten Umhang verdeckt wird. Was soll der Aufzug?

»Der Mann vom Luftvolk, der vorhin bei dir war – kanntest du ihn?«

Ich bringe ein schwaches Nicken zustande und starre weiter gegen die Wand.

»Ich habe gehört, was er über den König gesagt hat«, murmelt sie schließlich. »Schon seit Längerem habe ich die Vermutung, dass der König etwas plant.«

»Das hörte sich vorhin aber noch ganz anders an«, halte ich dagegen. »Hast du vorhin nicht noch deinen König wie eine Löwin verteidigt?«

»Das stimmt«, gibt sie zu, »aber ich hätte nie gedacht, dass es *so* schlimm ist. Dass er sich mit dem Feind verbündet und sein Volk verrät. Er hatte schon immer ein übergroßes Interesse an Reichtümern, aber dass er dafür … Ich konnte es mir nicht vorstellen.«

Ich verliere langsam die Geduld mit ihr. »Was willst du, Narissa?«

»Warum hast du geweint?«

Diese Frage trifft mich unvorbereitet. Ich habe damit gerechnet, dass sie mich nach Killswitch ausquetscht oder weiter Selbstgespräche führt. »Ich vermisse meine Wächter«, erkläre ich ehrlich, weil ich zu müde bin, um mir irgendeine Lüge aus den Fingern zu saugen. »Sie machen sich sicherlich Sorgen um mich. Sie waren von Anfang an dagegen, dass ich allein in den Palast gehe, aber ich wollte nicht auf sie hören. Ich wollte mit aller Macht den dritten Wächter finden, damit wir schnell nach dem vierten suchen können.«

»Was erhoffst du dir davon? Du bist keine von uns. Du bist nicht von hier.«

Ich frage mich, wie viel sie von meinem Gespräch mit Killswitch wirklich gehört und verstanden hat. Ob sie weiß, dass sie nichts weiter als ein Charakter in einem Spiel ist?

»Ich möchte nach Hause«, gebe ich zu. »Ich bin seit Monaten in dieser Welt, ohne die Möglichkeit, wieder in meine eigene zu gelangen. Ich weiß nicht, wie es meiner Familie geht. Ob sie sich Sorgen um mich machen. Ich weiß nicht, was mit meinem richtigen Körper passiert, der in meiner Welt geblieben ist, während ich hier bin. Die einzige Möglichkeit für mich, wieder zurück in meine Welt zu gelangen, ist, die Göttin Gaia mithilfe meiner vier Wächter zu erwecken. Außerdem ....« Seufzend schließe ich die Augen und denke an Gwen und meine Wächter. »In der Zeit, in der ich hier bin, habe ich neue Freunde getroffen. Menschen, die mir etwas bedeuten und denen ich helfen möchte, wenn es in meiner Macht steht. Aber dazu brauche ich die Hilfe meiner Wächter. Das schließt auch *deine* Hilfe mit ein, Narissa. Ohne sie bin ich für immer in dieser Welt gefangen und die Menschen werden sich weiterhin der Unterdrückung des Luft- und des Wasservolkes beugen müssen.«

Sie schweigt eine Weile, kaut auf ihrer Unterlippe herum, lässt meine Worte auf sich wirken. Im Nachhinein habe ich keine Ahnung mehr, was ich da eigentlich erzählt habe. Die Worte sind einfach so aus mir herausgesprudelt, ohne dass ich auch nur eine Sekunde über sie nachgedacht habe.

Wahrscheinlich habe ich irgendwelchen weinerlichen Bockmist erzählt, für den ich mich im wachen, nicht hungrigen Zustand in Grund und Boden schämen werde.

Das Quietschen der Zellentür bringt mich ins Hier und Jetzt zurück. Narissa steht wartend daneben und schaut mit gerunzelter Stirn zu mir hinab.

»Nun steh schon auf! Wir müssen los«, sagt sie, doch ich verstehe nur Bahnhof und glotze vermutlich wie ein Schaf. »Ich werde dich begleiten.«

»Du willst dich uns anschließen? Aber sagtest du nicht ...«

»Ich habe meine Meinung geändert. Da mein König versagt hat, werde ich mir anschauen, was du zustande bringst, Hüterin. Also, steh auf, ich werde dich jetzt aus dem Schloss bringen. Deine beiden Wächter schleichen schon seit Tagen um die Mauern herum und wurden ein paar Mal beinahe festgenommen.«

Augenblicklich kribbelt es in meinem Bauch vor Vorfreude. Ich wusste, dass auf Lucian und Vincent Verlass ist!

»Hier!« Sie wirft mir ein Bündel zu, das sich als Umhang entpuppt, in den ein Laib Brot gewickelt ist. Heißhungrig stürze ich mich auf das Essen und schlinge es ohne zu kauen hinunter. Ich weiß, dass sich das noch rächen wird, aber mein Körper übernimmt die Kontrolle und sperrt meinen Verstand aus. Ich will einfach nur essen. Kauen kann ich später.

»Bist du fertig? Gut. Dann zieh den Umhang über und verstecke dein Haar. Ich will nicht, dass die Wachen unterwegs Fragen stellen.«

Ich stemme mich hoch und muss mich an die Gitterstäbe lehnen, um nicht umzufallen. Seit Tagen habe ich mich kaum bewegt. Meine Muskeln sind fest und steif und zittern protestierend, als ich ein paar vorsichtige Schritte wage.

Narissa legt mir den mitgebrachten Umhang um die Schultern und schlägt die Kapuze hoch. Dann packt sie mich bei den Armen und führt mich die gewundene Steintreppe nach oben.

Im Korridor blinzele ich gegen das Licht an, das in den Augen sticht und sie tränen lässt, aber Narissa zieht mich schon weiter und ich stolpere eher neben ihr her, als dass ich gehe.

Zum Glück begegnen wir keinem Wachposten und schon nach wenigen Minuten, in denen ich mich in diesem Labyrinth hoffnungslos verlaufen hätte, schiebt Narissa mich durch einen Hinterausgang hinaus in die kühle Nachtluft.

»Komm mit! Deine Wächter sind ganz in der Nähe«, wispert sie.

»Du kennst sie?«

»Wir hatten in den letzten Tagen ein paar Mal das Vergnügen. Sie können sehr vertrauenserweckend sein.« Sie bleibt stehen und ich wäre fast in sie hineingelaufen. »Aber überzeugt hast mich letzten Endes du, Hüterin. Du hast das Angebot des anderen Hüters ausgeschlagen und dadurch wahre Größe bewiesen. Die Worte, die du vorhin zu mir im Kerker gesagt hast, waren genau die, die ich hören musste, um meine letzten Zweifel zu beseitigen. Das heißt nicht, dass ich dir vertraue oder dich mag, aber ich will sehen, was du erreichen kannst.«

Ich nicke. Das ist mehr, als ich mir noch vor ein paar Stunden hätte erträumen können. Narissa folgt mir, widerwillig zwar, aber dennoch ist sie hier.

Langsam schöpfe ich wieder so etwas wie Hoffnung.

Kapitel 11

»Eve!«, ruft Lucian schon, bevor ich die beiden überhaupt gesehen habe, stürmt auf Narissa und mich zu und zieht mich in eine feste Umarmung.

Dankbar atme ich seinen Duft ein, nach dem ich mich seit Tagen verzehrt habe, und schmiege das Gesicht an seine Schulter. Sofort ist Vincent neben ihm und zieht an meinem Zopf, bis ich ihn ansehe. Sein Grinsen ist ansteckend. Ich könnte gerade platzen vor Glück darüber, dass sie endlich wieder bei mir sind. Ich fühle mich sicher und geborgen, während Lucian mich festhält und alles, was mir widerfahren ist, scheint meilenweit entfernt.

»Mach nie wieder so einen Blödsinn«, murmelt Lucian so nah an meinem Ohr, dass mir ein wohliger Schauder durch den gesamten Körper läuft.

»Bestimmt nicht«, antworte ich und klammere mich noch ein bisschen fester an ihn. Mir war gar nicht klar, *wie sehr* ich ihn vermisst habe.

Vincent greift nach meiner Hand und lässt das Feuer zwischen uns hindurchströmen, damit ich endlich wieder sicher auf eigenen Beinen stehen kann. Die Kraft lässt mich die Tage im Kerker und die Entbehrungen vergessen.

»Du siehst furchtbar aus«, sagt Vincent anschließend und mustert mich mit einer hochgezogenen Augenbraue.

Ich grinse zurück. »Danke, ich hab dich auch vermisst.«

»Ah, du bist also doch mitgekommen«, sagt Lucian in einem

Tonfall zu Narissa, den ich nicht einordnen kann, und verschränkt die Arme vor der Brust. In seinem Blick liegt etwas Lauerndes, als er sie mustert, die seinem Starren jedoch mit erhobenem Kinn standhält.

»Kennt ihr euch schon?«, wispere ich zu Vincent, der sich ein Stück zu mir heruntergebeugt hat.

Er wiegt den Kopf hin und her. »*Kennen* wäre wohl zu viel gesagt. Sie hat uns ein paar Mal erwischt, als wir in den Palast gelangen wollten. Schwieriges Unterfangen ohne deine Kraft.« Er lächelt verschmitzt. »Lucian und sie sind dann aneinandergeraten. Teilweise ziemlich heftig. Irgendwann ist ihr rausgerutscht, dass sie wohl auch ein Wächter sei. Und da du sie mitgebracht hast, scheint das auch zu stimmen.« Er mustert Narissas hochgewachsene Gestalt einen Moment versonnen, ehe er fortfährt: »Nicht, dass es mich stören würde, eine weitere Frau dabeizuhaben.«

Mir entgeht nicht, wie er ihren Körper von oben bis unten begutachtet und ich gebe ihm einen Klaps auf den Arm. »Du bist echt unmöglich!«, tadle ich ihn, kann das Lachen aber nicht unterdrücken.

Durch mein Kichern drehen sich auch Narissa und Lucian zu uns um. Beide sehen nicht fröhlich aus, doch wegen ihrer sauertöpfischen Mienen muss ich noch lauter lachen. All der Stress und die Angst der letzten Tage fällt von mir ab, als ich lache, bis mir der Bauch wehtut und Tränen meine Wange hinunterkullern.

Wahrscheinlich muss ich aussehen wie eine Geistesgestörte, aber das ist mir egal. Ich bin einfach nur heilfroh, aus diesem Loch raus und wieder bei meinen Wächtern zu sein.

»Alles in Ordnung mit dir?«, fragt Lucian, als ich nach Luft schnappe und sich ein fieser Schluckauf einstellt.

Ich winke ab und stemme eine Hand gegen die Seite. »Alles gut«, japse ich.

Die Antwort scheint Lucian nicht zufriedenzustellen, doch Vincent kommt ihm zuvor. »Ich bin dafür, dass wir von hier verschwinden und so viel Strecke wie möglich zwischen uns und die königlichen Wachen bringen. Wenn sie merken, dass ihre Gefangene und die Kommandantin verschwunden sind, werden sie uns jagen. Bis dahin wäre ich gern aus der Stadt raus.«

Lucian starrt Narissa noch immer finster an und ich berühre ihn kurz am Arm, um seine Aufmerksamkeit zu bekommen. »Lass uns gehen«, sage ich, als er endlich zu mir schaut. »Sie ist in Ordnung.«

Narissa gibt ein unfeines Schnauben von sich, als sie an Lucian und mir mit erhobenem Haupt vorbeimarschiert.

»Ich werde sie im Auge behalten«, verkündet Lucian düster und zieht mir die Kapuze wieder über den Kopf. »Der Wagen steht hinter der Kurve da vorne. Du solltest etwas essen und dich ordentlich ausschlafen. Vinc hat recht, weißt du? Du siehst furchtbar aus.«

Ich strecke ihm die Zunge raus, drehe mich um und eile den anderen hinterher. Mit einem leisen Glucksen folgt Lucian mir durch die leeren Gassen hinaus aus der Stadt und in den angrenzenden Wald hinein.

***

Keine Ahnung, wie viel Zeit vergangen ist, als ich aufwache. Lucian meint, ich hätte geschlafen wie eine Tote, aber das hatte ich wohl auch bitter nötig. Seit Tagen fühle ich mich zum ersten Mal wieder erfrischt und munter, als ich die Augen aufschlage.

Narissa sitzt mir gegenüber auf der Ladefläche des Karrens, während Lucian und Vincent auf dem Kutschbock Platz genommen haben.

»Wohin fahren wir?«, frage ich, als ich mir den Schlaf aus den Augen reibe und mich ausgiebig strecke, bis mehrere Wirbel im Rücken knacken.

»Zur Grenze.« Es ist Narissa, die mir antwortet, und ich bin ziemlich erstaunt darüber. Aber vielleicht sollte ich es als gutes Zeichen werten. Dass sie sich einbringen will oder so.

»Was wollen wir dort? Sind wir noch nicht weit genug von der Hauptstadt weg?«

Das Schweigen von Lucian und Vincent macht mich nervös.

»Hey, Jungs, ich rede mit euch«, versuche ich es erneut, doch ich starre nur auf ihre Rücken, und keiner hält es für nötig mir zu antworten. Also wende ich mich wieder an Narissa. »Was ist hier los?«

Sie kaut unentschlossen auf ihrer Unterlippe herum, ehe sie mich wieder ansieht. »Ich habe ihnen von ihm erzählt. Dem Flügelmann, der dich im Kerker besucht hat. Ich habe ihnen gesagt, dass du ihn kanntest.«

Ein ungutes Gefühl beschleicht mich. »Was hast du ihnen noch erzählt?«, frage ich so leise wie möglich. Hat sie ihnen gesagt, dass das für mich alles nur ein Spiel ist?

»Sie wissen von dem Pakt mit dem König. Und dass du ihn zurückgewiesen hast.«

»Was übrigens sehr dumm war«, mischt sich nun doch Lucian ein, schaut aber nicht zu uns nach hinten.

»Du hast ja keine Ahnung«, presse ich zwischen zusammengebissenen Zähnen hervor. »Du kennst ihn nicht. Sobald er es für richtig erachtet hätte, hätte mir Killswitch ein Messer in den Rücken gejagt.«

»Und doch wäre uns diese Allianz vorerst nützlich gewesen«, wirft Vincent ein, der den Wagen lenkt. »Wir hätten Informationen bekommen können. Wie viele Wächter sie schon gefunden haben zum Beispiel.«

»Oder wie viele das Wasservolk schon hat«, ergänzt Lucian. »Denn deren Hüter scheinst du ja auch zu kennen.« Nun dreht er sich doch zu mir um. Der Blick aus seinen silbernen Augen ist eiskalt wie Stahl und ich sinke augenblicklich ein Stück in mich zusammen. »Wann wolltest du uns das erzählen, Evelyn?«

Ah, wir sind also wieder bei *Evelyn*.

Noch nie hat mich die Nennung meines vollen Namens so wütend gemacht. Sie haben ja keine Ahnung! Doch wie viel kann oder muss ich ihnen erzählen, damit sie es verstehen?

Ich kann nicht abschätzen, was es für Auswirkungen hat, wenn ich ihnen die Wahrheit sage. Wie werden sie es aufnehmen, wenn sie erfahren, dass sie eigentlich nichts weiter als Programme sind? Dass ihre ganze Vergangenheit nichts weiter als ein Code ist und dass keiner von ihnen real ist, bis auf mich?

Kann ein Programm das überhaupt verstehen und verarbeiten? Oder löse ich damit einen *fatal error* aus?

Zu viele Variablen, zu viele Ungereimtheiten. Also beschließe ich, lieber den Mund zu halten und ihnen nur das zu erzählen, was sie unbedingt wissen müssen.

»Sie kommen aus meiner Welt. Die beiden anderen Hüter, meine ich. Ich kenne die beiden schon seit einigen Jahren. Wir … haben zusammengearbeitet. Killswitch, der Hüter der Flügelmänner, ist ein Trottel. Ich bin mir sicher, dass er noch nicht nach seinen Wächtern gesucht hat, weil er viel zu sehr damit beschäftigt ist, Allianzen zu seinem Vorteil zu schmieden. Bei Thunderstrike, dem Hüter der Wasserwesen, bin ich mir jedoch nicht so sicher. Er ist ein Stratege und ein sehr guter dazu. Er wird alles daransetzen, dieses Spi … ähm … diesen Krieg zu gewinnen.«

»Trotzdem hätten wir diesen – wie nanntest du ihn? – Killswitch noch für unsere Zwecke nutzen können«, beharrt Lucian.

»Ich habe das dumpfe Gefühl, dass wir ihm noch früh genug wieder über den Weg laufen werden. Er ist niemand, der einfach aufgibt. Er mag ein Trottel sein, aber Aufgeben ist für ihn keine Option. Genauso wenig wie für mich.«

Ich schaue Lucian und Narissa fest in die Augen, bevor ich fortfahre: »Es ist egal, ob ich die beiden anderen Hüter kenne oder nicht. Wichtig ist, dass wir bereits drei Wächter gefunden haben. Uns fehlt nur noch ein einziger, dann können wir die Göttin erwecken und den Krieg beenden.«

»Und wo finden wir den vierten Wächter?«, fragt Narissa.

Ich blicke Hilfe suchend zu Lucian, doch der hat sich bereits wieder nach vorn gewandt und starrt auf die Straße. Was ist nur los mit ihm und Vincent? Seit ich im Kerker war und Narissa als Wächterin mitgebracht habe, verhalten sie sich seltsam.

Vielleicht sollte ich ihn einfach fragen, was sein verdammtes Problem ist. Sonst bin ich auch immer sehr direkt und falle am liebsten mit der Tür ins Haus, doch bei Lucian ist es irgendwie anders. Ihn umtänzele ich vorsichtig, immer darauf bedacht, keinen falschen Schritt zu tun. Bei jedem anderen würde ich den Kopf schütteln wegen dieses kindischen Verhaltens.

Wenn ich so darüber nachdenke, ist meine Beziehung zu Lucian mehr als eigenartig. Entweder stehen wir uns sehr nah oder wir wollen uns am liebsten die Augen auskratzen. Ein Dazwischen scheint es für uns nicht zu geben. Beides sind aber keine guten Ausgangspunkte für eine professionelle Hüter-Wächter-Beziehung, wobei ich glaube, dass es für uns kein *»professionell«* geben kann.

Seufzend lege ich den Kopf auf die angewinkelten Knie. Ich war noch nie gut in so was. Mein einziger, richtiger Freund war ein Kerl, den meine Eltern für mich ausgesucht hatten, und auch das ging nicht lange gut. Kaum hatten wir unser Abitur gemacht, ging er in eine andere Stadt, um zu studieren. Bereits in der zweiten Woche erreichten mich Gerüchte darüber, dass er sich durch einige Betten geschlafen hätte. Das Ganze endete eher … unschön. Seitdem beschränkten sich meine Männerbekanntschaften auf sehr kurze Intermezzos.

Warum mache ich mir eigentlich jetzt Gedanken über so etwas? Mein Blick huscht zu Lucian, der mir noch immer den Rücken zugewandt hat, gleitet über seine breiten Schultern, das verwuschelte schwarze Haar und den markanten Kiefer, den ich im Profil sehe. Er sieht fast so aus wie ein Disney-Prinz, so perfekt, wenn er nur öfter lächeln würde.

Ich bin eindeutig schon viel zu lange hier. Langsam verwischen in meinem Gehirn die klaren Abgrenzungslinien von *Wirklichkeit* und *Spiel*. Das ist verdammt gefährlich und ich muss dringend damit aufhören.

»He!« Narissa wedelt mit ihrer Hand vor meinem Gesicht und ich muss mehrmals blinzeln, um aus meinen Gedanken aufzutauchen. »Ich hab dich gefragt, wie dein Plan ist, um den vierten Wächter zu finden. Ich würde die ganze Sache nämlich gern schnell hinter mich bringen. Schließlich hab ich auch noch andere Dinge zu tun, als mit euch durch die halbe Welt zu reisen.«

Ehe ich es verhindern kann, verziehe ich das Gesicht. Sieht das für sie vielleicht so aus, als wäre das ein Vergnügungsausflug?

Ruhig bleiben, Eve. Ruhig und professionell.

Ich hebe die Kette ein Stück hoch und lasse das Amulett vor ihrer Nase baumeln. »Siehst du das? Das ist das Amulett der Göttin Gaia. Mit seiner Hilfe kann ich die Wächter finden. Es hat mich auch in den Palast geführt.«

Sie rümpft die Nase. Diese Frau kann wirklich Gesichtsgymnastik. »Und weiter? Zeigt dann ein Strahl aus dem roten Stein direkt auf den Wächter oder so?«

»Ähm, nein. Er pulsiert. Und dann weiß ich, dass ein Wächter in der Nähe ist«, erkläre ich ihr bemüht ruhig.

»Und in welchem Radius schlägt das Amulett an?«

Ihre Fragen fangen an mich zu nerven. »Keine Ahnung. Ich habe es noch nie nachgemessen. Im näheren Umkreis eben.«

»Das heißt also, wir könnten an einem Dorf vorbeifahren und den Wächter verpassen? Oder dass wir durch Städte latschen müssen, in der Hoffnung, dass das Ding da pulsiert? Na großartig.«

Ihre Stimme trieft nur so vor Sarkasmus und meine Hand zuckt im Verlangen ihr eine zu scheuern. Auch meine Armmuskeln betteln bei meinem Großhirn bereits um die Erlaubnis, zum Schlag ausholen zu dürfen, und nur zu gerne würde ich diese Erlaubnis erteilen. Ein roter Handabdruck würde sich bestimmt ganz hervorragend in ihrem Gymnastikgesicht machen.

Nur mit Mühe schlucke ich den Ärger und das Verlangen, rohe Gewalt anzuwenden, hinunter. Das ist doch sonst gar nicht meine Art. Ich bin eine Strategin. Ich meide offene Kämpfe. Und ich kann mir keine Zwistigkeiten leisten. Nicht mit meinen Wächtern, denn ohne sie bin ich auf ewig hier gefangen. Aber es fällt mir nicht leicht, zurückzustecken, denn diese Frau legt es geradezu darauf an, mich auf die Palme zu bringen.

»Wenn du einen besseren Vorschlag hast, bin ich ganz Ohr«, säusele ich, so nett ich nur kann.

Narissas fast schwarze Augen blitzen. Auch ihr ist dieser falsche Unterton nicht entgangen. »Mir würde es nicht im Traum einfallen, mich in deine Angelegenheiten einzumischen. Schließlich bist du doch die Hüterin, nicht wahr? Es ist deine Aufgabe, die Wächter zu finden. Wir«, mit einer Handbewegung schließt sie sich und die beiden Männer ein, »sind nur schmückendes Beiwerk.«

»Ich würde gern aus euren Streitereien rausgehalten werden«, beschwert sich Vincent, doch ich höre die unterdrückte Belustigung in seiner Stimme.

Schön, dass sich zumindest einer hier amüsiert …

»In den Städten waren wir bereits«, teile ich Narissa mit. »Wir müssen nur noch die kleinen Weiler besuchen.«

Sie zieht skeptisch eine Augenbraue nach oben. »Und was, wenn der Wächter gerade unterwegs war, als ihr durch die Stadt geschlendert seid? Wenn er gerade Waren in einen Nachbarort gebracht hat oder etwas in der Art? Dann hättet ihr ihn verpasst.«

Ich knirsche mit den Zähnen. *Ich verpasse* dir *gleich was!*

Aber sie hat recht, so widerwillig ich das auch zugeben muss. Daran habe ich noch gar nicht gedacht. Anders als normale NPCs, scheinen sich die Wächter frei in der Welt bewegen zu können. Das bedeutet, dass der vierte Wächter überall sein könnte.

»Dann fangen wir eben wieder von vorn an. Wir *werden* den vierten Wächter finden und die Göttin erwecken«, verkünde ich selbstsicher.

»Entschuldige, wenn ich deinen Optimismus nicht teile, Hüterin«, sagt Narissa kopfschüttelnd. »Deshalb sind wir auf dem Weg zur Grenze.«

»Was wollen wir dort?«, frage ich erneut. Bevor das Gespräch so aus dem Ruder gelaufen ist, habe ich diese Frage schon einmal gestellt.

Narissa dreht ihren Kopf weg von mir und schaut nach vorne. »Wir besuchen den Schrein der Göttin.«

Ich runzele die Stirn. Was soll ich bei einem verdammten Schrein? »Vincent ist doch der Hohepriester der Göttin. Der Schrein ist ganz woanders.«

»Nein.« Narissa schaut mich an, als würde sie einem kleinen Kind zum hundertsten Mal dasselbe erklären. »Vincent ist der Hohepriester im *Tempel* der Göttin, wo die Priester ausgebildet werden, die das Wort der Göttin dann in die Welt tragen. Der *Schrein* ist etwas völlig anderes.«

»Es ist eine Höhle«, sagt Vincent und hält mich so davon ab, Narissa an die Gurgel zu gehen. »Eine Höhle, die tief unter die Erde führt. Der Legende nach soll dort die Göttin schlafen. Wenn Gebete im Schrein gesprochen werden, soll sie sie erhören.«

Endlich ist es an mir, Narissa überheblich anzuschauen. »Du willst also unter einem Haufen Gestein ein Gebet sprechen? *Das* ist dein Plan?«

Narissa zuckt mit den Schultern. »Immerhin *habe* ich einen Plan, nicht wahr?«

Okay, Wächterin oder nicht, ich werde diese Frau eigenhändig umbringen. Jetzt sofort, und es ist mir scheißegal, ob ich dann auf ewig in diesem blöden Spiel festhänge. Sie hat meine Geduld, die ohnehin schon seit Monaten nur an einem dünnen Fädchen hing, endgültig überstrapaziert.

Ohne es bewusst zu merken, bin ich aufgesprungen und will auf diese blöde Kuh losgehen, als Lucian mich grob am Arm packt und zurückhält.

»Beruhige dich, Eve! Was ist bloß los mit dir?«

Ja, das ist eine gute Frage. Normalerweise neige ich nicht zu Gewaltausbrüchen, bis auf wenige Male, in denen ich meine Tastatur gegen die Wand geschleudert habe, weil ich wieder einmal verloren hatte.

Als ich Narissas gehässiges Grinsen sehe, weiß ich wieder, warum ich so auf hundertachtzig bin.

»Was hab ich dir eigentlich getan?«, zische ich, nachdem ich mich wieder hingesetzt habe. »Ich mache das hier für euch – für euer Volk! Ich habe mich nicht freiwillig dafür gemeldet, die Hüterin zu sein.«

Vincent bringt den Karren zum Stehen und dreht sich ebenfalls zu uns um. Ich will ihn anschreien, dass er gefälligst weiterfahren soll – schließlich gibt es hier nichts zu sehen! –, aber ich lasse es bleiben. Er kann nichts dafür, dass ich mich so aufrege, und es wäre unfair, ihn deswegen anzuschnauzen.

»Das hörte sich im Kerker aber noch ganz anders an.«

Ein fester Knoten bildet sich in meinem Magen und ich halte die Luft an. Wird sie erzählen, was Killswitch und ich besprochen haben?

»Was meint sie damit, Eve?« Lucians Silberblick liegt scheinbar ruhig auf mir, doch ich merke, dass unsere Auseinandersetzung auch an ihm nicht spurlos vorbeigegangen ist.

»Nichts«, fauche ich. »Können wir jetzt endlich zu diesem bekloppten Schrein fahren?«

Ich wage es nicht, Lucian oder Vincent anzusehen, denn ich bin mir sicher, dass es mir ins Gesicht geschrieben steht, was ich denke.

»Ihr seid ihr vollkommen egal. Genauso wie all die anderen Menschen hier. Ist es nicht so, Hüterin?«

Die Stille um mich herum ist fast körperlich spürbar. Keiner sagt etwas und ich könnte schwören, dass sie nicht einmal mehr atmen, sondern mich einfach nur anstarren.

»Du Miststück!«, schleudere ich ihr entgegen, ehe ich vom Wagen springe und ziellos in den Wald renne.

***

Diese verdammte Hexe! Wie kann sie es *wagen!?* Sie macht alles kaputt!

Was ist, wenn sich nun auch Lucian und Vincent gegen mich stellen? Wenn ich den Rückhalt all meiner Wächter verliere, nur weil sie mir eine reinwürgen will? Dann würde ich ewig hier festsitzen und müsste dabei zusehen, wie Killswitch, nein, wohl eher Thunderstrike dieses Spiel gewinnt. Ich würde verlieren. Und diesmal gäbe es keinen *Game-over-Screen* für mich, weil ich verdammt noch mal in diesem blöden Spiel festhänge!

Ich trete mit voller Wucht gegen einen wehrlosen Baumstamm und sinke einen Augenblick später schreiend auf die Knie. Mein Fuß pocht höllisch. Hoffentlich habe ich mir nichts gebrochen ...

Warum muss sich hier alles so real anfühlen? Es ist doch nur ein Spiel! Aber das stetige Pochen in meinem Fuß, das langsam über meine Wade nach oben kriecht, ist eindeutig echt und fühlt sich komplett anders an als die Simulationen, die wir durchlaufen haben, als uns die Chips in den Nacken gepflanzt wurden.

Hätte ich mich doch bloß nie auf dieses dämliche Experiment eingelassen! Aber was gibt es für einen Gamer wie mich Besseres, als Teil des Spiels zu werden?

Ich lehne mich an den Baumstamm, den ich eben noch fies getreten habe, und lagere meinen schmerzenden Fuß ein Stück höher.

Toll. Nun sitze ich hier mitten im Nirgendwo, mutterseelenallein, und kann nicht einmal fliehen, wenn ich von irgendwas angegriffen werden sollte.

Es ist zum Kotzen! Dieser Baum, meine Wächter, meine Aufgabe, diese Welt – einfach alles!

Mehrere Male lasse ich meinen Kopf nach hinten gegen die Baumrinde schlagen. Ich schaffe das nicht mehr. Es muss doch einen anderen Weg geben, um mich auszuloggen. In den letzten Monaten habe ich aufgehört, nach einer Lösung für den fehlenden Auslogg-Button zu suchen und mich an das Beenden des Spiels geklammert.

Wenn all meine Wächter nett und hilfsbereit wären, hätte ich kein Problem mit diesem Spiel. Aber nein! Wächter eins muss ja aussehen wie ein Disney-Prinz und mich buchstäblich um den Verstand bringen und Wächterin drei muss sich als das größte, je erschaffene Miststück herausstellen. Und ich weiß nicht einmal, warum sie so einen Hass auf mich hat. Was habe ich ihr denn getan? Diese dämliche Kuh! Am liebsten würde ich sie achtkantig aus unserem Team schmeißen, nur dummerweise geht das nicht. Sie ist ein essenzieller Bestandteil des Teams, ob es mir nun passt oder nicht. Irgendwie muss ich einen Weg finden mit ihr auszukommen oder ich kann die ganze Sache abblasen und mich damit abfinden, für immer an diesem Ort gefangen zu sein.

War es nicht sogar so, dass die unterlegenen Hüter und Wächter sterben, sobald die gegnerische Gottheit erweckt wird? Ich hätte Vincent bei seinen Erklärungen wirklich besser zuhören sollen …

Fröstelnd schlinge ich die Arme um mich. Das Beste wäre, wenn ich allen die Wahrheit sage. Und damit meine ich die *gesamte* Wahrheit. Ob sie das überhaupt verstehen können, steht auf einem anderen Blatt. Meine Angst ist noch immer, dass ich damit einen Systemfehler auslöse, der fatale Folgen haben kann.

Andererseits scheint Narissa meine Unterhaltung mit Killswitch sowohl gehört als auch verstanden zu haben. Und sie ist noch hier. *Leider.*

Seufzend lasse ich den Kopf hängen. Egal, wie ich es drehe und wende, es wird nicht einfach für mich werden.

Ein Rascheln schreckt mich auf und ich schaue panisch nach allen Seiten.

»Wenn ich es gewollt hätte«, ertönt eine Stimme direkt hinter mir und beschert mir dadurch fast einen Herzstillstand, »hätte ich dir jetzt ohne Probleme die Kehle durchschneiden können.«

»Mach das nie wieder, Narissa!«, schnaube ich und packe mir an die Brust, um mein wild klopfendes Herz festzuhalten, ehe es herausspringt.

Unbeeindruckt schlendert sie um mich herum und geht mir gegenüber in die Hocke. »Deine beiden Wächter meinen, ich soll schauen, wo du bist. Immerhin sei ich der Grund, weshalb du abgehauen bist, zumindest laut ihnen.«

»Allerdings«, knurre ich. Nicht einmal mitten im Wald hat man vor dieser blöden Trulla Ruhe. Und mit meinem schmerzenden Fuß – ich glaube wirklich, dass da was gebrochen ist – kann ich noch nicht mal abhauen.

»Dabei habe ich doch nur die Wahrheit gesagt«, murmelt sie beiläufig, lässt mich jedoch nicht aus den Augen.

»Es geht darum, wie du es gesagt hast.«

»Als Hüterin bist du es wohl nicht gewohnt, dass man dir Widerworte gibt? So läuft es aber manchmal im Leben.«

»Auf deine Lebensweisheiten kann ich verzichten, vielen Dank!«, schnappe ich. »Es wäre schön, wenn du mich jetzt wieder allein lassen würdest.«

»Das halte ich für keine gute Idee. Wir befinden uns nah an der Grenze und ich bin mir sicher, dass es in diesem Wald vor Wasserwesen nur so wimmelt.«

Mir läuft es eiskalt den Rücken hinunter, als ich mich an meine letzte Begegnung mit einem der Fischmänner erinnere. »Aber hier ist weit und breit kein Wasser. Wie soll hier einer der Fischmänner sein?«

Narissas Blick wird lauernd, während sie ihn scheinbar ziellos nach rechts und links wandern lässt. »Nicht alle von ihnen brauchen Wasser, weißt du?«

Ob sie recht damit hat, dass hier überall Fischmänner lauern können? Oder ob sie mir nur Angst machen will? Bei Narissa weiß ich einfach nicht, woran ich bin oder wie ich mit ihr umgehen soll. Gestern hat sie mich aus dem Kerker befreit, hat sich gegen ihren geliebten König gestellt und ist freiwillig mit mir gekommen. Heute fällt sie mir bei allem, was ich tue, in den Rücken.

»Ist es wahr?«, fragt sie nach einer gefühlten Ewigkeit und ich glaube im ersten Moment, mich verhört zu haben, doch dann legt sich ihr Blick wieder forschend auf mich. »Was du zu dem Flügelmann im Kerker gesagt hast, meine ich. Ist das hier alles nicht real aus deiner Sicht?«

Ich weiche ihrem Blick aus. »Es ist wahr«, gebe ich zu, weil ich es leid bin, mir irgendwelche Geschichten auszudenken. Früher oder später werden sie alle doch die Wahrheit erfahren müssen. »Von meinem Standpunkt aus befinden wir uns alle in einem Spiel, einem Computerprogramm, das nicht real ist, sondern nur in meinem Kopf geschieht.« Ich lege meinen Zopf nach vorne und zeige auf den Knubbel im Nacken. »Dort drin sitzt ein Gerät, mit dessen Hilfe ich meinen Geist direkt in dieses Programm projizieren kann. Ich kann mich bewegen, sprechen, alles wie im wirklichen Leben machen.« Ich lasse die Hand sinken und schaue ziellos in den Wald. »Aber ich komme hier nicht mehr weg. Normalerweise sollte es eine Vorrichtung geben, um sich aus dem Spiel auszuloggen, um die Verbindung zwischen dem Gerät und meinem Geist zu beenden. Aber die gibt es nicht. Ich habe schon alles probiert, aber ich sitze hier fest, und das schon seit Monaten. Meine einzige Möglichkeit, wieder in meine normale Welt zu kommen, ist, das Spiel als Sieger zu beenden und die Göttin zu erwecken.«

»Was passiert, wenn du das nicht schaffst?«

Ich schüttele den Kopf und ringe die Hände im Schoß. »Ich weiß es nicht. Es ist möglich, dass das gesamte Spiel auch beendet wird, wenn einer der anderen Hüter gewinnt, aber das kann ich nicht mit Sicherheit sagen. Vielleicht stecke ich dann auch für immer hier fest, allein in einer fremden Welt, während mein Körper in der realen Welt vor sich hin vegetiert.«

Narissa setzt sich mir gegenüber in den Schneidersitz, ehe sie flüstert: »Und was ist mit uns? Mit unseren Erinnerungen? Ich erinnere mich an meine Eltern, an meine Geschwister, an das Dorf, in dem ich aufgewachsen bin. Das soll alles nicht real sein?«

Wieder schüttele ich den Kopf. »Das alles sind Informationen, die dir das Programm eingeflößt hat. Nichts davon ist passiert.« Ich blicke ihr jetzt direkt in die Augen. »Du existierst nicht wirklich. Keiner von euch tut es. Wenn das Spiel beendet wird, werdet auch ihr verschwinden. Diese ganze Welt wird zu Nichts.«

Zum ersten Mal sehe ich so etwas wie blankes Entsetzen in ihrem Blick. Beinahe empfinde ich so etwas wie Mitleid mit ihr. Aber wirklich nur beinahe.

»Und ... wenn keiner der Hüter es schaffen würde, das Spiel zu beenden? Könnten wir dann weiterexistieren?«

Es tut mir weh, ihr diesen Hoffnungsschimmer zu nehmen, doch ich muss es tun. »Theoretisch ja. Aber dann wären wir drei Hüter auf ewig in dieser Welt gefangen. Wir könnten niemals nach Hause gehen.«

»Wäre das nicht ein kleiner Preis für das Leben von Tausenden? Von drei ganzen Völkern?«

Ich seufze. »Alles, was ich dir erzählt habe, sind Theorien. Ich habe keine Ahnung, ob es überhaupt möglich ist, sich gegen den Spielabschluss zu weigern. Und ich habe keinen Einfluss auf die Handlungen der anderen Hüter. Ich kenne sie beide. Sie stammen aus meiner Welt und wir sind schon seit Ewigkeiten Konkurrenten. Sie sind Gamer, genau wie ich, und werden nicht freiwillig aufgeben und ein Spiel verlieren. Außerdem werden auch sie genauso wie ich wieder nach Hause wollen.«

Narissa schaut zu Boden. Ihre Miene ist für mich unmöglich zu lesen.

»Es tut mir leid«, flüstere ich. »Mir fällt der Gedanke auch nicht leicht, dass diese Welt nicht mehr existieren soll. In den Monaten, die ich nun hier bin, habe ich Freunde gefunden. Beinahe so etwas wie eine Familie. In meiner wirklichen Welt kenne ich dieses Gefühl der Geborgenheit nicht, weil sich meine wahre Familie einen Dreck um mich schert. Ich bin so was wie das schwarze Schaf, das sie am liebsten verstecken und bei dem sie lieber schnell das Thema wechseln, wenn die Sprache auf mich kommt. Aber dennoch … das hier ist nicht die Wirklichkeit. Es ist eine Illusion.«

»Ich verstehe«, murmelt Narissa. »Jedenfalls irgendwie, zumindest deine Sicht. Mir geht nur nicht in den Kopf, dass alles, was ich jemals erlebt habe, nicht wirklich passiert sein soll.« Sie steht auf, um direkt danach vor mir niederzuknien. Ich bin im ersten Moment so überrascht, dass ich ein Stück zurückweiche. »Bitte verzeih mir, dass ich mich so unmöglich benommen habe. Ich verstehe nun, dass du alles versuchst, was in deiner Macht steht, um die Göttin zu erwecken. Ich werde dir als Wächterin dabei zur Seite stehen. Bis zum Ende, wie immer das auch ausfallen mag.«

»Schon okay«, murmele ich. »Du wusstest es nicht besser. Ich wäre trotzdem froh, wenn wir es vor den anderen geheim halten könnten, dass ihre Welt nicht real ist.«

Narissa nickt. »Ja, das wäre wohl das Beste. Sie werden es noch früh genug erfahren.« Sie steht auf und streckt mir dann die Hand hin. »Es wird spät. Lass uns zurück zu den anderen gehen.«

Ich zeige auf meinen Fuß. »Ich glaube nicht, dass ich zurücklaufen kann.«

Sie hält mir auch ihre andere Hand hin. »Dann werde ich dich tragen. Zu irgendwas wird meine Verwandlung schon gut sein. Die

Heilung deiner Verletzung überlasse ich aber lieber Lucian, damit habe ich keine Erfahrung.«

Ich zögere. Bisher habe ich es noch nicht geschafft, eine Verwandlung meiner Wächter nur durch die Berührung der Hände auszulösen, aber Narissa zu küssen steht für mich außer Frage!

Doch ich muss es versuchen. Also schließe ich die Augen und konzentriere mich auf meine Atmung, so wie Vincent es mir während unseres Trainings gezeigt hat. Ich suche die Kraft, die wie ein wirbelndes Chaos in mir lodert und nur darauf wartet, freigelassen zu werden, und dirigiere sie direkt in meine Handflächen. Als ich der Meinung bin, genügend Kraft zusammengezogen zu haben, öffne ich meine Augen und umfasse Narissas Hände.

Augenblicklich lodern ihre Augen in einem warmen Rotorange und sie fällt auf alle viere. Ihr Gesicht sowie ihre Arme und Beine strecken sich und Flammen lodern um sie herum auf.

Nur einen Wimpernschlag später hat sich ihr Körper komplett verändert. Vor mir steht nun nicht mehr Narissa, sondern ein großes weißes Pferd, dessen Mähne und Schweif aus Feuer bestehen. Auch an den Hufen blitzen kleinere Flammen auf, als sie damit aufstampft und mich anwiehert.

»Du hattest recht. Deine Gestalt *ist* zu etwas gut«, sage ich grinsend. So muss ich zumindest nicht zurücklaufen.

Das Pferd geht vor mir in die Knie und ich hieve mich wenig elegant auf seinen Rücken. Ohne Sattel und Zaumzeug frage ich mich kurz, woran ich mich festhalten soll. Mein gesunder Menschenverstand verbietet mir immer noch, direkt in die Flammen zu greifen, obwohl auch jetzt das Feuer bis zu mir züngelt und ich, bis auf die warme Energie, die meinen Körper durchfließt, nichts spüre.

Als ich mich gerade aufrecht hingesetzt habe, stürmt Narissa bereits los, und mir bleibt nichts anderes übrig, als mich nach vorn zu beugen und die Arme um ihren Hals zu legen, um nicht gleich wieder runterzufallen.

Als wir endlich beim Karren ankommen, beäugen uns Lucian und Vincent bereits von Weitem skeptisch und mit den Händen an den Waffen.

»Alles okay!«, rufe ich und winke ihnen zu, um sie zu beruhigen.

Vincent ist als Erster bei uns und fährt Narissa vorsichtig, beinahe andächtig mit der Hand über die Nüstern. »Ist das Narissa?«, fragt er grinsend. »Siehst gut aus. Fast besser als normal.«

Als Antwort schnappt das Pferd nach seiner Hand und lässt die Zähne geräuschvoll aufeinanderschlagen.

»Ist ja schon gut.« Vincent hebt beschwichtigend die Hände – in sicherem Abstand – und geht um Narissa herum, um mir runterzuhelfen.

»Warte«, sagt Lucian und eilt zu mir, wobei er Vincent aus dem Weg schiebt. »Sie ist verletzt, siehst du das nicht?«

Ich starre verdutzt auf den schwarzen Haarschopf, der sich über meinen pochenden und bestimmt mittlerweile auch geschwollenen Fuß beugt, und beiße die Zähne zusammen, als er den Stiefel auszieht, in dem der Fuß immer noch steckt. Verdammt, tut das weh!

»Scheint gebrochen zu sein«, murmelt Lucian, während er vorsichtig meine enge Lederhose ein Stück höher schiebt und mit dem Daumen sanft über den Fußspann streicht. Die leichte Energie, die von seiner Berührung ausgeht, schwächt den Schmerz augenblicklich ab.

»Woher wusstest du das?«, fragt Vincent, der sich neugierig über Lucians Schulter beugt.

»Woher wusste ich was?«

»Dass sie verletzt ist. Ich hab's nicht gesehen.«

Vincent wirft mir einen entschuldigenden Blick zu, doch ich schüttele nur leicht den Kopf. Woher sollte er es auch wissen? Mich wundert eher, dass Lucian es sofort gemerkt hat. Hat er neuerdings einen Röntgenblick? Uuh, gruselige Vorstellung …

Lucian wirft einen Blick über seine Schulter und Vincent geht einen Schritt auf Abstand. Dann schiebt er mir einen Arm unter die Kniekehlen und hebt mich von Narissas Rücken, als würde ich nichts wiegen. Ich bin völlig überrumpelt und klammere mich an seinem Hals fest, während mein Herz viel zu schnell hämmert.

Er trägt mich zum Karren und setzt mich auf die Ladefläche, bevor er sich vor mich kniet und wieder meinen Fuß befühlt. Vincent und Narissa sind nirgends zu sehen. Wohin sind sie denn so schnell verschwunden?

Als mir klar wird, dass das bedeutet, dass ich ganz allein mit Lucian bin, werde ich noch nervöser. Das Kribbeln in meinem Bauch lässt mich keinen klaren Gedanken mehr fassen und ich bin mir sicher, dass er mein pochendes Herz ebenfalls hören kann.

Ich sitze da wie erstarrt, versuche krampfhaft, das nervöse Zittern zu unterdrücken, und weiß nicht, was ich tun oder sagen soll, während er sanft meinen Fuß hochhebt und an ihm herumdrückt. Jede seiner Berührungen schickt einen neuen Stoß Hitze durch meinen Körper. Auch wenn es nicht ganz so intensiv ist, als würden sich unsere Hände berühren, so ist doch das ganze Drumherum anders, intimer. Das hier hat nichts mit einer Hüter-Wächter-Beziehung zu tun, denn das Knistern in der Luft ist beinahe greifbar.

Als er den Kopf hebt, verliere ich mich vollends in diesen silbernen Augen. Sie nehmen mich gefangen und ich sehe mich außerstande, meinen Blick zu lösen. Viel zu fesselnd sind die hellen Sprenkel in einem See aus Quecksilber. Ich habe noch nie etwas so Schönes gesehen.

Die Welt um uns herum scheint zum Stillstand gekommen zu sein. Ich nehme nichts wahr, außer seinem Blick, der jede Regung meines Gesichts abtastet. Ist er auch so angespannt wie ich? Spürt er diese Verbindung zwischen uns oder bilde ich mir das nur ein?

Kein Wort kommt über meine Lippen und wenn, würde es diesen Augenblick nur verderben, denn ich wüsste eh nicht die passenden

Worte für das, was ich gerade fühle. Meine stolze Fassade bröckelt zusehends. Noch nie in meinem Leben spürte ich so widersprüchliche Gefühle in mir.

Er streckt mir stumm die Hand hin, ohne mich aus seinem fesselnden Blick zu entlassen. Und ohne meinen Blick von seinem Gesicht abzuwenden, ergreife ich die dargebotene Hand, wappne mich für den Energiestrom, der unweigerlich folgen wird.

Aber diesmal ist es anders. Das alles verzehrende Feuer, das sonst durch meine Adern rauscht, wenn ich einen meiner Wächter berühre, fühlt sich jetzt eher an wie eine glimmende Wärme, ohne die zerstörerische und mitreißende Kraft, und doch ist es pulsierender, inniger. *Anders.*

Wie von selbst verschränken sich unsere Finger miteinander. Nach ein paar Sekunden verschwindet das silbrige Glitzern aus Lucians Augen und macht orangerot leuchtenden Flammen Platz. Er scheint von innen heraus zu leuchten und ich brenne mir diesen Anblick fest ins Gedächtnis. Niemals möchte ich dieses wunderschöne Farbspiel seiner Augen vergessen. Obwohl ich genüsslich die Lider schließen will, einfach weil das Feuer diese wohlige Wärme in mir auslöst, lasse ich sie offen und starre ihn weiter an. Und auch er nimmt den Blick nicht von mir.

Ich weiß nicht, wie lange wir uns in den Augen des anderen verlieren, doch irgendwann schaut er zur Seite und windet seine Finger aus meinen. Sanft zwar, doch trotzdem schnürt es mir die Kehle zu. Die Kälte in meiner Handfläche, ohne seine an ihr, lässt mich zittern. Ich möchte seine Augen sehen, seinen Blick auf mir spüren, der mir so vieles verheißt, auch wenn ich es mir nur einbilde. Ich brauche die Wärme, die er mir gibt, die so anders ist als das brennende Feuer, das alles auf seinem Weg zerstört und mich dann ins Bodenlose fallen lässt. Auch jetzt habe ich das Gefühl zu fallen und ich habe Angst, dass unten kein Netz auf mich wartet, um mich aufzufangen.

Doch dann senkt er den Kopf, hebt meinen gebrochenen Fuß ein Stück an und fährt federleicht mit seinen Lippen darüber. Augenblicklich stehe ich in Flammen und klammere mich mit beiden Händen an dem rauen Holz der Ladefläche fest, um nicht zusammenzubrechen.

Kurz hebt er den Blick, beobachtet meine Reaktion und ... ist das ein Lächeln, das an seinen Mundwinkeln zupft? Bevor ich genauer hinsehen kann, liegen seine Lippen wieder auf meinem Fußspann. Ich spüre regelrecht, wie das Feuer, das von dieser Berührung ausgeht, meine gebrochenen Knochen einschmilzt und neu zusammenwachsen lässt. Es tut weh, aber ich beiße die Zähne zusammen. Das Einzige, worauf ich mich konzentriere, sind Lucians Finger und Lippen auf meiner Haut. Ich sehe nicht viel – im Grunde nur seinen dunklen Haarschopf –, aber die bloße Vorstellung, wie er mich berührt, lässt mein Blut kochen, auch ganz ohne die Feuerkraft. Unglaublich, was dieser Mann mit mir anstellt. Ich habe fast vergessen, dass ich zu solchen Gefühlen fähig bin.

Nur mit Mühe kann ich meine bereits kribbelnden Finger davon abhalten, durch sein glänzendes Haar zu streichen und sie anschließend tiefer wandern zu lassen. Den Schmerz meiner sich richtenden Knochen habe ich komplett ausgeblendet. Er wird von etwas viel Stärkerem überlagert: Verlangen. Ich kann mich nicht daran erinnern, wann ich jemals etwas so sehr gewollt habe.

Um nichts Unüberlegtes zu tun, kralle ich meine Finger fester in das Holz, auch auf die Gefahr hin, dass ich mir einen Splitter hole. Ich will das hier nicht durch eine dumme Handlung zerstören. Zu lange sind wir bereits umeinander herumgeschlichen, immer darauf wartend, dass der andere den ersten Schritt macht, und im Grunde tue ich das auch jetzt noch. Teilweise aus Angst, teilweise aus Trotz. Ich habe mich schon mehrfach bis auf die Knochen vor ihm blamiert und mir nichts anderes eingehandelt als hämisches Grinsen.

Aber so, wie er mich berührt und ansieht, bin ich mir sicher, dass es ihm genauso ergeht wie mir.

Worauf wartet er?

Worauf warte *ich*?

Wie auf einen stummen Startschuss hin springt er in dem Moment auf, in dem ich meine Hände von der Holzkante löse. Einen Augenblick erstarren wir beide, schauen den anderen an und warten auf eine Reaktion. Für einen Außenstehenden wäre dieser Anblick sicherlich lustig gewesen: wer sich zuerst bewegt, verliert.

Doch dann kommt erneut Bewegung in uns beide. Er stemmt seine Hände seitlich meiner Hüften auf die Ladefläche und ich vergrabe endlich die Finger in seinen seidig weichen Haaren, ziehe seinen Kopf zu mir herunter und berausche mich an seiner Nähe und dem betörenden Duft, der ihn umgibt.

Meine Atmung hat sich in dem Moment verselbstständigt, als er seine Hände neben mich gelegt und sich zu mir heruntergebeugt hat. Nur Zentimeter von meinem Gesicht entfernt hält er inne. Ich spüre seinen Atem auf der Haut und alles in mir schreit danach, diese winzige Strecke zu überbrücken.

Warum tue ich es nicht?

Warum tut *er* es nicht?

Ein forschender Blick liegt in seinen Augen, die noch immer die Farbe eines prasselnden Feuers haben. Gold mischt sich mit Gelb, Orange und Rot. Ein herrliches Farbspiel, dem ich stundenlang zuschauen könnte, wäre da nicht dieses Verlangen, ihm endlich näher zu sein.

Ihn zu küssen. Zwar habe ich ihn schon zweimal geküsst, aber beide Male ging es dabei nicht um irgendwelche Gefühle, sondern nur darum, die Verwandlung hervorzurufen, um unser Leben zu retten. Doch diesmal ist es anders. Diesmal werde ich ihn küssen, weil ich es *will*, nicht weil ich es *muss*.

Die Anspannung zwischen uns ist beinahe nicht mehr auszuhalten. Ich beginne wieder zu zittern, weil sich jeder Muskel, jede Zelle in mir danach sehnt, dass endlich etwas passiert. Ich bin es leid, zu warten. Also verstärke ich den Griff in seinem Nacken und ziehe ihn die letzte Distanz zu mir herunter.

Kapitel 12

»Und was ist dann passiert?« Narissas Blick aus ihren mittlerweile wieder trockenen Augen liegt abwartend auf mir, während sie sensationsheischend auf weitere Details wartet.

Die ich ihr eigentlich nicht erzählen will.

Es war schon ein Fehler, ihr überhaupt etwas davon zu erzählen! Ich hätte es besser wissen müssen. Irrtümlicherweise habe ich nach unserer Aussprache im Wald gedacht, nun eine Freundin gefunden zu haben, denn bei Männern kann Frau sich immer so schlecht ausweinen.

Tja, falsch gedacht!

Mit Tränen in den Augen habe ich ihr erzählt, was passiert ist, immer wieder unterbrochen von neuen Schluchzern, und was macht Narissa? Sie lacht mich aus! Vor lauter Lachen ist sie sogar umgefallen und musste sich den Bauch halten, weil sie Seitenstechen hatte. Dicke Tränen kullerten ihre Wange hinunter. Blöde Kuh! Wie kann man darüber lachen? Ich bin am Boden zerstört!

»Hatte er eine kalte Schnauze oder war sie warm? Du weißt, wenn sie trocken ist, deutet das darauf hin, dass er sich irgendwas eingefangen hat.«

Ich suche irgendetwas, was ich ihr an den Kopf donnern kann. Vorzugsweise etwas Hartes oder Spitzes. Warum macht es ihr so Spaß, auch noch Salz in meine Wunden zu streuen?

Der Anfang lief so gut! Lucians Lippen fühlten sich herrlich weich und gleichzeitig fest auf meinen an und ich schwebte auf Wolke sieben. Doch der Fall von dort oben war tief. Als ich mich fester an ihn presste und den Mund öffnete, um seine Zunge einzulassen, war ich so benebelt von diesem Kuss, dass ich keinerlei Kontrolle mehr über meine Kraft hatte.

Als Resultat stand dann im Nullkommanichts ein brennender Wolf vor mir.

Toll. *Ganz* toll.

Und Narissa findet das auch noch lustig! Mein erster richtiger Kuss mit Lucian und dann endet er in so einer Katastrophe!

»Nun sag schon! Was ist dann passiert? Ist er wirklich einfach abgehauen und hat dich sitzen gelassen?«

Ich knirsche mit den Zähnen. So, wie sie das sagt, klingt es richtig gemein. Im Grunde war es das ja auch. Ich habe nur einen kurzen Blick auf den Feuerwolf erhascht, bevor er herumgewirbelt und im Wald verschwunden ist, während ich allein auf der harten Ladefläche des Karrens zurückblieb, noch immer mit dem Gefühl seiner Lippen auf meinen und benebelt von der Feuerkraft.

Doch Lucian war nicht mehr da. Und er kam auch nicht zurück.

Narissa und Vincent fanden mich dann einige Zeit später, wie ich immer noch frierend auf dem Wagen hockte und mich keinen Zentimeter bewegt hatte. Nicht, weil mein Fuß noch schmerzte – der war wieder wie neu, dank Lucians Behandlung –, sondern weil ich mich über mich selbst ärgerte und nicht wusste, wo ich hingehen sollte. Als Frau schien Narissa sofort zu spüren, dass etwas mit mir nicht stimmte, obwohl ich dieser hochgewachsenen Amazone so viel Feingefühl gar nicht zugetraut hätte.

Doch wie sich nun herausstellt, lag ich mit meiner ersten Einschätzung gar nicht so falsch. Diese Frau hat so viel Feingefühl wie ein Amboss.

Ich verschränke die Arme und schaue in eine andere Richtung. Mittlerweile ist es Nacht geworden. »Wo ist Vincent abgeblieben?«, versuche ich das Thema zu wechseln. »War er nicht bei dir? Ich dachte, wir wollten zu diesem Schrein fahren.«

»Dahin sind wir auch unterwegs. Es ist nicht mehr weit«, erklärt Narissa. Mir entgeht nicht, wie sie der Frage, ob er die ganze Zeit über bei ihr war, ausweicht.

Wenn es nach mir ginge, wäre ich lieber heute als morgen bei diesem Schrein. Vielleicht finden wir dort einen Hinweis auf den vierten Wächter. So wie die Dinge im Moment stehen, möchte ich dieses Spiel so schnell wie möglich beenden. Ich weiß selbst nicht, warum ich mich so für das schäme, was vorhin passiert ist. Vielleicht, weil ich versagt habe, was meine Kraft angeht. Weil ich eben doch nicht so gut bin, wie ich dachte. Als ich Narissa nur durch die Kraft meiner Hände verwandeln konnte, war ich so stolz und so sicher, dass ich nun endlich die Energie kontrollieren könne. Immer. *Tja, falsch gedacht.*

Das Problem ist, dass ich nicht weiß, wie ich Lucian nun gegenübertreten soll. Klar, die Verwandlung war weder gewollt noch geplant, aber warum muss er mich dann einfach sitzen lassen, nach allem, was davor geschehen ist? Bedeute ich ihm so wenig? Bei diesem Gedanken bildet sich ein eisiger Knoten in meinem Magen.

Diese Unsicherheit macht mich wahnsinnig, doch ich habe auch nicht den Mut, ihn direkt zu fragen, selbst wenn er jetzt hier wäre. Wahrscheinlich würde ich mich dann hinter Narissas Rücken verstecken, wenn er in diesem Moment zwischen den Bäumen hervortreten und mich mit seinen Quecksilberaugen mustern würde. Wann bin ich denn zu solch einem Feigling geworden? Ich scheue doch sonst keine Konfrontation. Warum also bei ihm?

Die Antwort ist einfach und verstörend zugleich: Weil er mir etwas bedeutet. Vielleicht zu viel. Ich verrenne mich hier in etwas, dessen Ausgang ich nicht absehen kann, und das ist gefährlich. Ich muss mich auf meine Mission konzentrieren. Nach allem, was ich bisher über dieses Spiel weiß, kann ich nicht ausschließen, dass mein Tod in dieser Spielwelt auch fatale Folgen für meinen richtigen Körper hat. Die Schmerzen, die ich in dieser Welt bereits erfahren habe, waren weder simuliert noch hervorgerufen durch elektromagnetische Impulse eines Spieles – sie waren verdammt real! Und wenn mich hier nach einem *Game over* wirklich der Tod erwartet, will ich mir nicht ausmalen, was mit meinem wahren Körper geschieht.

Ich habe keine Zeit, hier herumzusitzen und Trübsal wegen eines Kerls zu blasen, der noch nicht einmal echt ist! Ich muss dieses Spiel gewinnen, koste es, was es wolle! Und wenn ich dabei über mein gebrochenes Herz, das in tausend Splittern vor meinen Füßen liegt, hinwegsteigen muss, dann ist es eben so.

»Lass uns die beiden suchen«, sage ich zu Narissa, die gerade die Zugtiere füttert. »Wir müssen weiterfahren.«

Sie sieht mich stirnrunzelnd an, während sie einem der Tiere den Rücken tätschelt. »Warum hast du es auf einmal so eilig?«

Ich springe vom Wagen und laufe in die Richtung, in die vorhin auch schon Vincent gegangen ist, um Lucian zu suchen. »Ich will endlich den vierten Wächter finden, darum«, erwidere ich kurz angebunden und stapfe auf die Bäume zu.

»Wir sollten beim Wagen bleiben. Vincent und Lucian kommen schon zurecht.«

Narissa macht keine Anstalten, mir zu folgen. Fein, dann gehe ich eben allein! Ich werde die beiden auch selbst finden und zum Wagen zurückschleifen, damit wir endlich weiterreisen können. So weit weg werden sie schon nicht sein.

Gerade als ich mich durch das dicke Gestrüpp schlagen will, kommen zwei Gestalten auf mich zu. Mit einem Aufschrei weiche ich zurück.

Doch es ist Vincent, der breit grinsend auf mich zukommt, erst Lucian, der neben ihm läuft, auf die Schulter klopft und dann mir, als er an mir vorbeigeht und dabei belustigt gluckst. Was soll das denn bitte? Missmutig starre ich ihm hinterher, sehe, wie er zu Narissa geht und sich mit ihr unterhält. Irgendwie stehen die beiden ganz schön dicht zusammen …

Mein Unmut verraucht schlagartig, als ich wieder nach vorn blicke. Nicht einmal einen Meter entfernt steht Lucian und sieht mich mit einer Mischung aus Sorge und Belustigung an. Schön, dass wenigstens einer von uns – abgesehen von Vincent – hier irgendetwas lustig findet! Doch ich schaffe es nicht, ihn dafür anzugrummeln. Ich schaffe es nicht einmal, den Mund aufzumachen.

Stattdessen stehe ich nur da und schaue ihn an, bin gefesselt von seinem Silberblick, in dem so viele Emotionen durcheinanderwirbeln, dass mir allein vom Hinsehen schwindelig wird. Ich müsste nur die Hand ausstrecken und könnte ihn berühren, und ich muss mich wirklich beherrschen, es nicht zu tun. Vorsichtshalber balle ich die Hände zu Fäusten, um sie daran zu hindern, nach ihm zu greifen.

Mein Vorhaben, schnellstmöglich zum Schrein zu reisen und endlich den vierten Wächter zu finden, um dieses Spiel zu gewinnen, gerät in diesen wenigen Augenblicken merklich ins Wanken, und das nur, weil ich ihn ansehe. Diese blödsinnigen Gefühle machen mich blind für das große Ganze, das weiß ich, aber ich kann nichts dagegen tun. Es kostet mich schon genug Kraft, das letzte bisschen meiner Selbstachtung zu wahren und mich ihm hier nicht sofort an den Hals zu werfen.

Dreh dich um und geh zu den anderen, rät mir mein Selbsterhaltungstrieb, doch meine Beine verweigern den Dienst, als seien sie festgewachsen. Warum bleibe ichstehen und schmachte ihn aus großen Augen an? Ich wünschte, er würde mich einfach in seine Arme ziehen und mir ins Ohr murmeln, dass das vorhin der schönste Moment seines Lebens war – bis auf die unfreiwillige Verwandlung natürlich!

Während mein Herz wie wild klopft und ich darauf warte, dass etwas – *irgendetwas!* – passiert, ruft Vincent vom Wagen: »He, ihr zwei! Seid ihr dann mal fertig? Wir wollen weiter!«, und der Moment ist dahin. Wenn er denn jemals gekommen wäre, denn genau wie ich hat auch Lucian keine Anstalten gemacht, etwas zu tun oder zu sagen.

Ich komme mir vor wie eine schlechte Statistin in einer billigen Soap, als ich mich endlich umdrehe und zurück zum Karren schlurfe.

Dem Rascheln hinter mir entnehme ich, dass Lucian mir folgt, und wie von selbst stellen sich die kleinen Härchen in meinem Nacken auf, allein durch seine Nähe. Diese Verräter! Haben sie denn noch nicht geschnallt, dass diese dumme Verliebtheit zu nichts führen wird? Anscheinend wird sie sowieso nicht erwidert, warum dann also die ganze Aufregung?

Die Einzige, die die angespannte Stimmung zu bemerken scheint, ist Narissa, die mit verschränkten Armen und hochgezogenen Augenbrauen am Karren lehnt und uns beobachtet. Als sie den Mund öffnet, hebe ich schnell die Hand, um sie zum Schweigen zu bringen. Mein Selbstbewusstsein befindet sich sowieso gerade auf einer Talfahrt, da brauche ich nicht noch ihr Lachen oder gar ihr Mitleid, um es ins Bodenlose gleiten zu lassen.

Ich klettere zu Narissa auf die Ladefläche, hülle mich in einen der Umhänge und drehe mich um. Hoffentlich reicht das, um jeden davon abzuhalten, auch nur ein Wort zu mir zu sagen. Ich habe gerade so die Nase voll von den dreien. Vincent, der alles komisch zu finden scheint und auf die leichte Schulter nimmt. Narissa, die sich für etwas Besseres hält und mit Vorliebe und Anlauf auf meinen Gefühlen herumtrampelt. Und Lucian ... Nein, an ihn möchte ich gerade lieber nicht denken!

***

Etwas rüttelt unsanft an meiner Schulter. »Wach auf!«, höre ich Narissas Stimme.

Sie soll weggehen. Ich will noch schlafen! Ich fühle mich, als hätte ich erst vor zwei Minuten die Augen zugemacht, doch sie lässt nicht locker. »Steh endlich auf! Wir sind da.« Mit einem Grummeln reißt sie mir den Umhang von den Schultern.

»Hey!«, protestiere ich, während ich mit noch geschlossenen Augen wieder danach greife. »Was soll das?« Ich reibe mir die Augen und blinzele gegen die Sonne.

Okay, anscheinend habe ich doch länger als zwei Minuten geschlafen. Die Umgebung hat sich auch geändert. Anstatt eines dichten Waldes umgibt uns eine freie Landschaft. Wiesen, so weit das Auge reicht. Ich rieche den salzigen Geruch des Meeres und höre Wellen rauschen.

Ich drehe mich nach meinen anderen beiden Wächtern um, die sich bereits vom Karren entfernt haben und auf einen Hügel inmitten der Wiese zugehen, und seufze.

Was habe ich denn erwartet? Dass heute Morgen alles anders sein würde?

Schnell fahre ich mir mit den Händen durch die Haare und springe vom Wagen.

Narissa legt mir den Umhang wieder über die Schultern und schlägt die Kapuze hoch. »Wir werden vielleicht ein paar Pilgern begegnen. Es ist also besser, wenn wir deinen Rotschopf für eine Weile verstecken.«

Ich nicke und folge ihr schweigend.

Der Hügel ist nicht sonderlich hoch und besteht aus rauen Felsbrocken. Es ist die schmale Kluft dazwischen, die mich zögern lässt – der Eingang zu einer dunklen Höhle. Ich kralle beide Hände in den Umhang und bewege mich keinen Zentimeter mehr. Abwartend mustern mich meine Wächter und wundern sich bestimmt über mein seltsames Verhalten. Doch irgendetwas sagt mir, dass ich diese Höhle nicht betreten sollte. Selbst der bloße Gedanke, einen Fuß in die verschlingende Dunkelheit zu setzen, verursacht mir Gänsehaut. Aber es gelingt mir nicht, die richtigen Worte für diese irrationale Angst zu finden und mit den anderen darüber zu reden. Also stehe ich nur da wie festgewachsen und starre auf den Höhleneingang.

Schließlich ist es der Wächter, von dem ich es am wenigsten erwartet hätte, der das Wort an mich richtet. »Wir sollten jetzt gehen«, sagt Lucian mit weicher Stimme, die ich so selten bei ihm höre. »Die Göttin wartet.«

Deine Göttin schläft und schert sich einen Dreck, ob wir zu ihr kommen oder nicht! Schließlich ist sie nichts weiter als ein dummes Programm!, will ich am liebsten erwidern, doch ich halte den Mund und verziehe die Lippen zu einem schwachen Lächeln. Nur mit Mühe kann ich meinen Wächtern in die kalte, dunkle Höhle folgen.

Ein muffiger Gestank weht mir entgegen. »Hier drin soll es einen Schrein geben?«, frage ich nach wenigen Metern. Es fehlt nicht viel und ich mache auf dem Absatz kehrt, doch ich weiß, dass Lucian hinter mir läuft und ich unweigerlich in ihn hineinrennen würde, wenn ich jetzt kneife.

»Gaia ist die Erdgeborene«, erklärt Vincent, der mit einer Fackel, die nur spärlich Licht spendet, vorangeht. »Laut der Legende stieg sie hier aus der Erde empor. Und hier soll auch ihre Ruhestätte sein. Deswegen entstand hier ihr zu Ehren ein Schrein. Ich wundere mich nur, dass niemand hier ist …«

»Wer sollte denn hier sein?«, frage ich, um mich von der Angst, die in mir wütet, abzulenken. Die Wände stehen so dicht zusammen, dass nur jeweils einer hindurchpasst. Lucian und Vincent müssen sich stellenweise sogar seitlich durch die Felsen schieben. Diese Enge … Mein Herz wummert wie verrückt in meiner Brust und ich merke, wie ich immer wieder hektisch nach Luft schnappe. Kommt es nur mir so vor oder ist die Luft hier unten verdammt dünn?

Ich will hier raus. *Sofort!*

Außerstande, auch nur noch einen Schritt zu gehen, stütze ich mich an der feuchten Felswand ab und versuche, meine Atmung unter Kontrolle zu bekommen. Ich halte das nicht mehr lange aus! Ich muss zurück an die Oberfläche, brauche frische Luft und muss …

Eine Hand legt sich auf meinen Rücken. Lucian beugt sich zu mir hinunter. »Alles in Ordnung?«

Er ist mir so nah, dass ich seine Körperwärme spüren kann. Toll, das trägt nicht gerade dazu bei, dass sich mein Herzschlag normalisiert. Ich atme hektisch ein, als ich merke, dass ich die ganze Zeit die Luft angehalten habe.

»A–Alles gut«, stammele ich.

»Es tut mir leid wegen gestern«, flüstert er mir ins Ohr. Sein Atem streicht über meine Wange.

Hat er das gerade wirklich gesagt? Ich gerate ins Stolpern und kurz bevor ich auf dem Boden aufschlage, schlingt er den Arm um meinen Bauch und hält mich fest. Unfähig, mich zu bewegen, lasse ich mich von Lucian zurück auf die Füße stellen.

Vincent und Narissa haben bemerkt, dass wir ihnen nicht mehr folgen, und wenden sich zu uns um.

»Geht weiter«, sagt Lucian zu ihnen, weil ich keinen Ton herausbekomme. »Sie ist nur gestolpert.«

Narissa nickt, als hätte sie sich das schon gedacht – *blöde Kuh!* –, und Vincent grinst mich nur an, während sein Blick zwischen Lucian und mir hin und her huscht, bevor er sich abwendet und weitergeht.

Da Vincent nun fast aus meinem Blickfeld verschwunden ist – und mit ihm die einzige Lichtquelle in dieser Höhle –, bleiben Lucian und ich im Dunkeln zurück. Sein Arm liegt noch immer locker um meine Mitte und ich lehne mich wie selbstverständlich nach hinten gegen seine Brust.

Was machen wir hier gleich noch mal? Warum verabschiedet sich mein Gehirn immer dann, wenn er in meiner Nähe ist? Alles, was in meinem Kopf gerade abläuft, ist entweder nicht jugendfrei oder hat nur mit ihm zu tun, aber rein gar nichts mit meiner Mission. Das *muss* aufhören! Ich sollte jetzt sofort Vincent und Narissa folgen und …

»Eve«, murmelt er und streift mir mit den Lippen dabei leicht übers Ohr.

Mein ganzer Körper erschauert unter dieser winzigen Berührung. Ich schmiege mich enger an ihn, weil meine Beine schon wieder verdächtig zittern, und er legt auch den zweiten Arm um mich. Das Gesicht vergräbt er an meiner Halsbeuge und ich hätte nichts dagegen, für immer so stehen zu bleiben.

Nach einer Weile flüstert er erneut: »Es tut mir leid.«

»Mir a …«

»Nein«, unterbricht er mich. »Sei bitte still.«

Mit den Armen umschließt er mich fester, presst mich mit dem Rücken an seinen Körper, sodass es mir schwerfällt, mich zu bewegen, doch irgendwie schaffe ich es, mich umzudrehen. Ich kann ihn nur schemenhaft erkennen, doch das genügt mir vollkommen. Allein zu wissen, dass er hier bei mir ist, vertreibt die Ängste, die mich umtreiben, seit ich diese Höhle betreten habe. Ich lasse meine Hände an seinem Oberkörper hinaufwandern, spüre, wie seine Muskeln kurz unter der Berührung zucken und wie sein Herz gegen seine Brust hämmert. Genau wie meines. Für einen Moment schließe ich die Augen, verbanne die Kraft in meinem Inneren in die hinterste Ecke, ehe ich die Hände höhergleiten lasse. Viel zu sehr muss ich mich darauf konzentrieren, keine Energie auszutauschen, sodass ich die Berührungen kaum genießen kann, doch es ist besser als nichts.

Viel besser als nichts.

Meine Finger zittern ein wenig, als ich über seine Wangen streichele und die Hände anschließend in seinem Nacken verschränke, damit ich ihn zu mir herunterziehen kann. Eine Hand legt er an meine Wange, liebkost mich mit dem Daumen und löst dadurch ein wohltuendes Prickeln aus, während er die andere an meinem Rücken hinabgleiten lässt. Jede Berührung, jede Bewegung seiner

Hand, die sich immer weiter vorwagt, bringt mein Blut zum Kochen, was nichts mit der Feuerkraft zu tun hat.

Dieser Mann macht mich wahnsinnig.

Lucian umfasst meinen Po und hebt mich so das letzte Stück nach oben, das unsere Lippen noch voneinander trennt. Ich bin so erstaunt darüber, dass ich erschrocken nach Luft schnappe. Die Kraft tobt in mir ob dieser Berührungen, bettelt darum, freigelassen zu werden, und ich tue mein Möglichstes, um sie unter Verschluss zu halten. Das Letzte, was ich will, ist wieder so ein Malheur wie bei unserem letzten Kuss.

Viel zu schnell nimmt er seine Lippen von meinen, die sich sofort kalt anfühlen, doch er gibt mir dadurch die Möglichkeit, Herr über die Kraft zu werden, die sich nun mit allen Mitteln einen Weg nach draußen bahnen will. Ich beiße die Zähne zusammen und zwänge die Feuerkraft zurück an ihren Platz, lasse aber vorsichtshalber meine Hände nicht direkt auf seiner Haut liegen, bis ich das Feuer unter Kontrolle habe.

Seufzend lehne ich mich gegen ihn, genieße das leichte Kribbeln, das noch auf meinen Lippen zurückgeblieben ist, und wünschte, dass ich jetzt in seine Augen schauen könnte – entweder in den Strudel aus Silber oder das verzehrende Lodern der Flammen. Ich spüre seinen Blick auf mir, seine Hände an mir und …

»Ich liebe dich«, platzen die Worte aus mir heraus, bevor ich sie zurückhalten kann.

Erschrocken hole ich Luft. *Hab ich das gerade laut gesagt?*

Eine peinliche Stille breitet sich zwischen uns aus. Lucian versteift sich plötzlich und rückt ein Stück von mir ab, lässt mich jedoch nicht los.

Verdammt! Ich hab's vermasselt! Ich bin so blöd! Warum musste ich das auch ausgerechnet jetzt sagen? Fieberhaft überlege ich, wie ich das wieder ausbügeln kann, ohne wie eine komplette Vollidiotin dazustehen. Doch was soll ich sagen? *»Sorry, hab's nicht so gemeint«?*

»Als Mann«, beginnt er und reißt mich aus der aufkommenden Panik, »habe ich ebenfalls Gefühle für dich. Ich glaube, dass ich mich ebenfalls in dich verliebt habe, Eve.«

Mein Herz setzt für einen Schlag aus. Habe ich mich verhört oder hat er gerade gesagt, dass …

»Aber als Wächter«, fährt er fort und nimmt seine Hände von mir, »ist es mir unmöglich, dich zu lieben.«

»W–Was?«, stammele ich. Ohne seinen Halt gerate ich wieder ins Wanken. Die komplette Welt dreht sich und mein Herz schlägt so schnell, dass ich Angst habe, dass es gleich in tausend Teile zerspringt. »Was meinst du damit?« Meine Stimme ist belegt und bebt verdächtig.

»Es tut mir leid. Dies war unser letzter Kuss.«

Er zwängt sich an mir vorbei und lässt mich in der Dunkelheit allein zurück. Ich sinke auf die Knie, kralle die Finger in den Steinboden, um meine Welt daran zu hindern auseinanderzubrechen.

***

Irgendwann habe ich es geschafft, mich aufzurappeln. Wie lange ich auf dem Boden gekniet habe, weiß ich nicht. Es ist mir auch egal. Meine Knie tun weh und sind steif, als ich mich wieder hochhieve, doch ich achte nicht darauf. Ich habe gerade schlimmere Schmerzen.

Kann man an gebrochenem Herzen sterben? Es fühlt sich nämlich verdammt noch mal danach an!

Ich reibe mir mit den Händen über die tränennassen Wangen, ehe ich meinen Weg durch die Höhle fortsetze. Ein Gutes hat es schließlich: Ich kann mich wieder voll und ganz auf meine Mission konzentrieren.

Der Schein der Fackel, die den Weg vor mir erleuchtet, zeigt mir, dass ich fast bei den anderen bin. Schnell wische ich mir noch einmal über die Wangen und straffe die Schultern. Hoffentlich bemerken sie im fahlen Licht meine verquollenen Augen nicht.

Natürlich ist das Wunschdenken. So, wie Narissa sofort die Stirn runzelt und sogar Vincents Lächeln verblasst, als sie mich in die Höhle stolpern sehen, ist mir klar, dass ich ein Bild des Jammers abgeben muss.

Ich schaue stur auf Vincent, der vor einer Art Altar steht, aber sehe in den Augenwinkeln, dass auch Lucian mich beobachtet, während er mit verschränkten Armen an der Höhlenwand lehnt. Um möglichst teilnahmslos zu wirken, recke ich ein wenig das Kinn und würdige ihn keines Blickes.

»Also«, sage ich möglichst gelassen und bin fast stolz, dass meine Stimme kaum zittert, »was wollen wir hier?«

Vincent schaut mich an und zögert kurz. Er öffnet den Mund, um etwas zu sagen – zu Lucian und mir, da bin ich mir sicher –, doch ich bringe ihn mit einem durchdringenden Blick zum Schweigen. Ich werde jedem an die Gurgel gehen, der es wagt, die Sache zwischen Lucian und mir anzusprechen!

»Ähm«, Vincent räuspert sich, ehe er fortfährt, »der Legende nach wurde die Göttin hier erschaffen. Und hier soll auch die Ruhestätte während ihres Schlafs sein. Spürst du irgendwas? Reagiert das Amulett?«

»Nein«, sage ich schlicht, obwohl ich das Verlangen habe, dieses nutzlose Amulett gegen die Wand zu schmettern. Oder irgendwas anderes. Vorzugsweise Lucians Kopf. »Können wir dann wieder gehen? Es ist kalt hier unten.«

Vincent lässt die Schultern hängen und sieht richtig niedergeschlagen aus. So habe ich ihn noch nie gesehen. »Ich habe gehofft, dass wir hier irgendeinen Hinweis der Göttin bekommen, um den vierten Wächter zu finden.«

»Hier unten finden wir ihn bestimmt nicht«, murre ich und wende mich zum Gehen. »Sicherlich wird er nicht wie ein Grottenolm in einer Höhle hausen.«

Was habe ich mir nur dabei gedacht zuzustimmen, diese

dämliche Höhle zu besichtigen? In der Zeit hätten wir schon zwei weitere Orte nach dem vierten Wächter absuchen können. Und diese beiden schrecklich-schönen Küsse mit Lucian hätte es auch nie gegeben. Ja, das wäre besser gewesen.

Ich will hier weg. Weg von Lucian, aus dieser Höhle, aus dieser Welt. Ohne auf meine Wächter und die Fackel zu warten, zwänge ich mich zwischen den Felsen hindurch, renne fast, und bin unendlich erleichtert, als ich endlich wieder auf der Wiese stehe.

Ich bin so in meinen Gedanken versunken, die zwischen Wut und Verzweiflung schwanken, dass ich nicht mitbekomme, dass ich Gesellschaft habe. Und leider sind es nicht meine Wächter.

»Solche Haare sind wahrlich selten.«

Ich erstarre. Diese Stimme lässt mir einen eiskalten Schauer über den Rücken laufen und ich weiß auch ohne mich umzudrehen, wer hinter mir steht, denn ich kenne die Stimme sehr gut, auch wenn ich sie seit Monaten nicht mehr gehört habe. Ihr Klang ist mir in Fleisch und Blut übergegangen.

»Thunderstrike«, wispere ich beinahe ehrfurchtsvoll, während ich stocksteif dastehe. Die Nummer eins, Weltranglistenführer aller professionellen Gamer.

»Es freut mich auch, dich zu sehen, Nemesis.« Ich höre, dass er durch das Gras läuft und auf mich zukommt. Da sind noch mehr Schritte, die ihm dicht folgen. »Was führt dich so nah an die Grenze?«

Auch als er neben mir steht, wage ich nicht mich zu bewegen. Seit jeher hat dieser Mann es geschafft, eine unwahrscheinliche Aura um sich herum aufzubauen, die jeden Gegner vor Angst erstarren lässt. Es ist die Art, wie er spricht, sich gibt und reagiert, die seinem Gegenüber mindestens Respekt einflößt.

Die wenigen Male, die ich die Ehre hatte, gegen ihn anzutreten – freiwillig, wohlgemerkt! –, waren niederschmetternd. Egal, was ich versuchte, er schien meine Pläne noch vor mir zu kennen und fegte mich ohne Gnade vom Spielfeld. Plötzlich und schnell wie ein Donnerschlag besiegt er seine Gegner, bevor diese überhaupt wissen, wie ihnen geschieht. Er hat noch niemals verloren und verteidigt seinen Thron mit Leichtigkeit. Ich bin ihm einige Male auf Conventions und Wettkämpfen begegnet und habe ein paar Worte mit ihm gewechselt. Meistens jedoch standen wir als Team auf dem Spielfeld und ich hatte die Ehre, sein unwahrscheinliches Talent mit eigenen Augen zu bewundern und seinen Anweisungen, die ich über das Headset bekam, zu folgen.

»Wir haben den Schrein besucht, der in dieser Höhle ist«, antworte ich ihm so ruhig wie möglich. Ich will ihm nicht zeigen, dass ich vor Angst schlottere, doch allein seine Nähe wirkt einschüchternd auf mich.

»Wir?«, wiederholt er. »Aber du bist allein hier.«

In seiner Stimme liegt etwas Lauerndes, das meine Unsicherheit noch verstärkt. Am liebsten würde ich weglaufen, doch ich weiß, dass ich keine Chance habe.

Er ist ein Hüter, genau wie Killswitch und ich. Nur macht er seinen Job tausendmal besser als wir beide zusammen.

Ich sammele all meinen Mut und drehe den Kopf. Was ich erblicke, hätte aus einem schlechten Horrorfilm stammen können. Thunderstrike ist eigentlich ein Bild von einem Mann: groß, schlank und hübsch. Nicht wie man sich den typischen Gamer vorstellt. Er hat dieses Netter-Typ-von-nebenan-Aussehen, sodass man leicht vergisst, wie einschüchternd er werden kann, sobald er zockt.

Doch was ich jetzt sehe, hat nichts mit dem wirklich gut aussehenden jungen Mann zu tun, den ich kenne. Seine sonst so sonnengebräunte Haut ist hell, fast durchsichtig, schleimig und irgendwie … gräulich. *Wie eine Wasserleiche.* Die Nase ist fast nicht mehr vorhanden; nur zwei kleine Löcher sind noch da, doch ich sehe so etwas wie Kiemen, die direkt unter seinen Ohren sitzen. Als er den Mund öffnet, blitzen mir spitze Zähne entgegen, die oben und unten zweireihig sind, wie bei einem Hai.

Ich traue mich gar nicht, ihn weiter anzusehen, aber es ist wie bei einem Verkehrsunfall: Man *muss* einfach hinschauen und gaffen. Und so wandert mein Blick weiter nach unten. Zwischen seinen Fingern und seinen Zehen – seine Füße stecken nicht in Schuhen – spannt sich eine dünne Haut. Ach du heilige ... sind das Schwimmhäute?

Mir muss die Abscheu ins Gesicht geschrieben stehen, denn Thunderstrike packt mich am Umhang, der unter meinem Hals zusammengebunden ist. Seine fast milchigen Augen blitzen gefährlich, als er zischt: »Was gibt es da zu glotzen, Kleine?«

Ich brauche einen Moment, bis ich meiner Stimme wieder trauen kann. »Du sahst auch schon mal besser aus«, entgegne ich.

Rückwirkend betrachtet war das wohl nicht unbedingt eine meiner besten Ideen, denn sein Blick verfinstert sich und er fletscht die Zähne.

»Tut mir leid, wenn dir mein Äußeres nicht zusagt, Nemesis. Es ist nicht so, dass ich mir das ausgesucht hätte. Aber immerhin spiele ich im Gewinnerteam.«

Jetzt rücken seine Schergen näher, allesamt ebenso hässliche und schleimige Fischmänner, die mich grinsend betrachten, als hätten sie mich eben aus dem Meer gefischt.

»Ich hab mir sagen lassen, dass ihr Landbewohner das schwächste Volk seid. Kein Wunder, dass sie dich zu ihrer Hüterin gemacht haben. Die nehmen anscheinend alles, was sie kriegen können.«

»Wenigstens sehe ich nicht so aus, als würde ich schon seit zwei Jahren auf dem Meeresgrund verrotten«, schnappe ich. »Und sonderlich gut riechen tust du auch nicht.«

Die letzte Bemerkung beschert mir einen schmerzhaften Schlag ins Gesicht und ich spucke Blut.

Wo sind denn meine verdammten Wächter, wenn man sie mal braucht? Ich überlege kurz, um Hilfe zu rufen, aber da stößt

Thunderstrike mich auch schon zurück und ich pralle gegen einen seiner Schergen, der mir die Arme auf den Rücken dreht und mich fesselt. Ich wimmere kurz vor Schmerz auf, ehe ich unsanft vorwärtsgestoßen werde.

»Was hast du mit mir vor?«, frage ich, während ich versuche, das Gleichgewicht zu halten.

Thunderstrike dreht sich zu mir um und zeigt mir sein Haifischgrinsen, das mich erschaudern lässt. »Das wirst du schon noch früh genug erfahren, Kleine. Nehmt sie mit.«

Die Fischmänner schubsen mich in Richtung Wasser und ich taumele eher, als dass ich laufe. Ich versuche natürlich zu entkommen, aber zwei von ihnen haben meine Arme gepackt, sodass ich weder nach links noch rechts ausweichen kann. Ihr Griff ist eisern und ihre glitschigen Finger bohren sich mir in die Oberarme. Immer wieder drehe ich den Kopf und werfe einen Blick zurück zur Höhle, doch keiner meiner Wächter erscheint zu meiner Rettung.

Veranstalten die unten im Schrein ein Kaffeekränzchen, während ihre Hüterin entführt wird?

Als sie mich ins Wasser zerren wollen, werde ich panisch. Anders als sie habe ich keine Kiemen oder Schwimmhäute, um unter Wasser zurechtzukommen.

»Willst du mich ertränken?«, frage ich ängstlich, doch Thunderstrike grinst nur.

»Hat die kleine Nemesis etwa Angst vor Wasser?« Seine Stimme trieft vor Spott und Häme. »Doch sorge dich nicht! Wir bringen dich nur zu unserer Stadt dort drüben.«

Er zeigt mit seinen ekeligen Runzelfingern zu einer Sandbank, die ich entfernt am Horizont ausmachen kann. Bis *dahin* soll ich schwimmen? Ist er wahnsinnig?

Gerade als ich protestieren will, werde ich schon ins Wasser gezerrt, wo ich panisch mit den Füßen strampele, weil meine Hände noch immer am Rücken gefesselt sind. Ich werde jämmerlich ertrinken! Einer der Fischmänner packt mich und bindet mich einem anderen auf den Rücken, sodass mein Gesicht nach oben zum Himmel zeigt. Der, an den ich gefesselt wurde, stürzt sich in die Fluten und schwimmt los. Immer wieder schlägt mir ein Schwall Wasser ins Gesicht und das Salz brennt in meinen Augen.

Als wir schon einige Meter im offenen Meer sind, sehe ich in der Ferne, wie mehrere Gestalten aus der Höhle treten. Meine Wächter! Ach, schön, dass sie auch endlich da sind!

Ich öffne den Mund, um zu schreien, schlucke aber nur Salzwasser, das mir in der Kehle brennt.

»Lucian!«, rufe ich, so laut ich kann. »Hilfe!«

Doch es ist bereits zu spät. Wir sind schon zu weit draußen, wahrscheinlich hören sie mich über das Tosen der Wellen gar nicht.

Auf mich allein gestellt bin ich mir sicher, dass ich verlieren werde, so wie immer, wenn ich Thunderstrike gegenüberstehe.

Kapitel 13

Halb erfroren, durchnässt und verängstigt werde ich wie ein Packstück auf den Strand geworfen. Sand klebt an meiner Haut und meinen Klamotten fest. Ich kneife die Augen zusammen und versuche die Wiese ausmachen zu können, auf der meine Wächter wahrscheinlich gerade nach mir suchen, doch ich sehe nichts als blaues Wasser, das sich bis zum Horizont erstreckt.

Mein Mut sinkt. Hier werden sie mich niemals finden. Diesmal wird niemand kommen, um mich zu retten.

Ich bin verloren.

Jemand reißt mich an meinem Arm nach oben und ein stechender Schmerz durchzuckt meine Schulter. Grob werden die Fesseln um meine Handgelenke entfernt und ich reibe mir über die wunde Haut. Als mich einer von ihnen am Oberarm packen will, mache ich mich mit einem Ruck los.

»Sei vorsichtig mit ihr!«, höre ich Thunderstrikes durchdringende Stimme, die vor Autorität nur so strotzt und seine Mitfischmänner auf Abstand hält. »Ich brauche sie in einem Stück und unversehrt.«

»Wofür?«, grolle ich. »Tu uns doch beiden den Gefallen und bringe es hier und jetzt zu Ende. Um der alten Zeiten willen.«

Noch immer klammere ich mich an die geringe Chance, dass ich einfach in meinem realen Körper aufwache, wenn ich in dieser Spielwelt sterbe. Ich habe zwar keinen Beweis dafür, aber es wäre auf jeden Fall besser, als eine Gefangene der Fischmenschen zu sein.

»Weißt du es denn nicht?«, fragt Thunderstrike und beugt sich ganz nah zu mir herab, sodass mir sein fauliger Gestank fast den Atem raubt, und ich muss mich zusammenreißen, um nicht vor ihm zurückzuweichen.

»Was soll ich wissen?«

Ich bin gerade gefühlte zweitausend Kilometer durchs Wasser gezerrt und durchgespült worden. Jeder Zentimeter meines Körpers schmerzt, ich bin pitschnass und in meinem Kopf hämmert es, als würde eine achtspurige Autobahn darin gebaut. Ich bin allein im Feindgebiet, ohne Aussicht auf Rettung. Mir steht gerade nicht der Sinn nach irgendwelchen Frage-Antwort-Spielchen.

»Ich werde dich nicht umbringen. Auch wenn dies nur ein Spiel ist, wird dein Tod hier fatale Folgen für deinen Körper in der realen Welt haben. Schließlich kann er ohne Bewusstsein nicht leben«, erklärt Thunderstrike. »Ich werde jedenfalls nicht zum Mörder werden, auch wenn das gegen meine Gesinnung geht, schließlich mache ich nichts lieber als gewinnen, und du, Nemesis, bist mir verdammt noch mal im Weg!«

Beinahe knicken mir die Beine weg. Thunderstrike hat gerade meine schlimmsten Vermutungen bestätigt. Diesmal sitze ich ganz schön in der Klemme ... Aber aufgeben kommt für mich niemals infrage!

Wir laufen weiter, wobei die anderen Fischmänner einen respektvollen Abstand zu ihrem Hüter und dadurch auch zu mir wahren. Schon bald weicht der Strand einer befestigten Stadt, die jedoch anders aussieht als die Städte und Dörfer des Erdvolkes, die ich bisher besucht habe. Die Häuser sind niedrig, meist nur ein Stockwerk hoch, und alle haben runde Dächer. Sie erinnern mich an Iglus.

Ich schüttele den Kopf und reiße mich von meiner Umgebung los. Im Moment sollte mich nur Thunderstrike interessieren, der mich als Geisel genommen hat.

»Willst du mich hier verrotten lassen?«, schleudere ich ihm entgegen.

»Du wirst mir hier eine Weile Gesellschaft leisten«, antwortet er gelassen und schlendert voran. »Hier, in meinem Reich, besitzt du keine Kräfte, und ohne deine Wächter bist du sowieso ein Nichts. Du bist keine Gefahr.«

»Also willst du mich so lange hierlassen, bis du deine Wächter gefunden und deine Gottheit erweckt hast?« Ein fieser Plan, doch ich habe nicht weniger von ihm erwartet. Thunderstrike gewinnt immer – auf die eine oder andere Weise.

Er wirbelt zu mir herum, stellt sich ganz nah vor mich und starrt mir in die Augen. Es kostet mich sämtliche Willenskraft, seinem Blick standzuhalten, doch die Genugtuung, dass ich mich zuerst abwende, werde ich ihm nicht geben. »Das würde ich gern«, sagt er mit schneidender Stimme, die mir eine zusätzliche Gänsehaut beschert, »doch das ist unmöglich.«

»Was meinst du damit?«

»Ich kann die Gottheit nicht erwecken.« Er wendet mir wieder den Rücken zu.

Wieso soll er seine Gottheit nicht erwecken können? Er muss dafür doch nur all seine Wächter ... Und da dämmert es mir. »Deine Wächter ... Du kannst nicht alle vier finden, weil einer von ihnen tot ist.«

Die Art, wie sich seine Schultern verkrampfen, verrät mir, dass ich recht habe. Wenn er die Gottheit nicht erwecken kann, kann er das Spiel nicht gewinnen und beenden.

Thunderstrike hat verloren. Bereits jetzt schon hat *er verloren.*

Ich weiß nicht, ob ich darüber lachen oder weinen soll. Wie kann er so ruhig bleiben angesichts dieser Niederlage? Es geht über so vieles hinaus als über das einfache Verlieren. Es wird ihm nicht möglich sein, mit seinem Geist diese Welt zu verlassen.

Und wenn ein anderer Hüter seine jeweilige Gottheit erweckt und das Spiel gewinnt, werden die gegnerischen Hüter und Wächter ...

»Sterben …«, murmele ich und blinzele ein paar Mal, als diese Information in mein Gehirn sickert. »Du wirst sterben.«

»Nein«, sagt er laut, doch ich sehe, dass seine Schultern beben. »Ich muss nur verhindern, dass einer von euch das Spiel gewinnt.«

»Aber dann sind wir auf ewig hier gefangen!«

Das kann doch nicht die Lösung sein! Ich will nicht den Rest meines Lebens in diesem Spiel verbringen. Und schon gar nicht in solcher Gesellschaft.

Sein Kopf ruckt zu mir herum und ich weiche einen kleinen Schritt zurück. Sein Blick ist wild und verschleiert, fast wahnsinnig, und ich schlucke hart gegen die Enge in meinem Hals an. Augenblicklich wird mir klar, dass er es wirklich ernst meint. Er will Killswitch und mich daran hindern, das Spiel zu beenden, um selbst nicht als Verlierer dazustehen.

»Sieh dich um!«, befiehlt er mir, während er die Arme ausbreitet.

Vorsichtig lasse ich meinen Blick erneut nach links und rechts schweifen und nehme die Stadt in Augenschein, die auf dieser gottverlassenen Insel errichtet wurde. Fischmenschen säumen die Straßen, als unsere Truppe, angeführt von Thunderstrike, vorbeiläuft. Alle sinken auf die Knie, als sie ihren Hüter erblicken.

»Sie verehren dich«, wispere ich, erstaunt über die Ehrerbietung, die sie ihrem Hüter entgegenbringen.

Wenn ich an meine Begegnungen mit einfachen Menschen meines Volkes denke … Klar, sie haben mich um Dinge gebeten, aber sie haben mich nicht angebetet. Sie waren nur auf ihren eigenen Vorteil bedacht. Wie kann es sein, dass die Fischmenschen Thunderstrike behandeln, als sei er ein Gott? Das lässt mich fast neidisch werden …

»Natürlich tun sie das«, erklärt Thunderstrike mir überheblich.

Natürlich, pah! Es ist beinahe widerlich, wie er sich in der Anbetung dieser Leute suhlt.

»Wissen sie, dass du ihren wirklichen Gott nicht mehr erwecken kannst?« Die Antwort darauf kann ich eigentlich nur raten, doch als der Muskel unter seinem Auge zuckt, weiß ich, dass ich vollkommen ins Schwarze getroffen habe. »Sie wissen es also nicht.« Ich verschränke die Arme und kann mir ein gemeines Grinsen nicht verkneifen. »Wie lange willst du sie noch für dumm verkaufen?«

»Spotte nur, so viel du willst, Nemesis! Ich werde hier verehrt, die Menschen liegen mir zu Füßen. Ich habe hier das Sagen. Hier bin ich *Gott*! Warum sollte ich das aufgeben wollen?«

»Das hier«, ich breite die Arme aus und versuche, alles um mich herum einzuschließen, »ist nichts weiter als ein *Spiel*! Es sind nichts weiter als Programme, die ihren virtuellen Kopf vor dir beugen! Wie kann dir das wichtiger sein als die reale Welt? Als dein wirklicher Körper, der darauf wartet, dass sein Geist zurückkehrt?«

»Nur einer von uns kann dieses Spiel, wie du es nennst, lebend verlassen. Ich glaube, so schlau warst du auch schon und hast das verstanden. Also sag mir, Nemesis, wer sollte deiner Meinung nach gewinnen? Killswitch? Oder doch eher du? Denn ich kann es nicht mehr. Willst du dafür verantwortlich sein, dass Killswitch und ich sterben? Nur, damit du gewinnen kannst? Findest du das nicht etwas egoistisch?«

»Ich will *leben*!« Meine Stimme überschlägt sich bei dem letzten Wort fast.

»Schau dich um! Wir leben hier und das nicht einmal schlecht. Für mich«, er beugt sich ganz nah zu mir hinab und sein Gestank lässt mich beinahe würgen, »gibt es keine Alternative als das hier. Und ich werde alles in meiner Macht Stehende tun, um dich und Killswitch daran zu hindern, diesen Wettstreit zu beenden. Wenn das beinhaltet, dass ich dich bis ans Ende aller Zeiten auf dieser Insel festhalten muss, dann werde ich das tun.«

Die letzten Worte schreit er und bei jedem einzelnen sinke ich weiter in mich zusammen. Ich verstehe, dass er verzweifelt ist. Dass er keinen Ausweg für sich selbst sieht. Aber muss das auch für mich gelten? Muss ich für immer in diesem Spiel leben, nur weil mein Sieg Konsequenzen für die anderen beiden Hüter hätte?

Wenn ich ehrlich bin, weiß ich es nicht. Es ist für mich unvorstellbar, für immer in diesem Spiel gefangen zu sein und zu wissen, dass mein wahrer Körper langsam in der realen Welt vor sich hin rottet oder dass sich meine Eltern um mich sorgen. Hier gibt es nichts für mich. Ich dachte vor ein paar Wochen, dass ich es ganz gut getroffen hätte – schließlich wurde ich als Hüterin geachtet und geschätzt. Aber sobald meine Wächter erfahren, dass ich ihre Gottheit nicht mehr erwecken will, werden sie sich von mir abwenden – auch Lucian. Vor allem er.

Egal, wie ich es drehe und wende – am Ende werde ich allein sein. Wenn ich die Göttin erwecke – angenommen, ich bleibe dann in diesem Spiel –, werde ich keine Daseinsberechtigung mehr haben. Die Menschen werden keine Hüterin mehr brauchen und meine bloße Existenz wäre nutzlos. Wenn ich die Göttin nicht erwecke und weiter hierbleibe, so wie Thunderstrike es *vorschlägt,* wird sich das Volk, das ich als Hüterin vertrete, gegen mich stellen.

Doch wenn ich – wie auch immer – das Spiel beenden sollte, bin ich unweigerlich für den Tod von Killswitch und Thunderstrike verantwortlich, und zwar im realen Leben. Ich würde sie töten.

Ich würde zu einer Mörderin werden.

Ich schlinge die Arme um mich, um das Zittern einzudämmen, das garantiert nicht nur von der kalten Seeluft kommt, die über meinen immer noch feuchten Körper weht.

Meine Gedanken schweifen zu Lucian und den anderen. Ich würde sie enttäuschen, wenn ich meine Mission, auf die ich so lange hingearbeitet habe, einfach hinschmeißen würde. Das gesamte Erdvolk würde weiterhin der Spielball der anderen Völker sein. Doch andererseits sind es nur Programme. Sie sind nicht lebendig wie Killswitch, Thunderstrike und ich.

Sie sind nicht real. Warum ist dann der bloße Gedanke daran, dass sie durch mein Zögern sterben könnten, so schmerzvoll für mich?

»Wie ist er gestorben?«, frage ich. »Der Wächter, der dir fehlt.«

Thunderstrikes Kiefer arbeiten und ich meine fast das Knirschen der vielen Zähne bis zu mir zu hören. Für einen Moment glaube ich, dass er mir nicht antworten wird, doch dann sagt er: »Es war ein Unfall. Sie wollte mich beschützen und wurde dabei von einem der Flügelmenschen aufgeschlitzt.«

Seine Augen sind dunkel, verschleiert, als er sich an den Augenblick des Todes seiner Wächterin erinnert, und sein Verlust ist fast für mich greifbar, auch ohne dass ich sie kannte.

»Du hast sie geliebt.«

Keine Frage, sondern eine Feststellung von mir. Der Schmerz in seinen Gesichtszügen kann nur diesen einen Schluss zulassen. Er nickt knapp, ohne mich anzusehen.

Beinahe empfinde ich Mitleid mit ihm. Ich weiß ziemlich genau, was es heißt, sich in den eigenen Wächter zu verlieben, aber ich will mir nicht einmal vorstellen, wie es wäre, ihn durch den Tod verlieren zu müssen. Seine Wächterin wurde von einem Vertreter des Luftvolkes getötet, als sie ihren Hüter beschützen wollte.

»Und das ist auch der Grund, warum du dich nicht mit Killswitch verbündet hast«, schließe ich.

»Killswitch ist ein jämmerlicher Versager«, fährt er mich an und beinahe zucke ich zusammen. »Er ist unfähig, Allianzen zu bilden, und ist nur auf seinen eigenen Vorteil bedacht.«

Nun ist es an mir zu nicken. Zu genau dieser Auffassung bin ich damals im Kerker auch gekommen. Ich bin mir sicher, dass Thunderstrike ihn auch zum Teufel gejagt hätte, wenn seine Wächterin nicht auf solch tragische Weise getötet worden wäre, schließlich kennen wir beide Killswitch schon lange genug.

»Meine Hoffnung ruht also auf dir«, sagt Thunderstrike nach einer Weile. »Um Killswitch werde ich mich persönlich kümmern, keine Sorge. Ich bezahle immer meine Schulden.«

Mir läuft es eiskalt den Rücken hinunter, denn ich habe eine

Ahnung, was er tun will. Um nicht zum Mörder an einem von uns zu werden, muss er sich einen von Killswitchs Wächtern vornehmen. *Auge um Auge.*

»Du wirst doch aber meinen Wächtern nichts tun, oder?«

Ohne meine Kraft würden sich Lucian, Vincent und Narissa nicht ewig gegen eine Armee von Fischmenschen behaupten können. Sie würden verlieren.

Und sterben.

Und mit ihnen auch meine letzte Hoffnung, dieses Spiel jemals verlassen zu können.

Thunderstrike greift nach einer Strähne meines Haares und lässt sie zwischen den schleimigen Fingern entlanggleiten. Der Drang, sie ihm angewidert zu entreißen, ist fast übermächtig, doch ich denke jetzt vorrangig an meine Wächter.

»Wenn du ein braves Mädchen bist, werde ich ihnen kein Haar krümmen.«

Mein Herz gerät ins Stolpern, denn das Glitzern in seinen fast weißen Augen verrät nichts Gutes, doch ich kann nur zitternd nicken. Für meine Wächter. *Für Lucian.* Es ist mir egal, dass sie nur Programme sind. Ich habe Gefühle für Lucian – Spielfigur oder nicht – und ich werde nicht zulassen, dass dieser widerliche Schleimbeutel Thunderstrike ihn auch nur schief ansieht. Ich werde alles in meiner Macht Stehende tun, um all meinen Wächtern Leid zu ersparen.

»Was willst du von mir?«, würge ich hervor.

Ich will es eigentlich gar nicht so genau wissen, aber ich frage trotzdem. Vielleicht male ich mir auch nur die abstrusesten Szenarien aus und dabei ist es gar nicht so …

»Du wirst hierbleiben. Bei mir. Und meine Königin werden.«

… schlimm. Nein, ich muss mich verbessern: Es ist *verdammt* schlimm! Ein gezischtes *»Niemals!«* liegt mir schon auf der Zunge, doch ich kann mich im letzten Moment noch beherrschen und die Antwort hinunterschlucken, die unbedingt meinen Mund verlassen will.

»Gegen uns beide wird Killswitch nichts ausrichten können. Und wenn ich ihm einen seiner Wächter nehme, wird er vollkommen hilflos sein und vor mir im Staub kriechen!«

Thunderstrike redet sich allmählich in Rage und ich kann es ihm nicht verdenken. Ich würde genauso handeln, wenn Killswitch Lucian getötet hätte. Ich würde ihn jagen, finden und leiden lassen, bis er sich vor mir auf dem Boden windet und um den Tod bettelt.

Beinahe habe ich Mitleid mit Thunderstrike, der in dieser Welt gefangen ist und der einen Person, an der er hing, beraubt wurde.

Vorerst bleibt mir nichts anderes übrig als mitzuspielen und mich ruhig zu verhalten, um meine Wächter zu schützen.

***

Ich folge Thunderstrike weiter durch die Stadt und beobachte verstohlen die Fischmenschen, die vor uns den Kopf neigen oder gar auf die Knie fallen. Niemand wagt es, das Wort an uns zu richten, doch ich spüre ihre Blicke im Rücken. Sicher fragen sie sich, was ich hier will. Ein Mensch. Eine vom Erdvolk. *Ihr Feind.*

Ich reibe mir über die Arme, auf denen sich eine Gänsehaut gebildet hat. Ich friere erbärmlich und das liegt nicht nur an der schneidenden Seeluft, sondern vielmehr daran, dass ich so weit von meinen Wächtern entfernt bin. Ohne ihre Nähe ist die Kraft in mir zu glimmender Asche verfallen und mein Körper fühlt sich kalt und taub an. Leer. Gefühllos.

Ich muss darauf hoffen, dass sie mich hier finden, bevor ich innerlich zu Eis erstarre. Nie hätte ich es für möglich gehalten, dass ihre Abwesenheit so starke Spuren bei mir hinterlässt, die schon an körperliche Schmerzen grenzen.

Ich brauche das Feuer! Doch ohne die Nähe meiner Wächter ist es mir unmöglich, auch nur eine winzige Flamme hervorzurufen. Und die Sucht in mir wird mit jeder Sekunde lauter schreien.

»Sehnst du dich nicht nach daheim?«, frage ich Thunderstrike, um mich von der Kälte abzulenken, die sich bis auf meine Knochen zu fressen scheint. »Nach deiner Familie? Ich hätte es niemals für möglich gehalten, doch ich vermisse meine. Sie machen sich bestimmt Sorgen um mich.«

»Erspar mir deine Mitleidstour«, grollt er. »Versteh es endlich: Wir können hier nicht weg, ohne zu riskieren, die anderen zu töten. Also hör auf, von dem Unmöglichen zu träumen!«

»Und wenn es noch einen anderen Weg gibt, dieses Spiel zu beenden, ohne dass einer von uns die Gottheit erwecken muss?«

Thunderstrike zögert, ehe er sagt: »Komm mit, ich will dir etwas zeigen.«

Eine dämliche Hoffnung keimt in mir, die ich versuche niederzukämpfen. Ich will nicht hoffen, nicht träumen, denn ich wurde bereits zu oft enttäuscht.

Ich folge Thunderstrike in einen großen Tempel, der ähnlich gebaut ist wie der, in dem ich Vincent das erste Mal begegnet bin. Viele Säulen tragen die großen, nach oben strebenden Dächer. Anders als beim Tempel der Göttin Gaia stehen hier jedoch keine Feuerschalen, sondern unzählige Springbrunnen, deren Plätschern jede Unterhaltung übertönt.

Thunderstrike verschwindet in einem Nebenraum und ich habe Probleme, mit ihm Schritt zu halten. Die Kälte in mir breitet sich immer weiter aus und das macht mir Angst. Ich schaue auf meine Hände, doch sie sehen aus wie immer, obwohl sie so kalt wie Eiszapfen sind. Schnell balle ich sie zu Fäusten, in der Hoffnung, sie so irgendwie wärmen zu können, und folge Thunderstrike weiter durch den Raum.

Vor einem großen Buch bleibt er stehen. »Das sind die Aufzeichnungen der vorangegangenen Generationen. Viele Hüter kamen und gingen bereits vor uns.« Er blättert in dem Buch, dessen Seiten bereits vergilbt und brüchig sind. »Ganz vorn steht etwas, was ich sehr interessant fand. Es ist der Eintrag eines der ersten Hüter, der in diese Welt gebracht wurde.«

Er dreht das Buch um und deutet mit dem Finger auf die krakelige Schrift. Was für eine Sauklaue! Ich habe Mühe, sie zu entziffern.

Thunderstrike rollt ungeduldig mit den Augen, während ich noch immer versuche, einen Sinn in diesen Hieroglyphen zu erkennen. »Da steht, dass er einen Weg gefunden hat, dieser Welt zu entkommen.«

»Ehrlich?«, frage ich und mein Herz macht einen Satz. »Und wie?«

»Er schreibt, dass er durch ein Buch in diese Welt gekommen ist.«

Moment, ein Buch? »Aber das hier ist eine Spielwelt, erschaffen aus Nullen und Einsen. Und die Technologie, die uns hergebracht hat, ist brandneu! Wie kann er durch ein Buch in dieses Spiel gekommen sein?«

Erst jetzt fällt mir auf: Wie kann überhaupt ein Hüter vor uns hierhergekommen sein? Das ergibt doch überhaupt keinen Sinn! Wir sind die Ersten und Einzigen, die diese Technologie testen durften. Diese Welt sollte gar nicht vor unserem Spielantritt existiert haben. Wie kann es dann Einträge oder Aufzeichnungen von früheren Hütern geben?

Thunderstrikes Augen funkeln, während er mich beobachtet. Sicher kann er förmlich sehen, wie meine kleinen grauen Zellen arbeiten und fieberhaft nach einer logischen Erklärung suchen. »Das ist es ja gerade! Wenn das hier echt ist – und davon gehe ich aus –, kann das unmöglich eine erst vor Kurzem erschaffene Spielwelt sein. Einige andere Hüter haben berichtet, dass sie durch eine Art Tor hierhergelangt sind.«

»Moment!« Die Gedanken in meinem Kopf überschlagen sich. »Du willst mir also erzählen, dass wir gar nicht in einem Spiel sind? Aber wir haben eine Auswahl zu Beginn getroffen ...«

»... die aber nicht so war, wie wir sie normalerweise von Spielen kennen, oder?«

Ich stutze und die Erklärung, die ich ihm liefern will, bleibt mir im Hals stecken. Er hat recht. Von Anfang an kam es mir seltsam vor, dass ich nirgends einen Alias angeben konnte und einfach mit meinen normalen Klamotten in dieses Spiel geworfen wurde. Das war alles andere als normal. Ab dem Moment, als ich meine Waffe ausgewählt hatte und das Spiel um mich herum für kurze Zeit schwarz wurde, lief alles aus dem Ruder und wurde ... seltsam und real.

»Laut den anderen Hütern gibt es viele Wege, in diese Welt zu gelangen«, fährt er fort. »Vielleicht ist es auch so eine Art Parallelwelt zu unserer. Das würde erklären, warum verschiedene Hüter auf unterschiedliche Arten hierhergekommen sind.«

»Eine *Parallelwelt*?«, unterbreche ich ihn entgeistert. *Das* soll seine Erklärung sein? »Ich bitte dich, so was existiert nur in Fantasy-Romanen! Das hier ist ein *Spiel*.«

»Und wenn es doch kein Spiel ist?«

Wieder schaut er mich durchdringend an und ich muss schlucken. Ja, was, wenn nicht? Wenn das wirklich eine andere Welt ist und all die Menschen hier wirklich *leben* und nicht nur bloße Computer-Figuren sind?

»Das würde alles ändern, nicht wahr?«

Wenn es eine richtige Welt wäre, dann wäre auch Lucian real. Irgendwie, zumindest.

Schon komisch, dass mein erster Gedanke ihm gilt.

Thunderstrike versucht mich gerade davon zu überzeugen, dass wir uns in einer Parallelwelt befinden, und alles, woran ich denke, ist mein Wächter, dem mein Herz gehört. Allein der bloße Gedanke an ihn wärmt mein Innerstes. Vorsichtig, fast zaghaft glimmt die Kraft in mir auf, als ich mich daran erinnere, wie er mich an diesem See vor den Fischmännern gerettet hat. Damals merkte ich zum ersten Mal, dass ich mehr für ihn empfinde als nur bloße Schwärmerei. Doch ich habe es sofort als Humbug abgetan, denn für mich war er nicht mehr als ein Programm, ohne die Möglichkeit auf eine gemeinsame Zukunft.

Wenn das, was Thunderstrike mir jedoch gerade versucht zu sagen, wirklich wahr ist, dann ...

»Kannst du hier leben, wenn es eine echte Welt ist?«, fasst er meine Gedanken zusammen, bevor ich sie aussprechen kann.

»Ich weiß es nicht«, gebe ich nach kurzem Zögern zu.

Mein Herz klopft wie verrückt bei der Vorstellung, für immer hier mit Lucian leben zu können, in einer echten Welt – in seiner Welt. Doch was passiert mit meinem Körper? Kann ich auf den Luxus unserer Welt verzichten, für ihn? Immerhin war er in dieser Höhle sehr deutlich, was unsere Beziehung zueinander anbelangt ...

Haben wir überhaupt so etwas wie eine Beziehung?

»Konnten die anderen Hüter in ihre Welt zurückkehren?«

Thunderstrike beginnt wieder, im Buch zu blättern. »Einige berichten, dass sie ihren Wunsch dazu benutzt haben zurückzukehren.«

»Ihren Wunsch?«, frage ich. Davon höre ich zum ersten Mal und es lenkt meine Gedanken ab, die alle um Lucian kreisen.

»Selbst das weißt du nicht? Wenn du deine Gottheit erweckst, hast du einen Wunsch frei. Manche Hüter wünschten sich Wohlstand für das Volk, das sie vertreten. Die meisten nutzten ihn aber, um wieder nach Hause zu kommen.«

»Dieser Wunsch ... Ist es egal, worum es sich handelt?«

»Laut den Aufzeichnungen, ja. Es gibt keine Einschränkungen.«

Keine Einschränkungen. Die volle Kontrolle. Ich könnte alles haben, was ich will. Doch was ist das? Ich weiß nicht einmal, ob ich lieber nach Hause oder hier bei Lucian bleiben möchte. Ich weiß gar nichts mehr, nach allem, was Thunderstrike mir eben erzählt hat.

»Du könntest auch meine Letizia wieder zum Leben erwecken.«

Ich weiß, von wem er redet, auch ohne dass ich den Namen bereits gehört habe. Die Wächterin, die er geliebt hat und die von Killswitchs Leuten getötet wurde.

»Erweckung von den Toten – das geht immer schief, das weißt du doch«, sage ich ausweichend. »Ich könnte den Wunsch auch dazu benutzen, uns drei wieder sicher nach Hause zu schicken.«

Thunderstrikes Blick verfinstert sich. »Da du hierbleibst, brauchst du gar nicht darüber nachzudenken, was du mit deinem Wunsch machen wirst. Du wirst deine Gottheit nicht erwecken.«

Das werden wir ja noch sehen, denke ich grimmig. Wenn ich tatsächlich meinen Wunsch dazu nutzen würde, uns zurückzuschicken, müsste er auch keine Angst davor haben zu sterben, denn das würde die Verlierer erwarten.

Und die Wächter des Verlierers.

»Es gab bereits genug Opfer«, sagt er, ehe er mir den Rücken zuwendet und das dicke Buch zurück an seinen Platz stellt.

»Du willst nicht, dass den Wächtern etwas geschieht«, murmele ich.

Anstatt zu antworten, packt er mich grob am Arm und stößt mich gegen die Wand hinter mir. Keuchend entweicht mir die Luft aus den Lungen und mein Kopf schlägt hart auf.

»Was zum …« Doch weiter komme ich mit meinem Protest nicht. Sein Gesicht ist meinem so nah, dass mich sein fauliger Gestank nach abgestandenem Wasser und totem Fisch einhüllt und mich am Weitersprechen hindert.

Als er seine feuchten Lippen auf meine drückt, muss ich mich fast übergeben. Der widerliche Geschmack nach vermoderten Algen drängt mir in den Mund wie ein Tsunami, und obwohl ich verbissen die Zähne zusammenbeiße, findet seine Zunge, die eiskalt und glitschig ist, einen Weg hinein. Ich hämmere mit den Fäusten gegen seine Schultern, versuche immer wieder, ihn von mir wegzustoßen, doch er stemmt sich dagegen und presst mich fester gegen die Wand.

Tränen treten mir in die Augen, teils aus Wut und Frustration, teils wegen des widerlichen Gestanks, der in meiner Nase beißt.

Irgendwann – nach gefühlten Stunden – lässt er von mir ab und ich sinke kraftlos an der Wand nach unten auf die Knie. Meine Schultern beben, als ich versuche, die Schluchzer zurückzuhalten, die sich in meiner Brust festsetzen. Ich fühle mich benutzt und besudelt. Immer wieder wische ich mit dem Handrücken über die Lippen, doch der eklige Geschmack bleibt bestehen.

»Tränen, meine Königin?«, fragt Thunderstrike spöttisch.

»Ich bin nicht deine verdammte Königin!«, fauche ich, habe aber nicht die Kraft, den Kopf zu heben und ihn anzuschauen. »Du bist weder ein König noch gehöre ich dir!«

»Oh, das wirst du aber. Und es wird nicht mehr lange dauern, bis mich das Wasservolk zu seinem Anführer ernennt. Dann besitze ich die absolute Macht!«

Er ist verrückt!, ist das Einzige, das mir durch den Kopf schießt. *Er ist vollkommen durchgeknallt!* Vielleicht ist er mit dem Kopf aufgekommen, als er das Spiel betreten hat.

»Sieh zu, dass du dich anschaulich herrichtest.« Er greift sich eine Strähne meines roten Haares und reibt sie beinahe zärtlich zwischen Daumen und Zeigefinger. »Aber die hier«, haucht er und ich erschaudere bei seinem Tonfall, »kannst du ruhig zeigen. Ich mochte deine Haare schon immer.«

Ich reiße ihm die Strähne aus den Fingern und hebe trotzig das Kinn. »Du kannst mich mal!«

Seine Lippen verziehen sich zu einem breiten Grinsen, sodass ich seine spitzen Zähne sehen kann, und ich bereue meine Worte sofort, als ich an die Schmerzen denke, die sie verursachen können. »Nur zu gern, Nemesis! Aber das muss warten. Zuerst wird es eine Zeremonie geben, aber dann, wenn wir allein sind …«

Für einen Moment bin ich zu starr vor Angst, um reagieren zu können. »Niemals!«, zische ich. »Das kannst du dir aus dem Kopf schlagen! Ich mag zwar deine Gefangene sein, aber ich werde *niemals* etwas mit *dir* anfangen!«

Er beugt sich wieder zu mir hinab und in seinen Augen blitzt es gefährlich. »Vergiss nicht, du bist hier in Feindesland. Niemand wird kommen und dich retten. Sei lieber nett zu mir, denn ich bin es, der über dein weiteres Schicksal bestimmt.«

»Meine Wächter werden mich hier rausholen und dann kannst du was erleben, wenn du es wagst, auch nur eine deiner Froschhände an mich zu legen!«

Fast euphorisch merke ich, dass meine Stimme kein bisschen zittert, obwohl ich innerlich vor Angst schlottere. Ich weiß, dass er recht hat. Ich weiß, dass ich seiner Gunst auf Gedeih und Verderben ausgeliefert bin. Ich war bereit, mich zeitweise mit ihm zu verbünden und gegen Killswitch zu kämpfen – auch um meine Wächter zu retten –, doch ich werde einen Teufel tun und ihm zu Willen sein! Lieber verrotte ich in einem Loch!

Ich sehe den Schlag nicht kommen, doch mein Kopf ruckt schmerzhaft zur Seite und stößt gegen die Wand.

»Ich dulde es nicht, dass du mich beleidigst!«

Ich halte mir die pochende Wange und blecke die Zähne. Wahrscheinlich ist es nicht klug, ihn noch weiter zu reizen, aber wieder einmal ist mein Mundwerk schneller als mein Verstand.

»Hast du mit ihr auch so geredet – mit der Wächterin, die für dich gestorben ist? Was würde sie wohl denken, wenn du dir jetzt sofort wieder eine neue Frau suchst? Noch dazu, wenn diese Frau dich gar nicht will? Und nur fürs Protokoll, ich *will* dich nicht! Du widerst mich an!«

Seine glitschigen Hände legen sich erstaunlich fest um meinen Hals und drücken mir die Luft ab. Ich strample, trete, schlage, doch immer wieder rutsche ich an seiner Haut ab, ohne etwas zu erreichen. Wie ein Fisch auf dem Trockenen öffne und schließe ich den Mund, doch ich schaffe es nicht, einen einzigen Atemzug zu tun.

Ich will schreien oder um Gnade flehen – einerlei, ich will nur, dass er aufhört!

Mein Blickfeld wird an den Rändern bereits dunkel und meine Gliedmaßen beginnen unkontrolliert zu zucken.

Ein dicker Nebel legt sich über mich, hüllt meine Gedanken und Gefühle ein, als wäre ich in Watte gepackt. Um mich herum läuft alles wie in Zeitlupe ab, während mein Körper nur noch instinktiv reagiert und sämtliche Gegenmaßnahmen ergreift. Doch es ist zu spät. Ich spüre, wie mein Herz verzweifelt versucht, Blut durch die Adern zu pumpen. Immer lauter, immer kräftiger, aber dann immer langsamer.

Sanft pulsiert das Amulett an meinem Bauch. *Nutzloses Ding! Ausgerechnet jetzt regst du dich? Wie willst du mir nun noch helfen?*

»Hüter?«, fragt ein Stimmchen vorsichtig.

Thunderstrike nimmt die Hände von mir und ich falle würgend und röchelnd auf alle viere. Der brennende Schmerz am Hals ist unbeschreiblich. Jedes bisschen Luft, das ich gierig einsauge, schneidet sich wie Rasierklingen durch meine Luftröhre. Mein Blick ist verschwommen, deshalb kann ich die Person, die mich gerettet hat, nur schemenhaft erkennen. Selbst einfache Dinge, wie den Kopf zu heben, erweisen sich als nahezu unmöglich.

»Ich habe ausdrücklich angeordnet, dass ich nicht gestört werden will!«, herrscht Thunderstrike meinen Retter an, der sichtbar zusammenzuckt.

»Vergebt mir, Hüter, aber das solltet Ihr Euch ansehen. Ihr werdet im Tempelhof erwartet.«

Thunderstrike brummt etwas Unverständliches und verschwindet endlich. Dankbar breche ich zusammen.

Als ich meine Augen einen Spaltbreit öffne, erkenne ich meinen Retter, der sich über mich gebeugt hat. Von Nahem kann ich sein Gesicht etwas besser erkennen. Er sieht nicht aus wie einer der Fischmänner, aber auch nicht wie ein Mensch. Seine Augen sind zwar auch hell, aber nicht weiß, sondern eher hellblau – und sie haben eine Pupille, was sie nicht ganz so gruselig wirken lässt. Außerdem schimmert seine Haut nicht schleimig und seine Nase ist fast normal und besteht nicht nur aus diesen beiden dunklen Höhlen – etwas flacher zwar, doch wenn man ihn nur flüchtig ansieht, würde er kaum auffallen. Und wenn man diese drei schmalen Streifen an beiden Seiten seines Halses ignorierte, die mich entfernt an Kiemen erinnern.

»Haltet durch«, murmelt er und legt seine Hand in meine.

Keine Schwimmhäute, denke ich noch, bevor mich die Energie mitreißt, die brüllend und tobend in meinem Inneren wütet. Endlich befreit, sucht sie sich ungefiltert ihren Weg durch meinen Körper, lässt das Blut in den Adern kochen und spendet mir die Kraft, um mich augenblicklich zu erholen.

Als ich so weit bin, dass mein Körper wieder meinen Befehlen gehorcht, rufe ich die Kraft zurück, schließe sie wieder tief in mir ein, um nicht zu viel davon abzugeben. Doch wo kam sie auf einmal her? Mein Innerstes war kalt, beinahe wie Eis, und nun fühle ich mich, als wüte ein Vulkan in mir.

Sofort wird meine Sicht klar und ich starre den Jungen an, der sich über mich gebeugt hat und meine Hand hält. Ein hübsches, markantes Gesicht, wenn man von der etwas zu platten Nase und den kleinen Kerben an den Halsseiten einmal absieht, das von hellbraunen lockigen Haaren umrahmt wird. Weder Fischmann noch Mensch – sondern etwas dazwischen.

»D–Du … Du bist …«, stammele ich, da sich meine Gedanken überschlagen.

»Ich bin Seth. Und ich bin Euer Wächter«, antwortet er leise, während er mich ernst ansieht.

ENDE von Band 1

Lies dich rein!

Leseprobe aus Anja Tatlisus Romantasy
»Dark Heart 1. Nihil«

276 Seiten
ISBN 978-3-551-30363-9

Wenn deine Liebe ein Herz zum Schlagen bringt
Heaven wünscht sich nichts sehnlicher als das ganz normale Leben einer Siebzehnjährigen zu führen. Doch nach dem Verlust ihrer Eltern lebt sie bei ihrem Onkel Sam, der auf seiner Suche nach verschollenen Reliquien die gesamte Welt bereist. Zu Heavens Leidwesen muss sie ihn überallhin begleiten – auch in die kanadische Wildnis, die förmlich nach abgeschiedener Einsamkeit schreit. Kaum findet sie sich in Port Hardy einigermaßen zurecht, trifft sie auf den mysteriösen Leviathan, der sie mit seiner außergewöhnlichen Präsenz sofort in seinen Bann zieht. Heaven ahnt nicht, dass sie Gefahr läuft, ihr Herz an einen Dark Heart zu verlieren, der nur fähig ist zu fühlen, wenn er einem Menschen etwas Bedeutsames nimmt …

»Wie lange dauert es noch, bis wir endlich da sind?«, gähnte ich und rieb mir über meine bleischweren Augenlider.

»Laut Navi elf Minuten«, antwortete Sam tonlos, den Blick konzentriert auf den dunklen Asphalt gerichtet.

Nur die Scheinwerfer des Leihwagens, einem grauen Dodge Ram, erhellten die von kanadischer Wildnis umgebene Fahrbahn. Besonders viel sehen konnte ich nicht, was zum einen an den schlechten Lichtverhältnissen und zum anderen an meiner fast schon komatösen Müdigkeit lag. Irgendwann zwischen gestern, heute und morgen hatte unsere Reise über zwei Kontinente durch mehrere Zeitzonen nach Vancouver Island begonnen.

Ich wusste nicht einmal, welchen Tag wir hatten, bloß, dass wir vor etwas mehr als vierzehn Stunden vom Flughafen in Reykjavik gestartet, in Vancouver gelandet und mit einer kleineren Maschine weiter zum Nanaimo Airport geflogen waren. Dort hatte Sam diesen Wagen gemietet, mit dem wir mittlerweile bereits gefühlte Ewigkeiten durch die Gegend fuhren, um Port Hardy zu erreichen. Wobei das verschlafene Nest weniger mein Ziel als das meines Onkels darstellte, der wie immer durch Wortkargheit gekoppelt mit Emotionsminimalismus glänzte und sich weitestgehend in Schweigen hüllte.

Wenn es nach mir gegangen wäre, hätte unsere Reise zurück nach Lincoln geführt. In das schöne alte Backsteingebäude mit der tollen Aussicht auf die Sunken Gardens, dem außergewöhnlichen Geruch alten Papiers und vergangener Jahrhunderte, der von Sams Antiquitätenladen hinauf in das für drei Personen viel zu große Apartment drang, und mir manchmal das Gefühl vermittelte, durch alle Zeiten zu wandern. Ganz so, als hätte ich trotz meines jugendlichen Alters von gerade mal siebzehn bereits alles gesehen. Was mich auf der Lincoln Southeast Highschool laut meinem fünf Jahre älteren einzigen und besten Freund, Orlin Pax, der gleichzeitig ein Mitarbeiter meines Onkels war, zu einem niedlichen Freak machte.

Wenn ich denn überhaupt für ein paar Wochen im Jahr die Schule besuchte. Leider wurde mir jedoch meistens der Stoff per E-Mail kreuz und quer über den ganzen Planeten hinterhergeschickt, weil Sam sich permanent auf der Jagd nach verschollenen Reliquien, antiquarischen Büchern und Kunstschätzen befand.

Der zweite wichtige Mann in meinem Leben, Orlin, kannte sich bezüglich Freaks bestens aus. Er selbst zählte nämlich ebenfalls zu dieser besonderen Spezies, obwohl oder gerade weil es manchmal den Anschein machte, er würde von niemandem außer Sam und mir richtig wahrgenommen. Dabei besaß er eine durch und durch auffällige Erscheinung. Unabhängig von seiner beachtlichen Größe, mit der er mich um gut anderthalb Köpfe überragte, und dem bis zum Kinn vollständig tätowierten Oberkörper, hatte er diese irritierend hellen graublauen Augen, die unter seinem dunkelbraunen, stets total zerzausten Schopf so prägnant wie die eines Huskys wirkten. Surreal war der einzig richtige Ausdruck dafür.

»Wo übernachten wir diesmal?«, brummte ich. »Pension, Hotel oder Haus?«

»Hotel«, brummte Sam zurück.

»Wieder so ein spartanisches Ding im Nirgendwo für Durchreisende?«

»Nein. In der Stadt. Du wirst es mögen.«

»Kleinstadt«, korrigierte ich ihn, klappte die Sonnenblende nach unten, knipste das kleine Lämpchen an und rutschte so weit wie möglich nach vorne, um einen Blick in den Spiegel zu werfen, wenngleich mir klar war, besonders viel sehen würde ich nicht. Und das war auch gut so, wie ich erschrocken feststellen musste. Dunkle Schatten lagen unter meinen sonst so klaren blauen Augen, die von Müdigkeit gezeichnet viel kleiner als sonst wirkten. Meine glatten hellblonden Haare, die ich seit Jahren züchtete und wegen deren Länge ich mit den Friseuren dieser Welt um jeden Zentimeter, der abgeschnitten werden sollte, feilschte, waren vom unruhigen Kurzschlaf im Flugzeug und auf dem Autositz total verknotet. Wie Stroh standen sie an meinem Hinterkopf hoch und ich wagte ernsthaft zu bezweifeln, das Chaos jemals wieder entwirren zu können. Gut, dass mich um diese Uhrzeit niemand mehr zu Gesicht bekam, wo ich mich selbst kaum noch erkannte. Eins stand nach dem Anblick fest: Sobald ich eine Matratze unter mir spürte, würde ich mindestens zwölf Stunden lang darauf liegen bleiben. »Wahrscheinlich 150 Einwohner. Dreiviertel davon 40 Plus, der Rest über 60«, trat ich missmutig nach.

Sam lachte. Das tat er selten. Dabei stand es ihm ausgesprochen gut, wenn die feinen Linien um seine stahlblauen Augen sichtbar wurden und das markante Gesicht unter den kurz geschorenen braunen Haaren sekundenlang an Härte verlor. »Ungefähr 4000. Einige davon sollen sogar jung sein«, sagte er. »Kommst du damit klar?«

Ich klappte die Sonnenblende wieder hoch und ließ mich geräuschvoll zurück in den Sitz fallen. »Hab ich eine andere Wahl?«

»Nein.«

»Wie lange bleiben wir?«

»Bis ich fertig bin.«

»Das ist ja mal was ganz Neues.«

Sam erwiderte nichts darauf und konzentrierte sich weiter auf die Strecke. Seine kryptischen Aussagen ließen viel Raum für Spekulationen. Ein kurzer Aufenthalt von zwei Tagen wäre genauso möglich wie mehrere zähfließende Wochen. Beides hatte es in der Vergangenheit schon gegeben. Manchmal traf er sich mit jemandem, wickelte das Geschäft ab und die Sache war erledigt, doch meistens verfolgte er lediglich Hinweise, die sich mit jedem Ortswechsel wie ein Puzzle verdichteten, und das konnte mitunter sogar Monate dauern. Zähfließende, langweilige Monate. Früher, als ich ein kleines Mädchen gewesen war, hatte mir eine Nanny das unstete Reiseleben erleichtert und sich liebevoll um mich gekümmert. Danach war ich unterwegs von Orlin bespaßt worden. Doch nun, da ich per Definition fast zu den Erwachsenen zählte und mein bester Freund die Rolle eines Mitarbeiters übernommen hatte, war ich praktisch auf mich allein gestellt.

Frustriert starrte ich durch die Windschutzscheibe. Das waldige Gebiet lichtete sich langsam und in der Ferne waren die ersten Umrisse des Hafenstädtchens zu erkennen. Der Mond stand groß und voll am dunklen Himmel. Sein mystisches Licht brach sich auf der Meerenge mit dem klangvollen Namen *Queen Charlotte Strait* und brachte sie funkelnd zum Strahlen, als würden Diamanten unterschiedlicher Größe zwischen den Silhouetten der vielen Boote anmutig darauf tanzen. Selten hatte ich etwas Schöneres gesehen.

Einige Minuten später erreichten wir den Hafen und passierten langsam die Kaimauern. Aus der Nähe betrachtet büßte die Meerenge ein Stück weit ihren Zauber ein, wirkte jedoch immer noch idyllisch. Sam bog von der Straße zum vollkommen leeren Parkplatz des Hotels ab und brachte den Wagen zum Stehen.

»Scheint ja ein richtiger Hotspot zu sein«, stellte ich mit einem kurzen Seitenblick aus dem Fenster bissig fest.

»Es ist zwei Uhr nachts. Was erwartest du?«, erwiderte Sam.

»Keine Ahnung.« Resigniert zuckte ich mit den Schultern. »Wenigstens ein zweites Auto oder so. Aber hier ist ja gar nichts.« Gähnend schnallte ich mich ab und zog meinen Rucksack aus dem Fußraum. »Nur Wasser und Schiffe und Bäume.« Ich stieg aus, warf mir den Backpack über die Schulter und schlug die Tür hinter mir zu. »Wahrscheinlich haben die nicht mal vernünftiges WLAN und das Netz spackt die ganze Zeit rum. Ich werde noch zum Sozialphobiker, wenn ich nicht bald mal wieder Kontakte knüpfen kann, die mir über einen längeren Zeitraum erhalten bleiben. Mein ganzes Leben besteht nur aus dir, Orlin und Fernfreundschaften, die ziemlich schnell einschlafen, weil du mich von einer Zeitzone in die nächste schleifst. Warum können wir nicht einfach ein ganz normales unspektakuläres Leben führen? So ein Spießerding mit strukturierten Tagesabläufen, gemeinsamen Mahlzeiten und Ritualen und was die sonst alles machen.«

Sam sagte nichts. Er runzelte lediglich die Stirn, holte unser Gepäck aus dem Wagen und verriegelte ihn.

Exakt achtzehn Schritte später stand ich hinter meinem Onkel in der Lobby des großen weißen Gebäudes mit dem grünlich blauen Dach und schaute mich um, während er gewohnt sachlich die Formalitäten regelte, ohne darauf zu achten, wie angetan die Hotelangestellte an der Rezeption von ihm war. Keine Ahnung, wie er das machte. Viele Frauen fanden ihn attraktiv und fühlten sich von ihm angezogen, doch hatte er in all den Jahren, die ich bei und mit ihm lebte, nie ein Date gehabt. Zumindest keines, von dem ich wusste, und ich war ziemlich froh darüber, dass er sich bezüglich seines Liebeslebens ähnlich schweigsam zeigte wie in fast allen anderen Bereichen auch. Es gab zwar vieles, was ich gerne erfahren hätte, doch *das* zählte zu den Dingen, die er fraglos für sich behalten durfte.

Der Eingangsbereich des Hotels wirkte überschaubar, relativ spartanisch, aber auf seine eigene Art gemütlich. Eine typische Mischung aus Backpacker-Absteige und einfachem Urlaubshotel. Die obligatorischen Umgebungspostkarten steckten in einem einfachen Drehständer neben den Snack- und Getränkeautomaten und auf dem blank polierten Granit des Rezeptionstresens lagen verschiedenfarbige Flyer von Ausflugszielen für Touristen aus. Gleich gegenüber befand sich eine zusammengewürfelte Sitzgruppe, bestehend aus einem modernen Sofa, einem antik anmutenden Tischchen und zwei altertümlichen Ohrensesseln. Über einem großen Kaminsims hing ein Flatscreen, der die Wiederholung irgendeiner Late-Night-Show zeigte.

Alles in Allem zählte das Hotel zu den Okay-Unterkünften meines unfreiwilligen Vagabundenlebens und lag einigermaßen zentral. Wenngleich Port Hardy nicht unbedingt mit Großstadtflair aufwartete, würde der Ort bestimmt lebendiger sein als das Haus in der zwar atemberaubend schönen, jedoch ziemlich einsamen Natur Islands, wo wir die vergangenen Wochen verbracht hatten. Leider ohne Orlin, weil der sich um den Antiquitätenladen hatte kümmern müssen. So viel wie dort hatte ich unabhängig vom Schulstoff nie zuvor gelesen. Unfassbare fünfunddreißig Bücher waren nebst vier kompletten Serien von meinem Unterhaltungsmanko verschlungen worden und ich hätte sicherlich noch mehr durchgesuchtet, wäre da nicht diese leidige Internetproblematik gewesen.

Sam wandte sich von der Rezeption ab und mir zu. Sein Blick huschte nach links zu den Aufzügen. »Da entlang.«

Ich folgte ihm. Eine andere Wahl blieb mir sowieso nicht. Diskussionspotenzial war meinerseits zwar ausreichend vorhanden und hüpfte mir regelrecht auf der Zunge herum, aber meine Müdigkeit hinderte mich daran, auch nur genervt die Augen zu verdrehen.

Wir stiegen in den offenen Fahrstuhl und Sam drückte auf die Drei. Ich befürchtete das Schlimmste. In Island hatten wir zwar ein großes Haus irgendwo im Nirgendwo bewohnt, doch zuvor in dem Hotel in Edinburgh war mein Freiraum von einer Verbindungstür eingeschränkt worden. Und – noch viel schrecklicher – Barcelona war dermaßen ausgebucht gewesen, dass wir uns sogar für geschlagene vierzehn Tage ein Zimmer hatten teilen müssen. Von Privatsphäre keine Spur, obwohl Sam die meiste Zeit über auf der Jagd nach mysteriösen Dingen gewesen war, die strengster Geheimhaltung unterlagen. Und wenn er eines wirklich gut drauf hatte, dann war es, aus *Gründen* eben diese Dinge streng geheim zu halten.

»Hafen oder Wald?«, fragte er zu meiner Überraschung.

Vermutlich meinte er damit die Aussicht. Zwei zur Auswahl bedeutete wohl, meine Befürchtungen waren unbegründet gewesen, doch konnte ich meine Freude darüber gerade nicht zeigen, obwohl mein inneres Ich gerade laut kreischend vor Glück im Kreis herumrannte. Stattdessen zuckte ich gleichmütig mit den Schultern, während sich die Aufzugstür schloss. »Hauptsache ein Bett.« Alles andere war mir in diesem Moment tatsächlich egal. Wen kümmerte schon, was in diesem Kaff durch die Fenster zu sehen war, wenn man kaum noch geradeaus gucken konnte?

»Darüber werden wohl beide Zimmer verfügen.«

Ich warf ihm einen Wenn-ich-könnte-würde-ich-dich-langsam-und-qualvoll-töten-Blick zu. Sam nahm meine gereizte Miene lediglich mit einer leicht nach oben gezogenen Braue, gefolgt von einem Stirnrunzeln zur Kenntnis und presste seine Lippen zu schmalen Strichen zusammen, ehe er mir einen der beiden Schlüssel gab, auf dessen ankerförmigem Treibholzanhänger die Nummer 306 eingebrannt war.

Ein kurzes Ruckeln, verbunden mit diesem eklig mulmigen Gefühl, als würde der Magen in die Hose und wieder zurückrutschen, dann kam der Aufzug zum Stehen. Ein melodisches »Pling« ertönte und die Fahrstuhltür öffnete sich auf der dritten Etage.

Wir stiegen aus und schauten uns der Orientierung halber um. Genau wie in der Lobby schimmerte der Holzboden seidig matt unter dem Einfall der Nachtlichter, die zwischen den einzelnen Zimmertüren dezent leuchteten und den Gang nur so weit erhellten, dass wir uns zurechtfanden.

Laut den wegweisenden Pfeilen an den Wänden befand sich mein Zimmer links von uns und wir schlichen so leise wie möglich über den Flur, bis wir unser Ziel erreicht hatten.

»Hier.« Sam zog meine Reisetasche von seiner Schulter und hängte mir das schwere Teil um. »311«, murmelte er danach und wies dabei auf den schräg gegenüberliegenden Raum. »Lass dein Handy an.«

Ich nickte.

»Gute Nacht, Heaven.«

Sams Hand schnellte in meinen Nacken. Er zog mich harsch an seine Brust, drückte mir einen festen Kuss auf die Stirn und ließ mich los, als hätte er einen Stromschlag bekommen. Knallharte Herzlichkeit, wie ich sie seit jeher kannte. Auf Außenstehende konnte sie durchaus kopfnussig wirken, aber es war schlichtweg seine eigentümliche Art, mir zu zeigen, wie gern er mich hatte, was auf Gegenseitigkeit beruhte. Nein, es war sogar viel mehr: Ich liebte ihn aufrichtig. Ohne ihn hätte mein Leben einen völlig anderen Verlauf genommen. Mir fehlte rein gar nichts, wenngleich ich mir oft wünschte dauerhaft in Lincoln bleiben zu können. Ich wollte Freunde finden, auf Partys gehen, leichtsinnig und verrückt sein, mein Herz an jemanden verschenken, der das gute Stück verdient hatte, oder wenigstens einmal leidenschaftlich geküsst werden, damit ich wusste, wie sich verliebt sein anfühlen könnte.

»Irgendwann brichst du mir das Genick«, murmelte ich. »Oder die Stirn ... oder beides.«

»Ich werde mich bessern.«

»Das schaffst du nicht.«

»Nein, das schaffe ich auch nicht.« Der Hauch eines Lächelns huschte über sein unrasiertes Gesicht. Er sah müde aus. »Schließ die Tür ab und lass die Fenster zu.«

Das Prozedere kannte ich zur Genüge. Wider Erwarten schaffte ich es in diesem Moment doch, die Augen zu verdrehen, öffnete die Tür, tastete nach einem Lichtschalter, betrat das Zimmer und verschloss es hinter mir. »Zufrieden?«

»Hm«, brummte er durch das Naturholz.

»Schlaf gut.«

Ich bekam keine Antwort. Stattdessen hörte ich seine Schritte auf dem Holzboden, die immer leiser wurden, bis sie gänzlich verstummten.

Erschöpft schaute ich mich um und war angenehm überrascht. Ein solch schönes Zimmer hätte ich in diesem Hotel nicht vermutet und meine Freude darüber, die paar Quadratmeter weder teilen zu müssen noch Verbindungstüren zu entdecken, verdrängte meine Müdigkeit ein wenig. Wobei das naturfarben bezogene Queensize-Bett zu meiner Linken mit den schokobraunen Applikationen förmlich danach schrie, augenblicklich von mir erobert zu werden und in den aufgebauschten Kissen zu versinken.

Am Bad vorbei ging ich weiter in den Raum hinein und stellte meine Reisetasche auf einem grob gemusterten zweisitzigen Sofa ab, vor dem ein kleiner viereckiger Tisch stand, der wie alle anderen Möbel aus heller sägerauer Eiche gefertigt worden war. Neugierig lief ich über den beigefarbenen Teppich zu den Fenstern, wovon eines – das größte – einen Erker zierte, der mit einem Stuhl und einem Schreibtisch bestückt als Arbeitsplatz diente. Obwohl Sam es verboten hatte, öffnete ich das Erkerfenster und nahm einen tiefen Zug der Meeresluft in mich auf, die mit dem frischen Tannenduft des stockfinsteren Waldes, der sich vor mir erstreckte, eine wohltuend beruhigende Mischung ergab. Irgendwie verrückt. Anscheinend hatte jedes Land seinen ganz eigenen Geruch. Das war sie also, die Duftmarke von Port Hardy. Und ich mochte sie, wenngleich sie nicht an die von Lincoln heranreichte.

Ein leises Seufzen löste sich aus meiner Kehle und ich verriegelte das Fenster, bevor sich Heimweh zu meiner Übermüdung gesellen konnte und mir die Gedanken an mein gemütliches Zuhause noch den längst überfälligen Schlaf raubten.

Schweren Schrittes schlurfte ich durch das Zimmer, knipste die Nachttischlampe mit dem beigefarbenen Stoffbezug an und löschte das große Licht. Danach sank ich auf das Boxspringbett und stellte meinen Rucksack ab. Um die nächtliche Stille zu durchbrechen, griff ich zur Fernbedienung und schaltete den Flatscreen ein, der auf einem TV-Board zwischen den Fenstern stand. Keine Ahnung, was lief. Ich schaute nicht einmal hin. Hauptsache Stimmen.

Einen Moment lang überlegte ich, ob ich mich waschen, kämmen und mir die Zähne putzen sollte, brachte es aber nicht fertig, meinen inneren Schweinehund zu besiegen, noch mal aufzustehen und die paar Meter zum Bad zu gehen. Im Sitzliegen zog ich bis auf Shirt und Slip alles aus, kroch unter die Decke und zerrte den Rucksack vom Fußende zu mir nach oben. Wenngleich ich fast nicht mehr fähig war die Augen offen zu halten, gab es einige Dinge, die nicht bis morgen warten konnten.

Zuerst kramte ich mein Smartphone hervor und legte das Gerät auf den Nachttisch. Danach folgte mein Tagebuch, das neben unzähligen Gedanken auch Zeichnungen, Fotos, Aufkleber und Postkarten zwischen seinem ledernen Einband, der mit einem geflügelten Herzen und meinem Namen geprägt war, in sich trug – ein Geburtstagsgeschenk von Sam. Und dann, ganz unten, am Boden des Backpacks, blitzte mein Allerheiligstes auf, eine silberne Schatulle, kaum größer und höher als ein halbes Taschenbuch, aber von unermesslichem Wert für mich.

Ich nahm das Kästchen heraus, schubste den Rucksack achtlos vom Bett und öffnete das angelaufene, von der Hitze des Brandes teils deformierte Metall, wie ich es fast jeden Abend tat, bevor ich die Augen schloss. Vor allem in Nächten wie diesen, wenn ich mich fremd und ein bisschen einsam fühlte.

»Hey, Mom«, flüsterte ich. Einen Moment lang wusste ich nicht, ob ich lächeln oder weinen sollte, während ich mit den Fingerspitzen über ihr hübsches Gesicht strich und das einzige Foto von ihr betrachtete, das mir nach den zerstörerischen Flammen geblieben war, in denen meine Eltern vor nunmehr dreizehn Jahren umgekommen waren, die ihr Leben und alle damit verbundenen Erinnerungen erbarmungslos ausgelöscht hatten.

Wir sahen uns ähnlich. Das war unschwer zu erkennen. Hellblonde Haare, nahezu identische Gesichtszüge. Aber da existierten noch andere Auffälligkeiten an mir: meine Haut, die im Sommer wie im Winter dieselbe Blässe zeigte, ohne krank auszusehen, das intensive Blau meiner Augen, die langen schwarzen Wimpern und dunklen Augenbrauen, die nicht zu der Helligkeit meiner Haare passten. Ich fragte mich, ob diese Besonderheiten vielleicht von meinem Vater stammten. Waren es seine Gene gewesen, die diesen starken Kontrast zeichneten? Darauf würde ich wohl nie eine Antwort bekommen, denn Sam sprach bloß selten über seinen besten Freund, besaß nicht einmal irgendwelche greifbaren Erinnerungsstücke, und das einzige Foto half mir genauso wenig weiter. Der größte Teil des Bildes war von der Hitze des Feuers in Mitleidenschaft gezogen worden, wirkte angesengt, ohne verbrannt zu sein. Die äußeren Ränder waren viel zu dunkel, um noch etwas zu erkennen. Kein Hintergrund. Nichts. Auch nicht mein Dad. Lediglich seine Hand, die auf dem Bauch meiner Mutter ruhte, war übrig geblieben, was bedeutete, er musste bei der Aufnahme hinter ihr gestanden haben. Ich bildete mir gerne ein, die Kamera hätte einen besonders glücklichen Moment ihres Lebens festgehalten. Dass mein Vater sie innig umarmt und ihr irgendetwas zugeflüstert hatte, weil Mom dieses selige Lächeln im Gesicht trug, das ihre Augen zum Strahlen brachte. Ich konnte mich nicht wirklich an sie erinnern. Nur manchmal, ganz selten, blitzten nebulöse Fetzen in meinem Gedächtnis auf, von denen ich nicht wusste, ob es tatsächlich Erinnerungen waren oder reines Wunschdenken.

Die Brandursache war nie geklärt worden. Nicht einmal Überreste meiner Eltern hatten die Ermittler finden können. Die meiner Oma mütterlicherseits ebenfalls nicht. Wie mein Vater war ich durch tragische Umstände zur Vollwaise geworden, kein einziger lebender Verwandter war mir geblieben und allein Sam hatte ich zu verdanken nicht in einem Heim gelandet zu sein. Es grenzte an ein Wunder, sagten die Leute, dass ich das flammende Inferno überlebt hatte, und niemand konnte sich erklären, warum mein Zimmer teilweise vom Feuer verschont geblieben war.

Seufzend verlagerte ich meinen Fokus wieder auf den Inhalt der Schatulle. Neben der feingliedrigen silbernen Kette mit dem kleinen naturbelassenen Lapislazuli, die ich, soweit mein Erinnerungsvermögen zurückreichte, um meinen Hals trug, waren das Foto in der Schatulle und eine schwarze Feder alles, was in Verbindung zu meiner Vergangenheit stand. Ich war unendlich dankbar dafür, wenigstens diese Kleinodien mein Eigen nennen zu dürfen. Wenngleich sie mich auch vor schier unlösbare Rätsel stellten. Vor allem die faszinierend silbrig schimmernde Feder, die anschmiegsamer, weicher und biegsamer zu sein schien als alles, was ich jemals berührt hatte. Die scheinbar schwebte, obwohl sie es nicht tat, aber dennoch die Gesetze der Schwerkraft brach, und deren metallischer Klang, wann immer ich sie zurück in das Kästchen legte, mir einen seltsam bedrückenden heißkalten Schauer durch den gesamten Körper jagte.

Ende der Leseprobe

ASUKA LIONERA
STONE HEART
GERAUBTE FLAMME

CHRISTINA M. FISCHER
WÜSTEN RUF

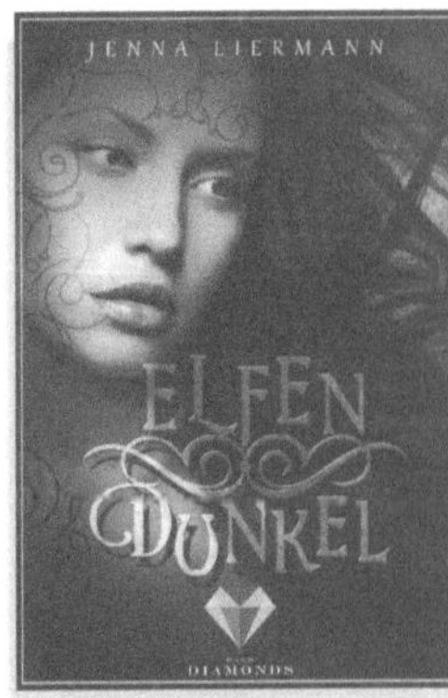

JENNA LIERMANN
ELFEN DUNKEL
DIAMONDS

DÜSTER-DRAMATISCHE FANTASY
IN DYSTOPISCHEM SETTING

Diana Dettmann
CELESTA 1:
ASCHE UND STAUB
ISBN 978-3-551-30104-8
Softcover
Auch als E-Book erhältlich

Emma fristet ihre Abende hinter der Theke einer ranzigen Bar und träumt davon, eines Tages all das hinter sich zu lassen. Bis eine furchteinflößende Kreatur ihrem Leben fast ein Ende setzt. War es der im Nebel auftauchende Fremde, der sie gerettet hat, oder das Feuer, das plötzlich aus ihren Handflächen schoss?

Sabine Schulter
DARK AGE 1:
BEDROHUNG
ISBN 978-3-551-30159-8
Softcover
Auch als E-Book erhältlich

Die Welt, in der Liz lebt, ist düster und bedrohlich. Seit ein magisches Tor geöffnet wurde, gelangen Schattenkräfte aus der Verbannung zu den Menschen und trachten ihnen nach dem Leben. Nur die Hauptstadt gilt als sicher. Hier will Liz neu anfangen. Doch die erste Begegnung mit dem neuen Nachbarn geht gleich schief.

Annie J. Dean
DESTINY'S HUNTER.
FINDE DEIN SCHICKSAL
ISBN 978-3-551-30160-4
Softcover
Auch als E-Book erhältlich

Auf dem Motorrad durch Edinburgh zu fahren, bedeutet für Destiny pure Freiheit. Doch diese Momente sind selten, denn die Zukunft der Menschheit lastet auf ihren Schultern. Sie ist das personifizierte Schicksal – und eine Zielperson. Hunter hat die Aufgabe, ihr Herz für sich zu gewinnen, um ihr den Todesstoß zu versetzen.

IMPRESS

WWW.IMPRESSBOOKS.DE

Impress

Die Macht der Gefühle

Unser Versprechen für mehr Nachhaltigkeit

- Klimaneutrales Produkt
- Papiere aus nachhaltiger Waldwirtschaft
- Hergestellt in Europa

FSC www.fsc.org MIX Papier aus verantwortungsvollen Quellen FSC® C083411

Impress
Ein Imprint der Carlsen Verlag GmbH
Mai 2021

Umschlaggestaltung: formlabor, Vivien Summer
Satz und Umsetzung: readbox publishing, Dortmund
ISBN 978-3-551-30369-1
www.impressbooks.de